文創風
732

嫡女大業

3

千江水 著

風文創 732

目錄

第四十八章

元瑾和薛元珍到了茶花園時，就見顧老夫人的確沒有誆騙她們。大概也是真的愛花之人，這冰天雪地的，各色茶花竟開得奼紫嫣紅，粉的粉、白的白，細數下來，品種竟不下十種。

魏永侯府的婆子拿了剪刀和籃子過來，笑道：「大小姐儘管剪一些吧，一會兒拿去放在屋中，添一些喜氣。」

薛元珍拿了剪刀便手癢，去挑好看的花苞了。

那婆子對元瑾使了個眼色，元瑾便明白她的意思，對薛元珍說：「姊姊，我去那邊看看，彷彿有一株十八學士開得正好，妳先剪著。」

薛元珍只顧著剪花枝，心不在焉地點點頭。

元瑾便跟著婆子從茶花園退出來。

既然顧老夫人是要促成薛元珍和顧珩，那她還是離開比較好。

本來顧老夫人是想讓薛元珍獨自在茶花園中剪花枝，增加意境，所以元瑾她們悄悄離開後，連個丫頭也沒留在院中。

薛元珍正挑著好看的花時，誰知卻進來個丫頭，對薛元珍屈身，道：「薛家大小姐，我們顧老夫人要請您過去吩咐幾句話，您隨我去正堂吧。」

薛元珍聽了有些遲疑。「當真是顧老夫人叫我？」

就算顧老夫人要叫她，也會派一個定國公府的丫頭過來，怎地派一個臉生的？

「正是呢，」這丫頭笑道：「二小姐她們已經過去了。」

薛元珍四下看看，果然沒看到元瑾她們，一時心慌，還以為元瑾她們先得了信兒回去。因此也不再多想，收拾了東西，就匆匆跟著這個臉生的丫頭回去了。

在她走後不久，顧珩就被婆子領到茶花園外。

那婆子沒有多留，屈身後就離開了。

顧珩在茶花園裡走了一圈。茶花開得正盛，朵朵綴滿枝頭，卻沒有見著人在裡面。

他眉頭緊蹙。

叫他來茶花園一趟就罷了，竟也沒個人，這究竟在做什麼？母親也是，辦事越來越不靠譜了。

罷了，反正他亦不想來，沒人正好就能回去。

顧珩便提步走出茶花園。

不遠處就是泉眼。

那泉眼流出的溫泉匯成一個池子，旁邊種了許多茶花。這池上煙波縹緲，泉眼旁邊的亭子也在霧氣瀰漫中，宛若仙境。
顧珩不覺便走到亭子外。
霧氣被一縷縷吹散，亭中的情景隱約可見。
亭子裡似乎有人，而且還是位姑娘。她倚欄而坐，伸手去摘了一朵粉邊的茶花，遞給她的丫頭。
那丫頭不知道說了什麼，她笑了起來。
她笑的時候趴著欄杆，回頭望池子，煙波吹來，將她的身體籠罩。她的面容模糊不清，卻讓顧珩心中猛地一跳。
那般的動作和神態，實在像極了她！
像極了他找了五年，無時無刻不魂牽夢縈的她。
顧珩深吸一口氣，生怕是自己的幻覺，抑或是自己認錯了。連忙更加走近了些，聽到她們說話的聲音。
那姑娘側身和她的丫頭閒談。
「……妳既習武，那可知這陶洛習武的故事？我看若能每日扛鼎，以月累進，必能練就一身好武藝……」
她的丫頭道：「小姐，您可別打趣奴婢了，這習武哪是一朝一夕的事，奴婢練跑路都不知道廢了多少雙布鞋。」

聽到她說這話，顧珩渾身一震。

她也曾和他說過同樣的話！依然是這樣的語調，又帶著一些慵懶。「你武功廢了怕什麼，可知道陶洛習武的故事？你若能每日扛鼎，以月累進，武藝便漸漸回來了……」

那時候的她笑咪咪地看著他說話，感覺宛如春日陽光。

是她，真的是她！

顧珩心中太過激動，卻僵在原地，不敢再走近。

他生怕自己走過去，發現不過是一場夢。而她被驚擾後，這一切便都會消失。

他想起與她初次見面的情景。

那年他不過十七歲，跟著父親上戰場，卻遇到韃靼最精銳的部隊。父親無力抵抗，幾乎全軍覆沒。那時他不僅失去了父親，還身受重傷，逃出三十里外，終於才擺脫追兵，倒在草野無人發現。

他躺了一天，四周一片空曠，連飛鳥都不經過。

終於到了第二日早上，太陽升起的時候，有轂轆的聲音壓過戈壁，有個人跳下馬車，在這附近採盛開的馬蘭花。她一步步走近，正要採他旁邊那朵，突然發現他仰躺在地上，連忙喊人。

「小姐，您快過來看，這裡有個人，還穿著鎧甲呢，好像還沒死！」

「哦？」一個稚嫩的聲音從馬車中傳來，聽得出是名少女。「我記得前幾天，邊界似乎打過仗，可能是那時候逃出來的吧。」

「看戰甲好像是山西的軍隊，要不咱們把他抬回去吧……」她的丫頭有些猶豫。

她卻說：「可我是偷跑出來玩的，抬個人回去，爹肯定會罵我。」她叫她的丫頭不要多管閒事。「……我來這裡一趟不容易，還是不要惹事了。」

丫頭有些不敢置信。「小姐，咱們要見死不救？」

「對啊。」她的語氣卻很平靜。「再者那場戰役幾乎全軍覆沒，唯獨留這一個，誰知道是不是逃兵。」她有些不屑。「我為什麼要救一個逃兵？」

他聽到這裡，氣得發抖。若是他還有力氣，肯定會掐死她。

他的軍隊全軍覆沒，父親戰死沙場，他好不容易撿回一條性命，她竟然還懷疑他是逃兵！

她的丫頭驚喜道：「小姐，他的手指動了，我看還救得活呢！」隨後又遲疑了一下。「小姐，他是不是被您氣的，又立刻不動了。」

「算了，我來看看吧。」她終於還是跳下馬車，走到他身邊半蹲下，只用了兩根手指頭，將他的戰甲翻起來看。

「咦，似乎是刀傷。」她想了想，終於對丫頭道：「好吧，准妳抬回去，但是不准他給我惹事！」

後來他問她，為何看到刀傷反而會救自己？

她告訴他。「理由很簡單。有刀傷，就不會是逃兵。」代表那是真正在戰場上浴血廝殺過的將士，這樣的人，她不會見死不救。

他被安置在一個廢棄的小院內，三天後他才清醒。睜開眼就看到眼前猩紅一片，只看得見大概的人影，看臉、看字都是模糊的。

她讓大夫過來看，卻說不出是什麼原因。

他那時候根本沒有感覺，父親沒了，什麼都沒有了，看不看得清楚還有什麼要緊的？

她卻嘖了一聲說：「你真是事多，這樣養好了傷，恐怕也不能馬上離開。」

他氣得都懶得理她。

後來他發現，她其實是刀子嘴豆腐心，雖然抱怨，卻仍請人給他醫治，還每天來看他。

那時候對他來說，世界的一切都是孤獨的。他無法走動，因為他根本看不清楚。他不知道外界發生了什麼，不知道父親死後有沒有來找他？但是她每天都來，每天都跟他說話。

「父親發現我去過邊界，把我的丫頭香芹關起來，我也只能到這裡來看看你。」她說：「香芹被關起來前，叮囑我一定要照顧好你。你若死了，出來她會哭鼻子的。」

或者她又說：「你怎地動都不動，若早死便說一聲，我扔出去餵禿鷹，也免得浪費了……」

她說到這裡，顧珩終於開口了。「……妳能不能閉嘴？」

她有點吵，吵得他心裡煩悶。

她卻笑咪咪的。「我還以為你是啞巴呢，原來你會說話！」

她不過是想逼他開口而已。顧珩被她折騰得完全沒了脾氣。

那時候的他生無可戀，根本不想未來，也不想活。但正是有她在旁邊不停說話，他才沒有完全封閉自己。

他以為自己是嫌她煩，其實是非常依賴她陪伴的。

他對她的態度漸漸軟化，只是她問他是什麼名字和身世，他仍然沒有回答。她知道了倒是無妨，但他總得防著旁人，畢竟他現在宛如沒有爪牙的老虎，誰都能害死他。

但是他卻很想知道她的名字。所以他問：「妳叫什麼？」

她說：「你不告訴我，卻指望我告訴你？哪裡有這麼好的事？」

「我不告訴妳是有因由的。」顧珩說：「妳救了我，我會報答妳的。妳叫什麼？」

「還報答呢。」她笑了笑。「你快些好了離開，別再吃我的飯，便是報答了。」她始終不肯告訴他名字。

但是終於有一日，她沒有來。

他第一次發現，世界如此寂靜。沒有人在他身邊說話，他又看不清楚，彷彿被整個世界拋棄一樣。

她終於……沒有耐心了？厭煩了？

他在心裡不停思考，質問自己。直到第三天，她終於出現，靠著門框說：「唉，跑出來越來越麻煩了，實在是……」
她說到一半，突然被他抱住。
她僵硬了，道：「你……你做什麼！」
他也不知道，但內心是被人拋棄的恐懼，好像整個世界只剩下他一個人。
他等了三天，這三天，每一刻都讓他更明白，原來她是如此重要。
她說：「你放開……你這是耍流氓！」
他問：「妳為什麼沒有來？」
她掙扎道：「我爹不讓我出來……你快放開我！」
知道她不是因為厭倦了所以不來，顧珩終於放下心。他問：「妳究竟叫什麼名字？」
「不告訴你！」
「妳若不告訴我，我便不會放。」
他怎麼這樣耍無賴！她很是無語，但是根本掙脫不了成年男子的力量，只能告訴他。
「我叫阿沅。」
阿沅……阿沅……他細細地在舌尖呢喃兩遍，問了她是哪個「沅」字，才放開她。
她說：「我警告你，你現在是個病秧子，我隨時能找人進來殺你！」
「妳今年多大了？」顧珩笑了笑，問道。
他突然萌生了想娶她的念頭。他也不知道為什麼，但這個念頭卻讓他很開心，讓他重新燃起生存的意志。
也許是知道這樣她從此就再也不能離開他了吧。
但她卻警惕起來。「你想做什麼？」
顧珩又是一笑，低聲道：「阿沅，等我好了以後，妳嫁給我如何？」
他身為魏永侯世子，也許回去後就變成了魏永侯爺。她嫁給他，是絕不會吃虧的。
「嫁……什麼嫁的！你整天在想什麼！」她一向是聰明伶俐的人，居然有點結巴。最後趁他不注意的時候，踩了他一腳，然後跑了。
但是第二天，她又來了，那時候他正靠在屋簷下的廊柱曬太陽。
雖然現在面容落魄，鬍子拉碴，還在邊疆被曬得很黑，但仍然不減他的俊美丰采。
「我的眼睛還沒有好。」他說：「看不清妳是什麼模樣，妳能告訴我嗎？」
「我長得極醜。」她幽幽地說：「那你還要娶我嗎？」
這十多年來他多的是被人愛慕，美與醜對他來說並不重要，但他仍然說：「若妳太醜便罷了。」
她哼了一聲。
其實顧珩知道她是好看的，就算他看不清楚她的臉，也能感覺到她的神態，能觸摸到她的肌膚，以及知道她穠纖合度，抱在懷裡柔若無骨。
他也知道，她其實是有些喜歡他的，否則何以每天都來？

「我想好起來。」顧珩說：「妳能不能幫我？」好起來後，他可以回家叫母親為他提親。不管她是什麼身世、什麼容貌，他都會娶她。

她便開始積極地給他治眼睛，但是一直都沒有見效。

她略有些沮喪，說：「我很快就要離開這裡了，你若再不好起來，我就真的不能來了。」

「妳要去哪裡？」他有些緊張。

「家裡。父親說邊疆太危險，我該回去了。」但她始終沒告訴他，她的家是哪裡、父親又是誰。

後來每每想到這裡，顧珩最痛心之處莫過於——他從來不知道關於她的確切訊息。只知道她在山西，她的父親大概也是一位將士，但她身邊沒什麼人跟隨。唯獨一個丫頭，還只見過一次就被關起來了。

後來有一日，她真的再也沒來了。但是留下了足夠的銀子，給他治眼睛。

那一晚，他追出去空地十餘里，卻找不到回去的路，也找不到她在何處。天地蒼茫，他不知道她去了哪裡，不知道該往哪裡找。天空下起暴雨，他跌倒在泥濘的草地裡，就這麼過了一夜。

第二天起來時，他竟然就看得清楚了，眼前的那片猩紅，終於消散。

最後顧珩去看大夫時，大夫告訴他。「心結需心藥治。你原本因其他事鬱結於心，目不能視。如今你鬱結已散，自然能看見了。」

但其實顧珩覺得，並不是因為如此。

因為戰場廝殺、血流成河以及父親的死，所以他眼前總是猩紅看不清。如今能看清了，是因為他要去找她，他一定要找到她。

這眼疾也是因她而好的。

後來他在山西邊境花了兩年，都沒有找到她的蹤跡。她似乎從未存在過，消失得乾乾淨淨。

他在邊疆建功立業，希望擴大自己的勢力，能因此尋到她。

所以二十一歲這年，他立下赫赫戰功，甚至超越他的祖父，成為最年輕的都督僉事。

正因為如此，蕭太后反而看重他。因他之前曾和丹陽縣主有婚約，便希望他延續這個婚約，娶這位家族權勢已經大到可以威脅皇權的丹陽縣主。

當時不管母親怎麼勸、如何述說丹陽縣主是何等美人，他都不喜歡。他想娶的只有她……那個山西邊境上，一個普通的小姑娘。

所以他抗旨不遵，以致後遭貶黜。再然後是他追隨靖王，使蕭太后和蕭家覆滅、丹陽縣主死亡。他不必再娶丹陽縣主，而他也一直沒有找到她。

顧珩看著霧氣瀰漫中的身影。他不記得她長什麼樣子，但是記得她說的話、記得她的神態，只有她才會給他這種感覺，才會讓他心中動搖。

他沒有再忍耐，幾步上了臺階。

涼亭外煙波浩渺，她聽到腳步聲，笑著轉過頭。

就這麼一眼，顧珩就知道，她就是她！

他的身體微微顫抖，一時竟不知道該怎麼反應。

難道母親找到的要和他成親的人，正好就是她嗎？

他之前還差點不願意來，差點就錯過了她！

元瑾一看到他，先是皺了皺眉。「你……」

這男子身著玄色長袍，下巴瘦削，俊美得恍若天人，五官彷彿是最精湛的工匠雕刻出來的，無一不細膩、完美。他不知為何緊緊盯著她，嘴唇微動，目光中似乎有什麼東西呼之欲出。

「阿沅。」他又走近一步。「妳可是阿沅？」

元瑾聽到「阿沅」二字，心中亦是一震。

阿沅……

她有個小名為沅沅，只是這小名唯有太后、父親等人知道。而阿沅這名字，她只用過一次。

她十三歲那年去父親的駐地遊玩，救過一個陌生男子，給那個男子療傷。當初他追問她的名字不休，她只能告訴他，她叫阿沅。

只是這事年深久遠，她根本就不怎麼記得了。

現在一聽到阿沅這個名字，她突然就又想起來。

她仔細看他的臉。是的，雖然他與那時已經判若兩人，但是輪廓的確是熟悉的。依舊非常好看。

「你……」元瑾嘴唇微動，根本沒料到還會遇到他！

她不禁問：「你是誰？」

他究竟是誰，為何會出現在魏永侯府？

看得出她神色中的震驚，顧珩嘴角更是出現一絲笑意。

太好了，她又出現在自己面前，且還是母親找來要同他成親的。

他從未有一刻這樣感謝命運！

她應該不知道他的真實身分，不知道當初她救的那個人，就是現在要和她成親的對象吧？

他嘴角微帶一絲笑意。「我是魏永侯爺顧珩。」

聽到他名字的那一刻，元瑾心中猛然一驚，臉色迅速變得蒼白。

第四十九章

當妳面對為了能不娶自己，不惜起兵逼宮害她全族的前未婚夫婿時，應該是什麼感覺？

元瑾是不敢置信。

她從沒想過，她的前未婚夫婿、魏永侯爺顧珩，竟然就是自己當初救的那個人！

當時自己尚且年幼，對那樣落難的人是不會置之不理的。她照顧得很仔細，雖然不知道他的身分，卻也是盡心盡力。

而這個人傷好後，卻與旁人合謀，害了她蕭家滿門！

元瑾手指發抖。

那豈不是說，是她間接害了蕭家，害了太后！

顧珩嘴角帶笑，甚至走近一步，想要拉她的手。

元瑾卻後退一步，冷冷地道：「魏永侯爺，你要做什麼？」

「阿沅，是我啊。」顧珩以為她不記得他了，說道：「妳當初曾在山西救過我，可是忘了？我那時候眼睛壞了，妳替我治了許久。妳不見之後，我的眼睛便好了，一直在找妳，只是未曾找到妳。」

他露出幾分微笑。「我當真沒想到，母親找來的山西姑娘就是妳！這些年妳過得可好？」

他說著又要伸手來拉元瑾。

這時不遠處傳來腳步聲。顧老夫人正帶著幾個丫頭、婆子走過來。

她本是來看薛元珍和顧珩的，卻看到顧珩竟然和薛二小姐在亭子裡，且還離人家非常近！

她嚇了一跳。「珩兒，你在做什麼！」

顧珩回過頭，發現是母親來了，正上了臺階，很快走來。

顧珩看了元瑾一眼，眼神堅定，告訴顧老夫人。「母親，這位姑娘正是我找了數年的那人，如今我終於……」

顧老夫人聽了，心裡咯噔一聲，立刻打斷他。「你在說什麼呢！這位是靖王殿下的未婚妻！」

顧珩聽到顧老夫人的話，臉色一下變了，不可置信。「她是靖王的……」未婚妻？

原來靖王殿下將要娶的人就是她，就是他找了數年的她？

他找了她、盼了她這麼多年，但剛一找到她，卻發現她即將要嫁給旁人了！

且這個別人還不是旁人，而是西北靖王。靖王殿下坐擁西北兵權，還是他的上司，於他有提攜之恩。他的妻日後會是靖王妃，絕不容旁人冒犯。

「方才侯爺只顧著說，還未來得及告訴侯爺，您認錯人了。」元瑾身邊的紫桐道：「要和您說親的是我們府上的大小姐，我們二小姐已經同靖王殿下訂親，今日只是陪著大小姐過來罷了。」

顧老夫人生怕得罪元瑾，走到她面前道：「二姑娘不要見怪，侯爺早年心中有一癡愛女子，但一直未找到。怕是妳的背影與她有相似之處，所以他才認錯，實則是無心的。」

元瑾心中思緒翻湧，千言萬語只化作一句冷淡的話。「侯爺下次不要再這麼莽撞地認錯人了。」

她說完就帶著紫桐離開。

但是走過顧珩身邊的時候，他卻突然伸出手，一把將她抓住。

眾人都未預料他突然的動作，不由驚呼。「侯爺！」

顧珩卻根本不管其他人，微冷的雙目只盯著元瑾。「我沒有認錯人！妳就是她，妳若不是，剛才便不會這麼震驚！當日我雖看不清妳的模樣，卻絕不會認錯妳就是妳。阿沅，我找了妳這麼多年，妳為何不肯承認？」

顧老夫人聽了，簡直嚇得三魂沒了七魄。「顧珩，你在說什麼渾話，快給我放手！」

這事若傳到靖王殿下那裡該怎麼辦，顧珩他不想活了嗎！

元瑾用力拉扯自己的手，冷冷道：「侯爺當真認錯了人，若再不放，便是耍無賴了！」

顧珩的確認錯了人。

救他的是丹陽縣主蕭元瑾，而她早已不是蕭元瑾了！

過去的那個蕭元瑾，已經被他殺死了！

「妳答應過要嫁給我的。」顧珩薄唇緊抿。「妳為何要同別人訂親？」

他握得太緊，一時根本無法掙脫。

元瑾聽到這裡，嘴角嘲諷般地揚起。「侯爺，你怕是要清醒一些。我根本不認識你，哪裡來的答應嫁給你？」

看到她全然陌生和戒備的目光，顧珩最終還是心神一動，手不由得鬆開一些。元瑾便趁此機會甩脫，連頭都不曾回，帶著紫桐很快離開。

顧珩仍然盯著她離開的背影，片刻不曾移動。

顧老夫人卻抹了把汗，心有餘悸，嚴厲地吩咐丫頭和婆子們。「今兒發生的事，誰也不准往外說一句話。若是誰透露了，我便會活活打死她，知道嗎？」

眾丫頭、婆子都怕事，忙跪下應諾。

顧老夫人才叫了兒子。「你快跟我到正堂來！」

顧老夫人本是因薛元珍的事過來，但是出了這樣的事，元珍不元珍的也不要緊了，她得趕緊跟兒子把這個問題說清楚。

而接下來的宴席，自然是草草地散了。

元瑾單獨上了自己的馬車。

她抱著膝，蜷縮般地坐在馬車裡，似乎覺得好笑，嘴角揚起一個諷刺的笑容。

原來，顧珩一直在找的那個山西小姑娘就是她，就是和他訂親的丹陽縣主。

顧珩卻因為不肯娶丹陽縣主，而逼宮於太后，致使她死於非命！

他不知道，他已經親手殺死了那個他一直想找的人。

兩人從未交換姓名，亦不知對方的身分。在訂親之後，也從未見過面。就這般一步之差，讓命運陰差陽錯，讓他害了蕭家、害了自己。

他能去哪裡找她呢？他在哪裡都找不到那個人了。即便他能上天入地、手眼通天，但已死之人，如何能復生？

說不定，她的死還是顧珩親自動的手！

她都不知道，是應該恨顧珩還是恨命運？

指甲緊緊地掐進掌心裡。元瑾唯獨只知道一點，那就是她都恨。尤其是她救過的人反而害了她，她會更恨。

她一直努力忍住眼淚，直到這一刻，突然無法再控制自己的情緒，蜷成一團，嘴唇緊緊地咬著，淚水沿著冰冷的臉頰不停流下。

她亦不想哭，卻管不住自己的眼淚，它們在她的臉上肆虐，讓一切悲涼絕望的情緒無情地籠罩著她。

原來，顧珩是她救的。

原來，蕭家的覆滅竟有她作的孽。

佛祖說救人一命勝造七級浮屠，為何她救了旁人，卻得到這樣的後果？

蒼天不公，她到底有什麼地方做錯了，要受到這樣的懲罰？

元瑾捫心自問卻沒有答案，四周空寂而冷漠，沒有一個聲音回應她，她只能將自己蜷縮在馬車的角落，好像這樣能少痛一些，受到的傷害能少一些。

馬車到了定國公府時，天已經黑了。

元瑾下了馬車，跟老夫人說了聲「累了」，便回到自己的宅院。

她真的很累，累到不想應付周圍。

薛聞玉正在屋簷下等她，看到她回來，立刻走上前。「姊姊今日怎麼回來得這麼晚？」

元瑾抬起頭，他看到她眼睛紅腫，分明是哭過的樣子。

薛聞玉跟著她這麼久，什麼時候看到她哭過？頓時眉頭一皺，立刻問：「妳怎麼哭了，是不是在外面受了什麼委屈？」

元瑾搖搖頭，繞過他。「你回去歇息吧，我無事。」

她往屋內走，叫丫頭們都退下去。

這時候薛聞玉怎肯聽她的話，跟上去又將她拉住。「姊姊，妳別走！」看到這張一貫帶笑和平靜的臉上如此憔悴，他輕聲說：「妳我相依為命，這世上再也沒有比我們更親近的人，妳有什麼事都可以告訴我。可是……誰欺負妳了？難不成是薛元珍？」

元瑾沒有說話。

他臉色越發陰沈。「果真是如此。那我現在便廢了她！」

元瑾搖搖頭，本要說什麼，可一張嘴，聲音還未出來，眼淚就又流下來。

有時候人的堅強便是如此，撐得過許多苦痛、折磨，卻抵不過一句問候。

她又開始哭得渾身發抖、不能自已。

這更把薛聞玉嚇著了，連忙扶著她。「姊姊，究竟怎麼了？」

元瑾卻無力回答，癱軟在地，緊緊地揪著這個已經長成少年的弟弟的衣袖。

薛聞玉半跪在地，衣裾垂落在地上，把哭得毫無自覺的元瑾攬在懷裡，不再問她發生了什麼事，而是輕聲安慰。「我在這兒，沒事的，姊姊，沒事的。」

元瑾閉上眼，輕輕嗯了一聲。

她感受著弟弟溫熱的脈搏，頭一次在他身上體會到同太后一樣的，真正的相依為命。

薛聞玉的手一直輕撫著元瑾的髮，安慰著她。

希望她能忘記一切苦厄，真正的開心起來。

另一頭的魏永侯府，顧老夫人讓丫頭關上房門後就轉過身，嚴厲地質問顧珩。

「你方才在做什麼？我已經告訴你，那是靖王殿下的未婚妻，你怎還做出那樣的事！倘若今兒在場的哪個好事之人，把這話傳到靖王殿下的耳中，你怎麼辦？」

顧老夫人嫌貧愛富，攀附權貴，但這不妨礙她是個腦子清楚的人。

兒子如今在朝堂確是炙手可熱沒錯，但靖王朱楨是什麼人，他怎能如此狂妄，去觸殿下的逆鱗。

這位定國公府二小姐家世並不出眾，靖王殿下娶她，還不是因為極喜歡她！

顧珩卻道：「母親，她就是當初救我的那個人。兒子別的不說，這條命都是她給的。別說靖王，便是皇帝，我也不是不敢得罪。」

顧老夫人也知道兒子的脾氣，當初蕭太后就差沒把刀架在他脖上，他不也沒娶丹陽縣主？

她看著兒子強硬而冷漠的面孔，重重地嘆了口氣。

顧珩那事她自然知道。

十七歲那年，顧珩跟著他父親出征，親眼見到父親死在戰場。他逃出來時身受重傷，不能視物，整個人都崩潰了。這個時候出現在他身邊的人，必然會給他留下一輩子的烙印。之後即便再怎麼手握權勢，也不會忘了那個姑娘。

她也不是真的這麼迂腐的人，倘若兒子真能找到她，那她也不會說什麼。就憑她曾救過兒子一命，讓她過門也無妨。

但是這麼多年了，兒子一直沒有找到那姑娘。

憑兒子的手段，用了幾年還找不到。有時候顧老夫人甚至都懷疑，這個姑娘是不是真實存在的？

她坐下來，換了個語氣。「那好，你口口聲聲說她就是那個人，那娘只問你，你當初在邊疆遇到那姑娘時，她多大？」

顧珩道：「約莫十三、四歲。」

「那便是了。」顧老夫人覺得兒子是昏頭了，竟連這點都看不穿。「你當初遇到她時，她十三、四歲，如今五年過去，這姑娘應當十八、九歲了。而你今天見到的薛二小姐現在亦不過才十四、五歲，怎麼可能會是那個人？」

顧珩抿了抿唇，卻不肯承認。「我當時眼睛受傷，看錯也是有的。」

顧老夫人卻覺得兒子純粹在跟她抬槓，也提高了聲音。「你難道傷到分不清十歲和十四歲不成？」

她見顧珩仍然眉眼冰冷，不肯承認的樣子，只能道：「那好，我再告訴你，這位薛二姑娘自小就在太原長大，父親是個苑馬寺的小官。她這樣的大家閨秀，出門上個香都要長輩同意、僕從跟隨，怎麼可能會去邊疆這種地方？據我所知，除了來京城這次，她可是從來沒出過太原府的。」

顧珩卻一臉漠然。「當時能出現在邊疆差不多大的姑娘，兒子都已一一查過，並沒有找到她。若她能去到邊疆，我自然也已經查證過，眼下便只能從這種不可能中來找可能！」

「你、你這……」顧老夫人被氣得一時說不出話，半晌憋了句。「你這是歪理邪說，不過是你不想承認罷了！」

「母親，」顧珩卻是低低一嘆。「我的直覺告訴我，她就是她。且您當時不在場，不知道她一開始的表情有多麼震驚。若她不是她，怎麼會表現得這麼驚訝呢？您說得也有道理，但眼下所有可能的都已經排除，剩下的都是不可能的。」

顧老夫人聽到兒子略微服軟了些，也嘆了口氣。「娘說句實話，其實娘哪裡在意她是不是那個姑娘，只要你喜歡，你說是，娘巴不得你娶她。可是現在不行，她是靖王殿下的未婚妻，沒多久就要成親了。珩兒，你自小到大從不需要我操心，我便也只問你，你難道想跟靖王搶人不成？」

顧珩又不再說話。

「你心裡什麼都清楚。」顧老夫人說：「且你只需私下隨便一調查，便知道娘說得不假。娘最後再問問你，倘若你把其他人錯認成了她，她知道了會不會不高興？」

顧珩這次是徹底地沈默了。

長夜無聲，門外庭院蕭瑟。

天地廣闊，人間的劫數千千萬，眾生如恆河沙數，縹緲無蹤，他能去哪裡找她？

便只差上窮碧落下黃泉了。

但是直覺分明告訴他，她就是她；言行、舉止是那樣熟悉……但是的確，年齡對不上，身分也是對不上的。他說了這麼多歪理邪說，不過就像母親說的那樣，只是在找藉口讓自己相信罷了。

其實無論怎麼樣，她都不能是她。因為她即將是靖王妃，是他上司的妻。

他彷彿又看到她在自己面前，跟自己說：「你知不知道，給你治病用了我多少銀子？」

他不回答。

「一看你便是個窮鬼。告訴你，欠我的銀子是一定要還的。現在沒錢，等以後有錢了便來找我。只要你誠心，最後一定會找到我的。」她露出笑容。「說好了，你一定要來找我啊！」

他看不清她的臉，但是他知道，她那時候的樣子必然是極好看的。

其實，她只是想要自己去找她吧？

可是他卻怎麼都找不到她。

母親說得也對，他不能強行把旁人認作是她，那樣是對她的侮辱。這個薛二小姐再怎麼像她，也不可能是她。他應該要離她遠一些，免得再次心神動搖，鑄成什麼不可彌補的大錯。

靖王殿下的手段，他並不想嘗試。

他閉了閉眼，然後道：「母親，我想一個人待會兒。至於親事，我現在仍沒有打算，您不必為我操心了。」說完便大步離開正堂。

顧老夫人知道自己說服了兒子，卻也沒有為此高興，屋內只徒留一聲輕輕嘆息。

這天一早，顧老夫人便親自趕到定國公府跟老夫人長談。

她離開後，老夫人的臉色很難看，立刻將薛元珍叫過去說話。

元瑾聽丫頭說：「……大小姐離開正堂的時候，臉色發白，失魂落魄，似乎是和魏永侯家的親事出問題了。」

元瑾聽了一凝思，便繫了件斗篷去老夫人那裡。

看到她過來，老夫人就嘆氣。

「元珍的親事怕是要黃了！」她接著說：「當日，顧老夫人叫妳們去賞花，其實是想給元珍和顧珩見面的機會，誰知元珍卻莫名被一個陌生的小丫頭叫走，沒得見魏永侯爺。魏永侯爺因此不喜，也不願再和她見面了。」她說到這裡，看向元瑾。「元珍被人叫走，妳可還在院中？」

老夫人想到顧老夫人來時欲言又止的模樣，不禁猜測其中是不是另有隱情，希望元瑾當時看見了一二。

元瑾道：「孫女那時候已經不在院中了。」

她自然不會告訴老夫人，顧珩誤以為她才是要嫁他的人，並且還冒犯了她。何況顧老夫人找了託詞，不就是想掩藏這件事嗎？畢竟她已經同靖王訂親，若是傳出去讓靖王知道，誰也討不著好。

老夫人又嘆氣。「罷了！也是元珍自己不謹慎，怎地一個臉生的丫頭傳話，她也聽了？我亦不好多說什麼，畢竟當時顧老夫人也說了，一切要顧珩看中再說。我好生勸勸她，再給她找一門別的親事吧。」

薛元珍卻在屋中哭了兩天不止，誰勸都沒用。丫頭勸她吃飯，她還罵了丫頭，並且掌摑了人家。這事弄得老夫人也不高興，但沒辦法，只能讓薛元珍的生母周氏過來安慰她。

崔氏卻在元瑾的房中，一邊嗑瓜子，一邊嘲笑薛元珍。「妳瞧，這便是惱羞成怒了！憑她什麼身分，敢在定國公府使這樣的大小姐脾氣？她也不想想，本來嫁給顧珩這事，當初人家老夫人和魏永侯府都沒說定，若不是老夫人這層關係，她的身分哪裡配嫁給顧珩，就是現在也是她攀高枝，反倒當顧珩是自己的囊中物了！」

說著又問元瑾。「她可來找妳幫她了？」

元瑾搖搖頭，倒不是薛元珍不想，而是老夫人根本不會允許。

薛元珍若來求她，肯定是想讓她求靖王。但老夫人是何等精明的人，怎會讓薛元珍因為這事去打擾靖王？別說打擾靖王了，甚至都到不了她這裡。

當然，她也的確不會幫薛元珍了。這件事現在已經不重要，對於顧珩，她有了更複雜的仇恨心理。

他不是在找那個人嗎？但是他找的人，已經被他親手殺死了。所以，他永遠也找不到，即便那個人就在他面前，他也永遠都不會知道。

元瑾只是淡淡地喝了口茶。

就在這時，外頭進來一個老夫人的丫頭，向她行禮。「二小姐，靖王殿下那裡來人，說殿下想見您。」

朱楨為什麼突然想見她？

元瑾放下茶杯，問道：「可說了是什麼事？」

丫頭搖頭。「只說讓您趕緊過去，來接您的馬車已經到影壁了。」

雖說男女婚前不得相見，但對方可是靖王，便也沒這麼多規矩了。

元瑾也沒有耽擱，差人去同老夫人說了之後，便帶上紫蘇、紫桐兩個丫頭出門。

影壁前停著一輛高大精緻的馬車，十多個侍衛站在一旁，其中一個已經撩起簾子，恭敬地道：「二小姐請進吧。」

她上了馬車，仍然是往西照坊駛去，只不過這次沒有去米鋪旁的小院子，而是直接進入氣派寬闊的靖王府。

認識朱楨這麼久，這還是元瑾第一次到靖王府來。

下了馬車後，元瑾只見周圍是寬廊、高柱、大理石鋪地，戒備森嚴，侍衛林立在寬廊之下。

門扇打開，李凌自屋內走出來，笑著對她行禮。「二小姐，殿下在裡面等您。」

元瑾這才明白，為何以前來找他，總是很難見著一回人。不是他外出了，而是身為靖王，自然不可能有很多空閒。

其實她有些疑惑，朱楨不會平白無故找她，必然是有什麼事。

但他能有什麼事呢？

第五十章

元瑾進屋後，只見裡頭用柞木地板鋪地，四周幔帳低垂，高大而華麗。紫檀架上擺放的皆是價值連城的稀世古珍，或是紅珊瑚擺件，或是羊脂白玉的鐘磬。

她不由得想起朱槙在山西時所住的那間樸素的書房。

眼前這個才應該是一個權勢藩王所住的府邸。

元瑾走至裡面，又看到靠窗的地方放了一張躺椅。一旁的小几上還放著幾把小巧的弩機，似乎他正拆開看裡面的構造。

她以前就對弩機感興趣，也曾自己做過，只是沒做過這麼小的，不知究竟是什麼構造？

元瑾便拿起來看個清楚。

「那個別動。」背後傳來一個熟悉的聲音。

元瑾立刻要放下手中的弩機，誰知弩機卻被觸動機關，頓時「嗖」的一聲，一排銀亮的小箭瞬間破空，射入對面的牆柱。元瑾一驚，不由後退，卻撞到了一堵胸膛。

他悶哼一聲，攬了下她的腰將她穩住，低聲問：「妳在做什麼呢？」

元瑾回過身，就看到朱槙面帶微笑看著她。方才竟被他抱了一下，她的心突然跳得快了些，不由得道：「你怎麼突然站在別人身後！」

朱槙略挑眉看她。「那妳怎麼突然動我的東西？」

她不過是拿起來看看，再者她還以為他不會這麼快過來。

朱槙走上前，從後面將她手上的弩機拿走，放在她搆不著的紫檀架高處。「這個危險，妳不能玩。」

元瑾。「……」

他真當她是小孩了？

她之前也不是沒玩過弩機，只是沒見過朱槙這個這般靈敏的，倒不知是不是他自己發明出來。

他見她不說話，又指著那一排弩機。「妳可知道，妳發了這弩機一發，要費多少銀子？」

元瑾覺得他在逗自己玩，跟著問：「費多少銀子？」

「怎麼也得要個幾百兩吧。」他說。

竟還想拿這個矇她！元瑾道：「再怎麼費工的箭頭，亦不過是精鐵所鑄，總不會超過十兩。要是殿下真的要我賠幾百兩銀子，我倒也可以砸鍋賣鐵給你補上。」她亦是話鋒一轉。「就是不知道，殿下是不是有訛詐我的意思了？」

其實朱槙本是想逗逗她的，小姑娘麼，聽到這麼說哪裡不會怕。誰知道她懂得這麼多。也是，之前她幫她弟弟奪世子之位的時候，就表現出在軍事上嫻熟的了解。

朱楨笑道：「元瑾，妳可知我給妳的一百八十擔聘禮，值多少銀子？」

元瑾雖然沒去看過他給的聘禮，但聽崔氏說，價值連城的珍貴之物不少。

「隨手便送了妳這麼多東西，還要訛詐妳？」朱楨說到這裡，輕輕一頓，嘴角微勾，向前走去。「妳跟我過來。」

元瑾看著他高大寬闊的背影，心中突然有些猶豫。

朱楨其實對她很好，即便她動了他的弩機，他也不曾生氣，只是逗她罷了。

若是其他人擅動他如此機密之物，必然不會這麼輕鬆。

她跟他穿過幔帳，進了西次間。

西次間中燒著地龍，放著幾把舒適的東坡椅，對面一整排書架放著各式各樣的書。

朱楨叫下人上了茶，喝了口茶卻沒有說話。

見他許久不說話，元瑾才問：「殿下找我來究竟所為何事？」

朱楨靠向椅背。「自然是找妳商議一下親事的。我前幾日都在忙，今日方得了些空。之前也沒想到太后這麼快就說成親，我們也未合計過。」

「這有什麼好合計的。」元瑾目光微閃，沒想到他竟然直接提這事，就道：「……左不過是成親罷了。」

左不過是成親罷了？她這話說得，真是比他還灑脫俐落。

朱楨合上茶蓋，說道：「元瑾，我身分特殊，妳嫁與我，日後便是靖王妃，也許會面臨許多妳想不到的危機，妳怕嗎？」他略停頓一下，看向她。

元瑾自然搖頭。「不怕，殿下不也好好活著？」

朱槙嘴角一勾。他能活到現在，靠的是極過人的敏銳和毅力。不過他會儘量保護她，不讓她看到那些權慾中污穢的東西。只是他也不是時刻都在她身邊，所以還需要再做別的準備。

「妳說得很有道理。不過，我得先給妳二十個護衛。自今日起就跟隨妳左右，不可離開。」

說著他向外面招招手，示意帶人進來。

他要派護衛跟在她身邊，這如何能行？

元瑾立刻拒絕。「我住在定國公府內宅，有護衛出入並不方便。再者……他們畢竟是男子……」

「這不必擔心，我的護衛都是訓練有素的，定國公府那邊也不會反對。」朱槙並不容她拒絕。

元瑾心道，定國公那是不敢反對。

「但也沒什麼必要。」元瑾道：「我在定國公府有自己的護衛，不必浪費您的人手……」

朱槙道：「元瑾，我身邊非常危險，這朝堂上希望我死的人非常多。妳可知道，曾有些人堅持不懈地接連刺殺我五次之多。」
元瑾心忖我自然知道，那個堅持不懈刺殺你五次的人，彷彿就是我。
她折衷道：「那他們不進入內院，這總可以吧？定國公府內院倒也守衛森嚴，不會出問題。」
朱楨想了想，也沒有堅持要求一定要隨侍。
李凌已經把人領進來。「殿下，人來了。」
元瑾一看，是個身著短袍、面容堅毅，一看就是練家子的男子。
這人先恭敬地向朱楨行禮，朱楨嗯了聲，示意元瑾的方向。「跟她自報身世。」
那男子便恭敬地給元瑾行禮。「二小姐，小的名宋謙，負責您的護衛隊，以後便隨侍二小姐周圍。您若有別的要求，也盡可差遣。」
「妳一會兒離開時帶上他們，以後他們便是妳的人，任何情況都不再受我差遣。」朱楨讓兩人下去，喝了口茶，繼續道：「再說一下妳嫁我之後的事。妳現在還小，所以除了成親那晚，我們可以先分開睡。」
元瑾聽到這個，難免有些臉紅。他怎地如此說這麼直接的事？
她只是嗯了一聲。
朱楨定定地看著她，解釋道：「我說這個是知道妳必然會顧慮這件事，打消妳的疑慮罷了。妳若覺得不好可以說。」

元瑾卻想了想，認真地道：「那當晚不分？」

朱槙沒想到她提這個，搖頭說：「不分。」

「為何？既然都要分，索性就不要住一起了。」

朱槙覺得她得寸進尺，因而說：「不想分，可以嗎？」見元瑾似乎還要說什麼，他又是一笑。「妳若再多說，便都不分了。」

好吧，那她不說了！元瑾又思索了許久，才道：「我還有一件事想問殿下。」

「嗯。」朱槙對她卻是很隨和的。「妳問吧。」

元瑾想了很久，才開口問：「當日殿下是為了幫我，才來我家向我提親。我只是想問殿下，若您真是想幫我，大可命令裴子清即可，又何必非要娶我？」

不知道為何，元瑾就是突然想問清楚。她想知道，朱槙究竟在想什麼？

他有很多手段可以解決問題，卻偏偏要娶她。

朱槙放下茶盞，凝視著她許久，突然問：「元瑾，妳現在當我是什麼？」

元瑾垂下眼眸。「自然是靖王殿下。」

「我雖然是靖王，卻不希望妳把我當成靖王。」他見元瑾仍然沒有反應，聲音略帶了些溫柔。「妳看著我。」

元瑾卻沒有動作。

朱槙道：「不是當我是靖王嗎？那我的話妳總該聽吧。」他的語氣又帶著幾分不可違抗。「抬起頭，看著我。」

元瑾才緩緩抬頭看向他。

他今日一如往常的裝束，高大而筆挺，長眉如刀，有一種儒雅的英俊。也許因為知道他是靖王的緣故，即便身著棉袍，但言行舉止間仍然感覺到一種隱隱的威嚴。

但是他看著自己的目光卻是平和的，宛若深潭，一眼看了便讓人深深陷入。

朱槙繼續說：「當初一直沒有表明身分，固然有蓄意隱瞞的緣故，卻也是怕妳知道了，會因此懼怕我。」

在至上的權勢中，任何親情都很難純粹。淑太后把全副精力都放在皇帝身上，他是跟著孝定太后長大的，只是孝定太后死得太早。算來，這世上真正與他親密的人真的不多，懼怕他的卻是多得不得了。

「妳我相識時，妳只當我是個普通幕僚。現在，我希望妳仍是如此。」他靠在椅背上，笑道：「我想娶妳，並不只是想幫妳，而是真的想娶妳。我待妳仍然和從前一樣，所以妳不必在意靖王這個身分。」

其實朱槙真的不擔心她怕自己，而是在她不當他是靖王的時候，她整個人都是輕鬆、快樂的。朱槙能感覺得到，他希望元瑾一直保持這樣，不被外物所擾。

他會讓她一直這麼快樂的。

他說完後，元瑾心中不停迴盪著他說的話。

他是想說，其實他之前就已經喜歡她？

所以，他真的想娶她。

元瑾知道這點後，反而更加心緒難平。

他喜歡她……他竟然真的喜歡她。有很多人曾經喜歡過她，而唯有知道朱槙喜歡她的時候，元瑾知道自己的情緒是不一樣的，她因為他的話而撼動。

兩個人便這麼靜了一會兒，才有侍衛在外面通傳。「殿下，魏永侯爺到了，在外面等您。」

朱槙嗯了聲，對元瑾說：「正好，妳也見一見他吧。」接著對外面道：「叫他進來。」

元瑾才回過神來，輕輕地皺了皺眉。

顧珩怎麼過來了？

片刻後，只見穿著正二品武官袍的顧珩走進來，給朱槙行禮，抬頭才看到元瑾也在這裡。

他瞳孔微縮，一時不知道該說什麼。

元瑾站起來，給他屈了個身。「侯爺安好。」

朱槙輕輕按住她的胳膊，淡淡道：「妳不必行禮。」

顧珩嘴唇微抿。「殿下說得是，由我給二小姐行禮才是。」說完給元瑾行禮。

朱槙笑了笑。「你來得正好，我還有件事託付給你。」

顧珩道：「殿下說便是。」

「我接下來總有離京的時候，需要你替我照看二小姐。」朱槙道：「薛讓駐守京衛沒空，正好你回來了。」

顧珩已經決定後退一步，畢竟不管元瑾究竟是或不是，她都是未來的靖王妃，他應該同她保持距離，不應該再產生那種熟悉感。

他下意識直接拒絕。「殿下，我恐怕不大合適……」

「無礙。」朱槙道：「不需你守在她身邊，只需要注意她身邊的人就是了。」護衛畢竟只是護衛，自然不如顧珩身分卓越，很多事恐怕護衛也無法解決。

見殿下都這麼說，顧珩也無法拒絕，左不過是注意元瑾身邊的人和事。

他答應下來，又道：「我還有宣府之事要向殿下匯報。」

朱槙點頭。「你先去書房等我吧。」

顧珩才退下去。

元瑾看著他離去時挺拔瘦削的背影，突然想起在邊疆的時候，他無數次這樣看著夕陽。瘦削的背影迎著風，獵獵衣袍在風中飛舞。

她也曾問過他。「你又看不清楚，有什麼好看的？」

顧珩回答。「我並不是在看景色。」

「那你在看什麼？」

「風。」他說：「總還是看得見風的。」
這個人一直都挺倔強的。
她跟朱楨說：「殿下，魏永侯爺恐怕真的不合適。」
「何以這麼說？」朱楨倒是一笑。「妳跟他有什麼過節不成？」
「殿下手眼通天，」元瑾抬頭看著他，不錯過他臉上任何一個神情。「恐怕已經知道那日發生在魏永侯府的事了。魏永侯爺將我錯認成……他喜歡的女子。」
元瑾之所以這麼猜測，是因為朱楨剛才讓顧珩進來見她。
若不是他有意，為何要讓顧珩見她，給她行禮不可？
「那也沒什麼。」朱楨淡淡道：「不過是錯認罷了。」
元瑾又問：「殿下便這麼肯定？」
朱楨仍然在笑，卻停頓了很久，久到元瑾以為他不會說了，才聽到他的聲音。
「因為他一直在找的那個人已經死了。」他的語氣非常淡漠，甚至眼中都透著一種冰冷。「所以他不過是認錯罷了，終有一天會醒悟的。」
元瑾聽到這裡時，心中非常震驚。
聽朱楨這話的意思，他似乎知道顧珩一直在找的人就是丹陽縣主……
他竟然是知道的！
而他沒有告訴顧珩，恐怕是因為他推翻蕭太后需要顧珩的協助，所以顧珩不能知道真相。

顧珩不能知道，所以他一手隱瞞。

原來是這樣！

元瑾心中狂跳，看向朱槙的目光更加複雜。

他仍然平靜而溫和。卻讓她真正想起曾經和這個人作對，卻從沒有討到好處，甚至被人家毫不留情碾壓的那些年。她再次深刻地意識到，眼前這人當真就是靖王朱槙，他的手段、他的無情，完全當得起靖王殿下這個身分。

只是在面對她的時候，他才以那個無害的陳慎出現。差點讓她忘了，他應該是朱槙。

「我怕是要回去了。」她說：「出來太久了。」

朱槙就叫了李凌進來。「……送二小姐回去。」他笑道：「回去看看妳的一百八十擔聘禮，挑個好的賠給我吧。」

元瑾嘴角微動，屈身告退。

她回去的時候，自然帶上那二十個護衛。

果然是朱槙身邊出來的人，這些人的確訓練有素，不僅個個身手不凡，連身高都大致一樣，卻都長相普通，扔進人群裡完全找不到。

她帶著這些人回到定國公府，先派了個小廝去將這事告訴薛讓。

薛讓得了信兒後，知道是靖王殿下派來的護衛，便派了自己貼身的大管事過來，親自將這些人安排在倒座房。

元瑾往回走，就見不遠處的路邊，薛聞玉在她的必經之路上等著。

看到她回來，他的眼眸驀地一亮，向她走過來。「姊姊去靖王處，怎地這麼久才回來？」

的確有些久，天色都微黑了，已經有小廝拿著竹竿將屋簷下的燈籠一一點亮。

「你怎麼在這裡等我？湖邊風冷，你的風寒才好了幾日，竟又這般不注意。」元瑾忍不住說他。

其實聞玉的身體底子並不好，他雖跟著習武、騎馬、射箭，長得很高，肌肉筋骨勻稱而結實，但畢竟是娘胎裡帶來的不足，稍有不慎很容易頭疼腦熱。

薛聞玉只是笑笑。

他自然不會告訴她，他是為了早見到她一會兒才出來等她的。

「去我那裡說吧。」元瑾帶著他往回走。

丫頭遠遠地跟著兩人。

走至蘆葦邊，薛聞玉沈默一下，問道：「姊姊還未及笄，嫁給靖王就不會圓禮吧？」

元瑾聽了皺眉，輕敲了他肩一下。「你小小年紀，想這個做什麼？」

小小年紀？他不過比她小半歲罷了。

薛聞玉卻也知道，男子怎麼可能有這個定性？若真的有軟玉溫香在懷，且已經是自己的妻子，還會因為差那麼半歲而忍住？怎麼可能！但是，他明面上無法阻止元瑾嫁給靖王。他只能希望，那件事越早發生越好。

「姊姊不愛他，只是為了我的事留在他身邊，我自然不希望妳做自己不喜歡的事。」薛聞玉低聲道：「所以在他身邊的時候，姊姊也要注意保全自身。靖王此人畢竟是老謀深算。」

元瑾聽到這裡，目光看向冰冷的湖面。

再過不久就要回春，到時候草長鶯飛，冰雪消融，人間又將迎來春天。

其實她對朱槙並非完全無情，畢竟朱槙對她真的太好。但是顧珩的事也讓她確切地明白，她面臨的、即將要嫁的不是別人，正是那個她努力鬥了許多年，害了太后和蕭家的靖王。

她不會讓這些人枉死的，她必要將聞玉推上帝位，要讓那些曾經背叛蕭家的人付出代價。

「我心中有數。」元瑾聽到自己的聲音淡淡的，好像不是她說出來的，甚至不是她的聲音。

這聲音消失在天地間，她分明聽清楚了，除了她之外，這還能是誰的聲音？

姊弟二人走在湖邊，不遠處有人急匆匆地向他們走過來。元瑾一看，這人臉色肅冷，身材瘦長，正是聞玉的小廝薛維。

薛維給薛聞玉行禮。「世子爺，有突發情況！」

元瑾一聽，便對身後跟上的丫頭道：「妳們先回去等著。」

丫頭們屈身退開，薛聞玉才問：「究竟什麼情況？」

薛維環顧四周，見無人後才道：「徐先生發現一道諭旨，是先帝生前秘密留下的，裡頭命錦衣衛暗中在民間尋訪前太子殿下的下落。這道聖旨落在一個侍衛手中，先生覺得有這道聖旨，便能證明先帝是有意前太子殿下繼位的，對您日後收攏人心有好處。這般隱密的事，他也不能交給旁人，便立刻去這個侍衛家中買回，卻不想遇到錦衣衛突查這人，便一同被抓起來了。」

元瑾聽得有些頭大，怎地這般巧！

薛聞玉聽了先問：「那聖旨在何處，可有被錦衣衛的人發現？」

薛維搖頭。「這個不知，只知道徐先生被抓了。那侍衛似乎常從宮中倒賣東西，我們的人去看過，家中被翻得一團亂，恐怕都已經被作為物證拿走了。」

「先派人去看看交銀子能不能把徐先生弄出來吧。」元瑾道：「記住，聖旨之事半句不許提。」

倘若沒發現徐先生是去買那道聖旨的，那救他出來就簡單。如果被發現了，肯定會引起好事之人的好奇，到時候徐先生恐怕不脫層皮都出不了錦衣衛。

錦衣衛的刑罰手段有多殘酷，元瑾也是知道的。

薛維又道：「這次恐怕有些難，我們已經塞過銀子進去，可對方說這件案子是錦衣衛指揮使裴大人親審的。他不點頭，沒有人敢放人。」

竟然還是裴子清親審，好大的排場！

元瑾道：「你且先試試吧，不行再說。」

薛維正要去辦，薛聞玉卻突然皺眉，攔住他。「等等。」

元瑾看向薛聞玉，只見他對自己輕輕搖頭，用唇形示意：周圍好像有人。

元瑾心中一緊。有人？

她朝周圍看去，旁邊不遠處只有幾叢小葉女貞。她的耳力極好，立刻就辨別出其中一叢，對薛維示意。薛維便將袖子捲起，悄悄靠近那叢小葉女貞。

那樹叢中的動靜突然大了起來，突然有個女子「啊」的一聲，然後飛快地往遠處跑。

果然有人，還偷聽了他們說話！

薛維很快追上去，那女子又怎麼可能跑得過薛維？很快就被塞住嘴巴，拽到元瑾和薛聞玉面前。

夜色下，她張大眼睛，十分驚恐。

這女子不是旁人，是薛元珍在山西時的貼身丫頭，青蕊。

她怎麼會在這裡？

元瑾端詳了她一會兒，才淡淡道：「我問妳的問題，妳要老實回答。告訴我，妳怎麼會在這裡，可是一直等著我？」

這是回鎖綠軒的必經之路，應該就是來找她的。而剛才並沒有人靠近，若有人靠近，他們肯定會知道。那只能說，這丫頭早就躲在這裡。

青蕊猶豫了一下，看著薛維握起拳頭，很快點點頭。

「誰叫妳來監視我的？」元瑾又問：「妳的主子薛元珍？」

這次青蕊卻是搖頭又點頭。

元瑾便猜，恐怕薛元珍還是對顧珩的事不死心，見不能接近她，就讓自己的丫頭在這裡等她，想看看能不能讓她幫忙。

元瑾問了最後一個問題。「剛才我們說的話，妳聽到多少？」

青蕊一愣，立刻瘋狂地搖頭。

只是，為了保命說的話，很難讓人相信。

元瑾微微一嘆。「妳方才為何要在那裡？」

為何要在暗中偷窺她，然後聽到不該聽的事情。

薛維道：「這事不煩勞二小姐，是我沒發現，竟差點造成如此疏忽。」他正要去抓青蕊，她卻突然掙脫，立刻朝正堂的方向跑去。

薛聞玉的眼神卻沒什麼波動，淡淡道：「除了吧。」

反正這個青蕊當初沒少幫著大房害他們，亦不算什麼好人。

元瑾沒有作聲，默許了薛聞玉的吩咐。不管她是不是偶然聽到，又聽到多少，這種紕漏都是不能留的。

片刻後，她聽到落水的聲音，想來薛維已經讓青蕊出了意外。

「若徐先生的事實在不行，我去找裴子清就是。」元瑾告訴薛聞玉。「你回去好好歇息吧。」

雖然這麼說，但元瑾還是覺得有些棘手。

可千萬不能讓人發現，徐先生和先帝的諭旨有關係。

第五十一章

薛元珍未著妝，面色很是憔悴。

周氏坐在她對面，拉著她的手，嘆了口氣。「魏永侯家既不願意，咱也別貼那冷臉。妳如此樣貌，又是定國公府的小姐，不愁沒人娶。」

薛元珍卻說：「可這樣叫旁人看了笑話，我如何甘心？徐瑤也喜歡魏永侯爺，那日分明就是徐家姊妹搗的鬼，可我跟老夫人說，她卻讓我放過算了。」

周氏心想女兒怎地看不透澈？

當日之事已經死無對證，老夫人怎麼可能為了她去得罪徐家的人。

「妳別再想這事了，再這般自怨自艾下去，老夫人也要不喜歡妳了！」周氏道：「眼看薛元瑾便要嫁給靖王殿下，不想這小妮子竟有這般造化，妳討好她一些，日後少不了有好處。」

周氏想起這事，也是心中羨慕眼紅。

她聽說薛元瑾在山西時，就在寺廟裡結識了靖王殿下。那時候她不知道靖王殿下的身分，故有了這段相識，薛元瑾又生得那樣的容貌，哪個男子會不動心？到了京城，靖王殿下竟要娶她做正妻，實在不得不讓人感嘆她運氣好。

眼下薛家的人哪個不是巴著討好薛元瑾？薛老太太一身老骨頭，也成日往定國公府來，說是要同老夫人一起商議元瑾的婚事。請什麼親戚、用什麼請柬、在哪裡擺宴席。至於花費，靖王府早派人來說過，一切由靖王府負責，定國公府只管花就是了。

「要是早知道靖王殿下那時候竟然住在崇善寺裡，怎麼著也得讓妳去試試……」周氏自己說著這話，也覺得是癡人說夢。靖王殿下是什麼身分，怎麼可能隨意讓別人近身。她拉了女兒的手，道：「我那裡有一支紅藍寶石嵌的孔雀開羽大金簪，妳且當作新婚賀禮送給她。」

薛元珍應了。「我原是想見見她的，但幾次都不得碰見。昨個兒晚上，我叫青蕊去她那路上守著，卻一直不見青蕊回來。找她一早了，不知這疲懶貨去哪裡躲清閒了！」

周氏道：「在薛家的時候，她還算對妳盡心，如今進了定國公府，見得多了，是心大起來了。」

母女倆正說著話，一個丫頭進屋屈身。「小姐，奴婢有要事回稟。」

薛元珍點頭。「妳說吧。」

丫頭道：「……我們找到青蕊姑娘了。」

薛元珍正是有些不耐煩。「找到了就把她帶回來，跟我說什麼？叫她先去領一頓手板！」

那丫頭卻一頓。「小姐，青蕊姑娘恐怕回不來了。她在府中的池子裡……溺斃了。」

薛元珍一驚，霍地坐直身子。「什麼？妳是說……她死了？」

「是沒了。」丫頭說：「早上被打掃院子的婆子發現的。雖然沈在水底，但隱約看得到人影，婆子便叫人去打撈，果然是青蕊姑娘。婆子發現時就趕緊告訴國公爺，已經叫府裡有經驗的管事看了，說是溺斃，怕是晚上失足跌下去的。」

府中只有一處池子，便是宴息處旁邊那個。薛元珍臉色難看。「怎麼會突然淹死？國公爺有說什麼嗎？」

「國公爺說府上正是辦喜事的時候，這樣的事不能張揚，左不過是個丫頭，便算了。您若是想去看看，那便看看，若是不看，就拉出去埋了。」

薛元珍覺得這話有些羞辱她，什麼叫「左不過是個丫頭」？不過是因她在這定國公府不重要罷了，要是死的是薛元瑾身邊的丫頭，定國公怎麼會輕易放過？

她吩咐丫頭。「叫他們先別動。」

等丫頭退下去後，她才抓住周氏的手道：「娘，這事蹊蹺！」

「平白無故淹死了，是有些不對……」周氏也很震驚。

薛元珍搖搖頭。「您不知道，那池子周圍遍種槐樹，誰會走到那裡無意跌落？青蕊也不是這般不小心的人。」她思索片刻，面色游移不定。「且我是讓她去偷看薛元瑾的，她若落水，難道薛元瑾聽不到呼救聲？可她卻莫名其妙死了……娘，您說，會不會和薛元瑾有關係？」

周氏被她這話嚇一跳，一股涼意竄上心頭，忙道：「妳可莫要亂說！薛元瑾與個丫頭無冤無仇的，能與她有什麼關係？」

「我也不知道。」薛元珍只是喃喃。「但是薛元瑾能從一個庶房出身走到今天，亦是心狠堅定之人。也或許，青蕊看到或聽到了什麼不該知道的東西……」

「妳越說越玄乎了！」周氏道：「眼下她如日中天，妳可千萬別提這個。丫頭死了便死了，再買就是。」

薛元珍點頭，她也知道不該去想這個。

但青蕊陪了她這麼多年，要說一點感情都沒有，那也是不可能的。白白死了個人，她能不多心嗎？

她還是有些放不下，想要打探、打探。「娘，不如您隨我去看看吧，我亦不做別的，只是好奇罷了。」

周氏自己也覺得蹊蹺，便同意了女兒的話，叮囑道：「見著她可別胡亂說話。」

薛元珍應下，收拾一番後便帶著周氏一起去鎖綠軒。

誰知等她走到鎖綠軒外時，卻被婆子攔下來。

那婆子笑道：「大小姐請回吧，二小姐今兒不在。」

薛元珍認為是這些人攔著不讓她見，皺了皺眉。「往常來時妳都告訴我不在。什麼不在，不過是妳們誑我罷了！」

「奴婢怎敢誆您？今兒一早宮裡便來人宣旨，說皇后娘娘要見二小姐，所以老夫人攜著二小姐入宮了。」婆子的語氣不卑不亢。「怕是要傍晚才能回來，不如您到時候再來看看吧。」

薛元珍無可奈何，只得道：「若她回來，派人來知會我一聲。」

婆子含笑應諾。

今日元瑾的確是隨老夫人進宮了。

一早宮中就來人宣旨，她和老夫人只是稍加準備，就立刻奉旨入宮。

老夫人攜著她在壽康宮拜見皇后娘娘鄭氏。皇后生得白淨溫柔，端莊柔和。她讓兩人平身，賜了座。

「我還沒見過二姑娘，當真是個美人。」皇后說話、行事都很客氣，笑著誇了元瑾幾句，就進入正題。「這些話本是太后娘娘要說的，只是這兩日犯了頭風，就託我來說。自然，我這做嫂嫂的，也要叮囑妳幾句。」

元瑾道：「娘娘但說無妨。」

皇后便道：「太后娘娘讓我轉達，咱們靖王殿下是聖上的同胞親兄弟，自十七歲就封了靖王，身分尊貴，又戰功赫赫，這滿朝野中也找不出幾個高門貴女配得上他的。故平日生活中，妳不只要敬著他，日後也要伺候他周全，替他料理瑣事，方能圓滿妳為妻的本分。」

元瑾心道，這一聽就是淑太后的原話。

她應諾。

皇后繼續道：「還有便是，靖王殿下已近三十，仍未有一子半女。所以妳若能為靖王殿下開枝散葉，也是大功一件。」說著又換為溫和些的語氣。「太后娘娘私底下跟我透了底，說妳若能生個女兒，便賞妳三千金；若生個兒子，便賞妳五千金，加一套五進的大宅院，額外給妳請個封號。」

元瑾聽了覺得有些好笑，這位淑太后當真是個妙人兒，將她當成個侍妾在打賞一般。她倒也沒表現什麼，繼續應諾。

皇后接著嘆了口氣。「畢竟之前靖王同鎮遠侯王保的女兒王嬙，也是夫妻伉儷，靖王待她極好。只可惜她害病去時，沒能給靖王殿下留下個血脈……」

元瑾抬起頭，其實皇后說這事是很不合宜的，如果是平常人家的嫂子，怎會在繼室面前說原配的好？

且皇后提起這事，倒彷彿是故意說給她聽，叫她心生妒忌一般。當然，元瑾只是很好奇，皇后意欲何為？

這個女人並不簡單。單憑她從未誕育過皇嗣，卻穩坐后位十餘年，無人能撼動，便可見一斑。

太后時常跟她說：「皇帝身邊，他那娘就是個天真蠢貨。除了靖王外，唯皇后一人得用。」

元瑾回過神，笑了笑。「臣女謹記娘娘教誨。」

幾人正交談著，外頭有宮人通傳。「娘娘，徐貴妃來給您請安了。」

皇后宣了進，片刻後，身著大紅遍地金通袖綾襖、戴鳳凰羽銜紅寶石赤金簪、金鈿寶花的徐貴妃走了進來。

徐貴妃先上前給皇后行禮。「妾身見過娘娘。」接著又站直身子，笑道：「原來今兒有貴客，妾身說老遠就聽到笑聲了呢。」

皇后和徐貴妃一向和睦。皇后已年老色衰，以德侍君主；而徐貴妃以色侍君主，兩者互不妨礙。且徐貴妃雖張揚，實則很清楚自己的身分地位，拿捏尺寸得恰到好處。因此宮中那麼多女人，比徐貴妃不討喜的多得是，皇后反倒喜歡她。

拋開世仇的原因，元瑾其實也很欣賞徐貴妃。看著她是愛皇帝，但無論皇帝去哪個宮裡、新納了什麼妃嬪，徐貴妃都從不妒忌。便是這樣的態度，反倒讓皇帝一直寵著她。在外人看來，徐貴妃這是識大體、賢良淑德的表現。

「再沒幾日薛二姑娘就要同靖王殿下成親了。」皇后道：「太后和皇上便叫本宮傳她來說說話。本宮見了，真真是個可憐見的美人兒。」

徐貴妃看向元瑾，笑了笑。「二姑娘當真國色天香，媚骨天成，我看到也喜歡。」

元瑾向她屈了屈身，抬頭直視她。「娘娘謬讚。擔得上『國色天香』四字，唯娘娘罷了。」

皇后又道：「徐貴妃怕還不知道呢。聖上原想將淇國公家的小姐一併賜給靖王為側妃，如此迎娶二人就是雙喜臨門。可靖王卻拒絕了聖上之意，也是當真喜歡薛二姑娘了。」

還有這事？元瑾倒是沒聽說過。

徐貴妃聽了，笑道：「那二姑娘的確是得靖王殿下喜愛了。」靜默片刻，同皇后說：「既然二姑娘在這兒，我便不多留了。等娘娘得了空，我再過來。」

皇后頷首允了她退下。

徐貴妃快步走出壽康宮，支著玉白的欄杆，竟突然有些喘不過氣。貼身宮婢忙扶住她。「娘娘，您怎麼了？」

他竟然真的要成親了！

徐貴妃閉上眼睛。她入宮快十年，聖寵不衰，實則她從未愛過皇帝半分。真正愛之人，遠在天邊，近在眼前，永不可觸及。

她從未想過，自己竟然會如此嫉妒！一看到那薛二姑娘，想到她日後將名正言順地躺在那個人的懷裡，被世人稱作他的妻，她就難受得喘不過氣來。

她望著遠處起伏的宮宇和朱牆許久，才道：「無事，扶本宮回去吧。」

她不禁想到初見靖王時的情景。

他征戰西北，得勝歸來，各家的小姐們爭相去看他，百姓們也湧上街頭。

朱楨穿著鎧甲，高騎在戰馬上，帶著軍隊進入城中。那時候他年輕而英俊，眉眼透出幾分凜冽之意，握著韁繩的手背浮出微鼓的經絡。百姓瘋狂地圍擁著他，喊著「靖王殿下，戰神再世」。而四周的樓房上，姑娘們彷彿看金榜遊街的進士們一般，紛紛將花和手帕往下扔。

整個京城，沒有一個姑娘是不想嫁給他的。

她打開窗扇看他，而那時候他正抬頭朝這邊看，隔著漫天的花幕，她撞上了他深邃的眼神，就這一眼便讓她紅透了臉。

可是半個月後，她就應召入宮，成了皇帝的妃子。

她總還是心存幻想，倘若朱楨要她，她便可負皇帝。只是，他從來只將她當作兄長的妃嬪，沒有其他。

唯餘一句不甘心罷了。

徐貴妃扶著丫頭的手，定了定心神，才慢慢走遠。

留在壽康宮中的元瑾，卻覺得徐貴妃方才似乎有些異樣。

她這樣八面玲瓏的人，怎會在這時候突然離開？

但皇后正和老夫人相談甚歡，兩人似乎沒有注意到徐貴妃的異樣。

「……我還有件事要告訴老夫人。西寧戰事吃緊，靖王要提前趕赴西寧。」皇后道：

「開春就得動身。」

聞言，元瑾才回過神來看向皇后。

老夫人聽了也是一驚，那豈不是說殿下與元瑾的婚期要提前？

「你們抓緊把婚事辦了，這樣才能多相處些時日。否則新婚燕爾的，再見恐怕就是兩年後的事了。」皇后看向元瑾的目光含著笑意，緊接著一頓。「不過眼下這消息還未傳出去，畢竟事關邊疆秘事，怕朝中知道了會動搖人心，所以……」

老夫人亦是精明的人，一聽就明白，忙道：「我與阿瑾是半個字都不會往外說的，娘娘盡可放心。」

朱槙在一個月內就要離開京城。

這可能代表了某種變數！

元瑾立刻想到徐先生曾告訴她，靖王的軍隊滯留在支援西寧的路上十餘日的事。這兩件事是相關的，可能傳遞了某種訊息。

她需要把這個消息告訴徐先生，但徐先生還被關在錦衣衛的大牢裡……看來勢必要趕緊把他弄出來，不能再拖延了。

皇后又囑咐了幾句話，元瑾臨走時，笑著對她道：「日後妳閒來無事，可以常進宮玩，也能陪陪太后。今日，本宮還有些東西要賞給妳。」說著叫宮人把東西抱進來，拿起一個盒子道：「別的就罷了，唯獨這樣東西卻是價值連城的寶貝，我平時亦不戴它。如今與妳這般投緣，這東西便送給妳。妳來看看好不好？」

皇后親自將之打開，遞給元瑾看。

元瑾一看，是一支光華明熠的金簪。這支簪子格外不同，簪身是鏤空雕刻，簪頭是盛開的海棠，海棠心以鳳血玉點綴。尋常首飾極少點綴鳳血玉，此玉傳說有靈性，佩戴者可養顏，故價值連城。

元瑾心中一動。

這鳳血玉的海棠簪是她及笄那年，太后送給她的。

恐怕在她死後，她原來的那些東西也被各方奪去，這簪子就落到皇后這裡。

沒想到，它竟然回到了她的手中！

元瑾將簪子握緊，那光華一點點收於她手，彷彿將曾經屬於她的榮耀也握在手中。

這原本就應該是她的東西！

她跪下，行禮謝過皇后的賞賜，在宮中吃過午膳，才回到府中。

老夫人一直惦記著皇后所說靖王出征的事，便派了個人去靖王府詢問。

很快地，朱槙身邊的李凌就過來了，給老夫人行禮，笑道：「殿下正要派我來跟您說這事。他的意思是，吉日、吉時都已瞧好，其餘繁瑣的細節可省去一些，一切由府上斟酌著辦。若有猶豫不決的，再問他便是。」

老夫人鬆了口氣，叫拂雲領李凌去吃飯，她親自將幾個管事召集過去。親事佈置要加快了，元瑾陪嫁的東西也要整理，除了靖王殿下給的那一百八十擔，定國公府還要添上二十擔，這都是需要一一上冊的。

元瑾卻摩挲著簪子，看了好一會兒。

凡昨日種種，她都不能忘，有些事她也必須要加快了。

她叫紫桐去找聞玉過來。

不過一刻鐘的工夫，薛聞玉就過來了。

元瑾問：「徐先生可出來了？」

薛聞玉搖頭。「……錦衣衛是靖王的勢力，沒有我們的人在裡面。別的人脈出手，又怕會打草驚蛇。至於拿錢打點，卻是無人敢接，只說必須要上頭首肯才能放人。所以暫時還沒有辦法。」

那就是被人卡住了。

這可不行，她要見徐先生，不能再拖下去了。

「明日你準備一輛馬車，就說是你要出去，給我用一用。」元瑾沈吟後道：「不要讓旁人知道。」

「姊姊要去做什麼？」薛聞玉眉頭一皺，總覺得她不是去做好事。

元瑾淡淡道：「去給你把徐先生救回來。」

薛聞玉正想說什麼，元瑾就搖搖頭。「我有辦法，你不要擔心。」

薛聞玉拗不過她，只得幫元瑾準備好馬車。

第二日一早，元瑾坐上馬車，吩咐車夫。「去松子胡同。」

這條胡同名松子，是因整條街都是賣炒貨的鋪子。因為離錦衣衛的衙門很近，所以裴子清的宅院就設在這裡。

元瑾在胡同口停下來，先叫人去買了兩包炒松子，才往胡同裡面走去，叫紫桐叩響了門。

門吱呀一聲打開，一個年過半百的門房走出來，見元瑾這馬車精緻考究，勢必不是一般人，就笑著拱拱手。「閣下來是何意？煩請道明。」

元瑾只叫紫桐遞上名帖，道：「你家主子看了便知。」

那門房半信半疑。

這位是誰呢，口氣這麼大？

他們老爺在京城是數一數二的人物，尋常人根本不得見。他又怕耽誤真正的大人物，還是不敢不接，叫護衛把名帖遞進去。

不一會兒，有人飛跑出來，氣喘吁吁地說：「大人請姑娘進去。」

門房才把大門打開，讓元瑾進去。

元瑾被小廝請入客堂，上了杯漢陽霧茶，請她邊喝邊等。

元瑾喝沒兩口，就聽到門口傳來一個聲音。「妳今日居然有興致來找我？」

只見裴子清穿著一件月白直裰走進來，他氣質略顯陰鬱，著月白色更襯得面如冠玉。

元瑾放下茶杯，淡淡道：「裴大人扣押徐先生不放，不就是想讓我來找你嗎？我既來了，你又何必再問？」她抬頭看了看四周。「我記得第一次出宮找你的時候，你就住在這裡。這麼多年，竟然也沒變。連個住處都不捎給我，你便這麼有信心，覺得我還記得這裡？」

「妳既然已經在這裡，那便是記得的。」裴子清嘴角一彎，坐到元瑾對面。「定國公府我已不敢去，我一去殿下便會知道。但我的確有話想對妳說。」

「什麼話？」元瑾看向他。

只見他從袖中拿出一樣疊得方方正正的東西。元瑾一看那布料，臉色略變。

雖然已經褪色，不過這的確是聖旨的織錦料子！

「這是妳的那位徐先生想從侍衛處買的。我手下的人一見這東西，不敢耽誤，立刻就送過來。現在我問妳，妳的教書先生買這聖旨做什麼——說的還是前朝太子的事。」他合上這塊布料，盯著元瑾。「我記得蕭太后在的時候，曾暗中派人去尋找過前朝太子。元瑾，妳告訴我。」

元瑾的心猛烈一跳。

裴子清直視她的眼睛，透出一股凌厲。「元瑾，妳現在是不是也在找前朝太子？」

元瑾的心本被高高吊起，聽到他問的話，才猛然一顆石頭落地。

她還以為裴子清發現聞玉的什麼異樣，原來不是。幸好裴子清的想法有誤。

裴子清恐怕以為，徐先生是受她指揮的。

她報仇心切，但是如何才能報仇呢？若只是借靖王的手除去幾個世家，那也太小兒科了，不是她會做的事。

她要做就會做件大的，比如她會選擇扶持一個新帝，將如今這個皇帝推翻。那麼那些曾經背叛過她的人，還不是被她切瓜砍菜一樣搞定。但是靖王、朱詢都跟她有仇，不是她選擇的對象，唯有這個前朝太子是正統的繼承者，也是蕭太后一直在找的人，非常符合元瑾的要求。

所以他以為元瑾是想找回那個前朝太子，扶持他繼承皇位。卻不知道這皇脈唯一正統的繼承人，其實已經在元瑾身邊，就是薛聞玉！

但元瑾也沒有掉以輕心，不能讓裴子清察覺到薛聞玉在其中的關鍵作用。

她嘴唇一抿，彷彿不想說一般，既不否認也不承認。

只有這樣，裴子清才會真的相信，這事是她吩咐徐先生去做的。

裴子清看著，果然嘆了口氣。「妳！妳可知憑妳單薄之力，想和靖王、朱詢抗衡是異想天開？妳馬上就要成為靖王妃，倘若讓他發現，他會怎麼對妳？」

「那是太后的遺願，我想幫她達成。」元瑾道：「你放了徐先生吧，他不過是受我指使罷了。」

裴子清深吸一口氣，一把抓住元瑾的肩。「蕭元瑾，妳到底明不明白我在說什麼！」

元瑾抬起頭看著他。「裴子清，你可還記得，當初曾折辱過你的那個工部侍郎是怎麼被貶官的嗎？」她臉上露出一絲笑容。「是我設計他一步步走錯，到最後讓他淪為一個縣主簿。

「我們之間，恨已如天塹。我只希望你看在往日我待你不薄的分上，不要阻礙我就是了。」元瑾站起身，迎著裴子清的目光。「其實我倒是想問你，你扣押他，真的只是因為這封聖旨嗎？你分明知道，即便我拿到這東西，也不能改變什麼。但是你——究竟為什麼，要逼我過來一趟呢？」

裴子清面色一變。

他扣著元瑾肩的手也慢慢鬆開。

元瑾乘機一把撥開他的手。「你放了他吧，我不會去尋前朝太子了。」

裴子清最後抿了抿唇，輕輕地嘆了一聲。

元瑾說得對，他分明知道，她就算有這道聖旨，也不可能找得到什麼前朝太子。不過是他自己還有心魔未解，想要看她來求自己，甚至想要再見見她。因為再過不久，她就是靖王的妻了。

他低聲道：「我可以放了他，但妳還要答應我一件事。」

元瑾點頭。

裴子清道：「殿下的身邊也是危機四伏的，妳嫁給他之後，千萬不要有什麼動作——這也是為了妳的安全考慮。靖王殿下是個極機敏的人，妳稍有不慎，他便會察覺到。到時候，我很難說他會不會留情面。」

元瑾靜了片刻，緩緩地嘆了口氣。「我知道。」隨後，她想去拿裴子清手裡的聖旨。「這個還我吧。」

裴子清卻放了回去。「這聖旨我是絕不會給妳的。」

給了她，那就代表她心中還對此有妄想，他不希望她還有什麼妄想。

罷了，若是真的強要，恐怕也會引起他的懷疑。

元瑾只好道：「你把徐先生送回來吧，他還要給我弟弟授課。」說著指了指桌上放的兩包炒松子。「既是求你辦事，便也得按照章程給個禮，你收下吧。」

她說完便要告辭，裴子清卻又在背後道：「對了，還有一事——顧珩回京了。這個人妳千萬要小心，不要讓他知道妳的身分。」

「為何？」元瑾面無表情地問。

裴子清停頓許久，才緩緩道：「元瑾……其實，他才是當年真正殺妳之人。」

元瑾回過身，臉上的笑容已經完全消失。「你怎麼知道的？」

「他是個講求斬草除根的人，倘若宮變不成，妳活了下來，他可能還會被逼著與妳議親，所以他才在妳的飲食中下毒。我之前只是猜測，這幾日才真正確定。都到了這地步，我不會騙妳的。」裴子清道：「總之，妳小心顧珩。」

元瑾嗯了聲，從裴子清這裡出來，上了馬車，忍不住又笑起來。

顧珩真的派人殺了她？

實在太好笑了。

她原只是猜測，沒想到竟然是真的！

顧珩說他一直在找她，卻已經派人毒殺了她。他哪日若是知道了，勢必會很精采吧！

元瑾閉上了眼睛。

一種說不出的感覺瀰漫心頭，讓她忍不住想要發洩、想要吶喊。但她只是靜靜地坐著，什麼都沒有做。

第二日，徐先生果然被人送回定國公府。

他第一個就去見元瑾，拱手道謝。「這次若不是二小姐，徐某怕就要折在裡頭了！」

他不過進去幾日，人就迅速瘦了下去，面容也有些憔悴。

「小事而已，先生不必介懷。」元瑾讓他坐下，除紫桐外屏退了左右，給他倒了杯水。

「不過那道聖旨我沒有拿回來。」

徐先生心中一跳。原是個好東西，沒想到現在卻成了索命之物。

他低聲說：「二小姐莫急，我找機會拿回來就是。」

元瑾搖搖頭。「罷了，不必。」

裴子清並不知道那道聖旨是什麼用處，那也還好。

再者，錦衣衛指揮使身邊豈是這麼容易近身的？就怕賠了夫人又折兵。

「聖旨一事暫且不提，其實把先生救出來，是有一件事想告訴你。」元瑾抬起頭。「西寧邊疆不穩，靖王需要提早趕赴邊疆，因此我的婚期恐怕要提前了。」

徐先生聽了，深深地皺起眉頭。

元瑾喝了口茶。「我現在想知道，先生的計劃是什麼？」

徐先生抬眉看她。「計劃？」

「我之前就說過，先生希望我留在靖王身邊，為你們搜集機密，我是願意的。只是你們是如何計劃的，現在要同我講清楚了。」

徐先生沈思片刻，才道：「既然答應過二小姐，我自然該說。我們所依仗的，就是靖王與皇上間的嫌隙，便說這西寧衛增援一事，皇上一再催促，靖王的軍隊卻拖延行程，可見得他們二人早已不再同心同力。不過皇上畢竟是個庸懦之人，但太子朱詢卻又是個狠角色。他暗中數次針對靖王，羽翼漸豐，不可小覷。靖王自己也知道，因此對朱詢極其防備，世子爺正好可以利用這種割據，壯大自己的勢力。」

元瑾明白徐先生的意思。亂世就是舞臺，雖說現在算不上亂世，卻也是個好機會。

她眼睛一瞇。「你們想利用這點，煽動他們反目成仇？」她思索片刻，又笑了笑。「怕是根本不用煽動，這一刻遲早會來的。」

「二小姐果然聰慧。只要他們二人鬥起來，那便是非一方死亡，不可結束。我們先挑起爭鬥，選擇一方站隊，等到一方戰敗，戰勝方亦是元氣大傷，便可螳螂捕蟬，黃雀在後。」

元瑾抿了口茶。如此說來，最關鍵的問題便是聞玉究竟選擇站在哪一方了。

「那先生現在可選好了？」

徐先生卻思索片刻，反問道：「二小姐，若是妳的話，妳會選擇誰？」

元瑾目光微閃，淡淡道：「我會選朱詢。」

徐先生有些意外。他以為元瑾會選擇靖王，畢竟整個定國公府都是朱槙的人，且朱槙的軍事能力是強過朱詢的。

元瑾繼續喝茶。「若想等靖王勝出，再從他那裡虎口奪食，是一件非常艱難的事。靖王是起兵謀反，兵力極盛，且追隨他的人必然狂熱，對什麼正統不正統嗤之以鼻。聞玉想做黃雀，恐怕得不償失。但朱詢則不同，他們若真同靖王開戰，一時半會兒奈何不得靖王，精力有所分散，只要他稍露出疲弱，聞玉便能伺機而上。更何況支持朱詢的人中，不乏朝中大臣，他們對正統很推崇，只要先生能讓他們相信，聞玉就是前朝太子的後代，收服他們不費一兵一卒。」

徐先生聽了元瑾的話，十分讚嘆。二小姐果然頭腦極為清醒！

「正是如此。」徐先生笑道：「我們如今還是靖王殿下的人，等時機一到，便要真正做出選擇了。」

知道徐先生的想法和她是一致的，元瑾就放心許多。她嫁給朱槙後，主要目的是挑起他和朱詢的矛盾，達到激烈的對峙。二則，是要儘量削弱朱槙的軍事實力，否則朱詢無法在軍事上與朱槙比肩，便達不到雙方對峙的局面，而這種局面才是有利於聞玉的。

「如此甚好。」元瑾一笑。「希望徐先生莫要讓我失望才是。」

其實元瑾也知道，只要她抱著這種目的嫁給朱槙，是不可能不傷害到他的。

但是她顧不得了，她有必須要做的事。其實她選擇站隊朱詢，也是因為他們最終會背叛的人還是朱詢。至於朱槙，最後自然是光明正大的對峙，到那時候，她亦不會手下留情。

她心裡已經有譜，又問：「聞玉可是已經暗中投靠了朱詢？」

上次景仁宮走水，朱詢太過針對聞玉時，她就覺得有些異常。如此針對，反倒像是刻意為之一般。

否則，徐先生他們何以有信心到時投靠朱詢時，朱詢能真的接納他們。

徐先生沈默片刻，點點頭。「二小姐實在聰明。只是還不能讓人看出來，所以便沒告訴您。」

「無妨。」元瑾輕嘆了一聲。這種隱瞞她也不會責怪，只要她問起時，大方承認了便無礙。

她已無別的事，便讓徐先生退下。

日子說快也快，婚期將近，定國公府已是處處張燈結綵。定國公府送出的請柬邀了京城大半的世家，還送至山西，請了元瑾的外家崔氏一族來觀禮，就連崔老太太都來了。

為此崔氏歡喜得很，成日帶他們去京中遊玩。

同日裡，靖王府的人送來了鳳冠霞帔。

老夫人攜著元瑾看那頂鳳冠，做成金鳳開翅吐珠，以明珠和紅寶石綴成的流蘇垂於眉心。頂上嵌以鴿子蛋大圓潤透澈的紅寶石，金光熠熠，華貴非常。又有大紅織錦金麒麟喜服，取「麒麟送子」之意。這麒麟竟是雙面繡，麒麟宛若活過來一般靈動。霞帔上是金繡雲霞翟紋，這是正一品命婦才能用的花樣。

「妳雖還未嫁，但靖王殿下說了，先用正一品品秩的花樣，嫁了再為妳請封。」老夫人笑道：「殿下待妳當真用心，日後這鳳冠下的寶石拆下來，也可鑲嵌七、八件首飾了。」

元瑾撫著金冠上寶石冰涼的質地，陡然有了種陌生感。

她真的即將嫁人了，還是嫁給靖王朱槙。

真到了這時候，難免還是有些莫名的不真實感。

第五十二章

冬去春來，今天便是元瑾出嫁的日子。

院子裡的杏花經冬，長出了淡青帶粉的花苞，如絲般垂墜在枝頭，一派春日初始的景色。

整個定國公府也忙碌起來，丫頭們佈置宴席、花廳。國公爺和老夫人迎賓朋，薛老太太等人則在一旁幫襯。一時間府中喜氣洋洋，人來人往，絡繹不絕。

元瑾一大早就被婆子們服侍著起來，梳妝絞面，一層層、一件件地穿好吉服，足足花費一個時辰。最後再由太后派來的全福人給她梳頭。

全福人有著一張白淨圓臉，穿著雲紋暗紅的綢襖，一看就是祥和之人。據老夫人介紹，當年還是太子的當今聖上娶皇后，就是請她梳的頭，來頭挺大，所以太后特地派她來。

她拿著象牙梳，一邊梳著元瑾未綰的頭髮，一邊笑咪咪地說著吉祥話。「一梳梳到尾，舉案又齊眉；二梳梳到尾，比翼共雙飛；三梳梳到尾，永結同心佩，有頭又有尾，此生共富貴。」

梳好後，又道：「小姐耳垂生得好，一看就是個有福氣之人。嫁給靖王殿下，日後必定是福壽雙全。」

元瑾從銅鏡中看到自己比往日更加嬌豔明媚的臉，一時恍惚。
來幫忙的姜氏先給了她紅封，笑道：「承了您的吉言，煩勞嬤嬤先去歇息吧，一會兒等著吃席就是了。」
嬤嬤亦沒有推辭，收下紅封，被丫頭帶著出去了。
崔氏看著女兒上妝的面容，一時間情緒湧上心頭，半晌後才開口。「一轉眼，妳竟就要嫁人了……」
說著頓了頓，感慨起來。
「娘還記得妳生下來就瘦小，丁點兒大的時候還不肯喝奶。娘那時候急得整夜睡不著，後來經人提點，摻了羊奶和蜂蜜餵妳，妳才肯喝。妳從小一直到三歲都不肯離我一步，離了就會哭。」崔氏說著眼眶泛紅。「可憐見妳嫁人了，不知道要多久見不著娘。」
屋裡的丫頭們都是早早離了自己的老子娘的，一聽崔氏說這話，都紅了眼。
元瑾自小是獨立慣的，再者她嫁了又不是不回來，見崔氏傷心，正欲安慰幾句，崔氏卻「畫風」一轉。「我又想著妳不會女紅、不會廚事，光會讀那些勞什子沒用的書……便為妳操心不已，怕人家靖王殿下嫌棄妳。我怎地就生了個手這麼笨的姑娘，連個鞋樣都畫不來！我想著好歹多留半年，總該將教妳的都教了，再嫁也不遲。誰知道竟然這樣快……」
崔氏說著更是傷心了。
丫頭們又噗哧笑了。

姜氏道：「四弟妹不要擔心，元瑾陪嫁了二十多個丫頭、婆子呢，精通女紅的不在少數，用不著她動手。再者元瑾以後便是靖王妃，這些事總有人替她辦的。」

崔氏卻不認同地道：「做給自己丈夫的，哪能讓旁人動手？」又叮囑元瑾。「妳嫁的不是旁人，而是靖王殿下，一定要記得更恭敬地侍奉，他以後便是妳的天，庇護妳周全，不可惹怒他。妳若惹了他厭棄，娘便是再心疼妳，也沒有說話的餘地。」

一開始知道元瑾和靖王殿下的事，崔氏是很高興的。但過得久了，她又想到這夫家如此顯赫，女兒若在夫家受了委屈，娘家連個能給她撐腰的人都沒有，她又怕了起來。

崔氏現在隱隱有些後悔。她希望女兒嫁得好，但覺得嫁個家境殷實的新科進士或四、五品官的嫡子便夠了。一下就來個身分這麼嚇人的，女兒豈不是凡事只能忍讓？就算嫁給裴大人，若是有事，老夫人或國公爺還能幫一句嘴，但是靖王殿下呢，誰人敢說？

靖王殿下是山西的保護神、是傳奇人物，是高高在上不可觸及的人。如今這樣的人，娶了她女兒……

崔氏想到還是兩腿發軟。

元瑾只能笑了笑。「娘，我都記得了。」她能理解崔氏這種越到臨頭，反而越害怕的心情。

不一會兒，老夫人、薛老太太都過來跟她說了話，無一例外地叮囑她雖是高嫁，但這嫁得太高，婚後更要謹慎，小心伺候靖王殿下。

唯獨姜氏不同，笑著同她道：「三嬸母倒覺得妳亦不必拘束。殿下既不顧身分之別娶了妳，便是喜歡妳這個樣子，太過拘束反倒失了趣。」

其實元瑾根本沒考慮過這個問題，反正讓她做卑微恭敬之態，她也做不出來，便這樣吧。

到了午宴的時候，眾人皆先去吃飯。元瑾由幾個丫頭守著，不敢多吃，只能吃幾口芝麻、花生湯圓。

這時，一個瘦削高眺的身影站到門口。

他靜靜斜倚著門框，看著元瑾吃了會兒湯圓。

「您吃三個就夠了，不能再多吃了。」紫蘇見她已經吃了三個，要將她的碗端走。

元瑾卻還餓得緊，她自起來後就水米未沾，央求道：「好紫蘇，我再多吃兩個，兩個就是了。」

紫蘇笑道：「不可壞了規矩。」還是端走了湯圓。

元瑾微微嘆了口氣。她什麼時候為一口吃的這樣求過人？

門口傳來一聲低笑，她抬頭一看，來人一身藍色右衽長袍，比女子還要秀美精緻的臉龐，不是聞玉是誰？

薛聞玉對紫蘇道：「妳先退下吧，這裡由我看著就是。」

紫蘇猶豫了下，將桌上、炕几上都看過了，沒有其他吃食，才帶著丫頭退出去。

薛聞玉走上前，元瑾有些不滿道：「做甚來笑話你姊姊了？」

薛聞玉卻不言語，而是從懷中拿出一個掐金填漆的盒子，將它打開。原是個精巧的四格攢盒，分別放了牛肉乾、棗泥雲片糕、芝麻酥餅和窩絲糖。

「知道姊姊吃不著東西，才給妳拿來。」

薛聞玉說著，元瑾已經面露欣喜，從他手上拿走盒子。

她先吃了個大概，也沒多吃，笑著將盒子還給他。「不枉姊姊平日疼你。」又問：「你怎地不吃飯來看我？」

「我還不餓。」他隨口道。看著她一身正紅色繡麒麟紋的吉服，襯得她膚如雪，眼若盈春，他心裡又不好受起來。

不知道為何，雖然明知這是計策，姊姊與靖王不會發生什麼，但他心裡還是有種莫名的不安。彷彿姊姊若是嫁過去，那一切就不受他們控制一般。

「雖然說過許多次，但還是想跟姊姊說，一切都要以妳的周全為先，不可為了我，做些以身犯險的事。」薛聞玉叮囑道：「靖王那裡勢必是龍潭虎穴，姊姊不要掉以輕心。」

元瑾只是隨口道了聲「知道」。很多時候，不以身犯險是不可能得到回報的。

薛聞玉見她不在意，繼續面無表情地說：「妳若有個閃失，我會殺光這些人，然後自殺。」

元瑾被他這句話嚇一跳，抬起頭看他，見他眉眼間很平靜，笑著揉了揉他的頭。「你當自己還小呢，說什麼傻話。」

薛聞玉聽了，只是扯了扯嘴角，並不辯解。

元瑾不想跟他談論靖王的事，她看到多寶槅上的圍棋，又想到等待的時辰漫長，就道：「還要等到黃昏才會走，不如你陪我下兩盤棋吧。」

薛聞玉應好，元瑾便拿來棋盤。

依舊是她執白子，他執黑子。元瑾一邊走棋，一邊道：「聞玉，政局如棋局，萬般變數，你猜不著也摸不透，你唯一能做的，便是主動布局、出擊，否則只會被別人當作弱羊吞噬。」

她說的時候，已經用白子堵死了他的生門。

「這局你輸了。」她微笑著說。

過了晌午，已近黃昏。

雖然天還未黑，但怕來不及，定國公府早早開始點起燈籠。

賓客如流水一樣進來，畢竟是靖王殿下娶親，各路人馬都來湊熱鬧，想看看未來靖王妃的丰姿，接了請帖的便沒有不來的，因此人聲鼎沸，實在熱鬧。

越是接近黃昏，眾人就越翹首以盼靖王殿下的到來，許多人都聚集到影壁。

這時候，定國公府外整齊劃一地跑來一列軍隊。領頭的人騎著駿馬，吁了一聲跳下馬後，將韁繩扔給旁邊的小廝。
眾人以為是靖王殿下來了，一陣喧譁。
薛讓早就在門口等候，一看來人面容俊美，不似凡人，穿著件暗紅色的素紋長袍，眉目清冷，竟是魏永侯爺顧珩。
薛讓一向跟他關係好，就笑道：「侯爺今兒是怎地，帶著你的兄弟一起來喝喜酒？」他打趣。「我可要先說清楚，每個人都要隨分子錢，不能你一個帶他們這麼多個。」
「你就別貧了。」顧珩走上臺階。「殿下馬上就要來迎親，你這府上的防衛怕是不夠。」他伸手一揮，身後的軍隊便湧入定國公府內，薛讓數來恐怕有三百人。原來顧珩是先來給殿下佈置護衛的。
靖王殿下身邊一向危機四伏，更何況是這樣迎來送往的場合，所以薛讓也沒說什麼，搭著顧珩的肩。「來、來，侯爺，進我府喝杯喜酒吧。」
顧珩卻拒絕了。「太陽都快要落山了，怕是來不及喝酒。等殿下把人接走再喝也不遲。」
他看帶來的侍衛站到兩側，將賓朋都分隔開來。
大家心中都預料，知道靖王殿下怕是要來了。
這時候，遠處的鞭炮、鑼鼓聲才漸漸響起來。在胡同口等著的小廝氣喘吁吁地跑回來。
「靖王殿下來了！」

薛讓立刻就振奮起來，整理了下自己的衣袍，趕緊跨出大門。

只見胡同口上，先前的軍隊已經跑入，將胡同的另一口封住，又將巷子團團圍住。朱楨騎馬而入，跟著的是迎親的八抬大轎子。緊跟進來的軍隊又迅速將胡同口另一端封住，看得出這些都是靖王殿下的親兵。

朱楨下了馬，帶著隨從走來。

他今日著藩王冕服，兩臂繡四爪蟠龍，繫玉革帶，戴翼善冠，眉目英俊而深邃。他平日不甚打扮，一旦仔細著裝，便有種逼人的英俊。

「殿下。」薛讓立刻就想跪他，朱楨卻扶了他一把，笑道：「今日就不必跪了。」

薛讓嘿嘿一笑，也毫無愧疚地免了這禮。

薛讓剛才只看到靖王，現一抬頭，居然看到跟在殿下背後來迎親的是太子朱詢和淇國公曹汶。

朱詢還一臉微笑地看著他。「國公爺，許久不見了。」

薛讓嚇了一跳。

太子殿下怎麼跟著來迎親了？他們二人不是……水火不容嗎？太子殿下還笑著跟他打招呼？

難道太子殿下的腦子被驢踢了？

在場諸位賓朋也一愣，都紛紛跪下，拜見靖王殿下和太子殿下。

「殿下，這……」薛讓一頓。

朱詢一笑。「國公爺不歡迎我？」

「殿下哪裡話！」薛讓陪笑著看了靖王一眼，想讓靖王殿下拿個主意。

朱楨含笑道：「太子今日無事，跟著我來迎親。不必太費心，緊著開始吧。」

他大步朝前走，對於帶著朱詢一起來這事似乎也沒覺得有什麼。

朱楨自然也不會覺得有什麼，帶著這麼多軍隊和侍衛，誰敢如何？

至於朱詢究竟打什麼主意，這根本不重要。他若今兒敢壞自己的事，朱楨會叫他後悔一輩子。

薛讓抹了把腦門的汗，什麼叫做「不必太費心」？靖王殿下倒是不覷，畢竟太子殿下在他面前還得往後排一位，但他一個小小國公，怎麼敢不對太子殿下「太費心」？

薛讓想找顧珩為自己頂一下，但一眼看去，已經找不到那傢伙的蹤跡。

他跑得倒是快！

薛讓只能硬著頭皮，先帶靖王去正堂，再在花廳另外安排一桌，獨闢給朱詢和淇國公。

其實顧珩並沒有去別處，他只是奉了朱楨的令，帶著人去守著鎖綠軒罷了。

這時候魚龍混雜的，殿下怕薛二姑娘會因他出什麼事。

顧珩聽著遠遠的鑼鼓響，有些百無聊賴，又有些意興闌珊。

其實他亦是渴望成親的，渴望娶心愛的那個女子。只是無處能找到她，娶別的人又有什麼意思？

鑼鼓響便是靖王來了，雖然傳話的人還沒來，他亦招手叫來外面的婆子。「去裡頭傳個話，就說靖王殿下已經到了。」

元瑾很快便知道了。

下到一半的棋局停了，梳頭媳婦要把鳳冠給元瑾戴上。

這東西非常重，怕元瑾受不住，便留待最後才戴。

元瑾看著銅鏡中的自己，頭髮被完全梳起，露出修長皎潔的脖頸。紅寶石耳墜在頸側晃蕩，越發襯得她比往常明豔，彷彿大了兩歲。讓她想到自己從前的模樣。

姑母曾經教導她。「不管妳是喜笑或嗔罵，總之，不能讓別人知道妳在想什麼。」

若姑母知道她即將嫁給靖王，恐怕會氣得從棺材裡跳出來吧？

但是她必須這麼做。

元瑾握緊那支皇后賞賜的海棠簪子，心亦跳得很快。不知道是因要嫁給靖王，還是因為要開始真正的計劃了。

元瑾想，怕是兩個都有吧。

她被全福人扶出鎖綠軒，顧珩正站在門口等她。

元瑾看了他一眼，心道他怎麼在這兒？面上平靜地笑了笑，道：「魏永侯爺竟也來了。」

自顧珩冷靜思考過，知道元瑾不可能是她後，他的態度反倒坦蕩了，只當薛二小姐是個陌生人罷了。

其實有時候，一個人看不清東西，反而對別的感覺更敏銳。

只是顧珩選擇忽視這種感覺。

他笑道：「我奉殿下之命來的。薛二小姐隨侍衛去吧。」他還要監督侍衛們搬嫁妝箱子，打算晚上再去和薛讓痛飲，反正今兒也不愁沒酒喝。

元瑾沒有多說，帶著丫頭離開了。

顧珩見元瑾走了，才走進院子。有些元瑾慣用的東西亦是嫁妝，已經裝好放在箱籠裡，被侍衛們一一搬出去，但屋中似乎還有幾個丫頭在收拾東西。

顧珩走進去，看了看這閨房，明顯已經空落許多。

他對正在收瓷器的丫頭道：「妳們拿那個做什麼？」

丫頭一屈身。「大人，這些要收起來，等小姐回來用的。」

原來只是收起來。顧珩還怕是她們沒收完，畢竟嫁妝馬上就要抬走了。

他四處一看，便看到小几上竟擺著個未下完的棋局。白玉粒粒明潤，黑玉沈如墨色。他瞧那棋局，越瞧越覺得有些眼熟，卻說不上來是哪裡眼熟，就問：「妳們家二小姐還會下棋？」

方才答話的丫頭回道：「正是呢，咱們二小姐的棋下得極好。」

顧珩走到小几旁，看著白玉的棋子，突然想起以前的事。

阿沅剛把自己撿回去不久，他發現她非常喜歡下棋，但平日跟她下棋的小丫頭被關起來了，她就跟他說：「我的丫頭被關進去了，沒人同我下棋，你陪我下棋吧？」

他卻不說話。

她有些生氣。「你這榆木疙瘩，究竟下不下，怎麼話也不說一句？」

她一向倔強，催促他必須陪自己下棋，否則就要把他扔出去自生自滅。

他終於淡淡地開口：「妳確定要一個瞎子陪妳下棋？」

他覺得她是無理取鬧，他連棋子都看不清楚，怎麼陪她下棋？

她卻笑著說：「瞎子有什麼不能下的？每個黑子我都讓人刻一個圓圈做記號，你摸索著記號，不就能下了？」她說著，興致勃勃地叫人回去拿了棋盤和棋子來。

在摸著黑子的瞬間，顧珩覺得心中又有所觸動。

他之前覺得自己眼睛不好就成了廢物，可是她卻告訴他，若眼睛不行，便用別的方式解決問題，譬如觸覺。天無絕人之路，他不應該自怨自艾。

在兩人接下來的棋賽中，她從沒有讓他贏過一局。

顧珩也不知道究竟是她真的棋藝好，還是她欺負自己看不見，胡亂設計他。

但不論怎麼說，他對她的棋路非常熟悉，一看這白子的走向，像極了她的路子。

他嘴角露出一抹笑容，突然又想試試摸棋的感覺。

他閉上眼，伸出手指，在棋子上摸索而過。只是這副棋畢竟不是特製的，每一粒摸上去都無比圓滑，讓人分不出黑白來。顧珩竟不知道怎地有些失落，只是在他手指觸到檀木棋盤的某一個邊時，臉色頓時微變。

他似乎覺得不可置信，再度摸索其他的邊，都在同樣位置摸到淡淡的淺坑。他睜開眼，能明顯看到四方的一角都有個凹槽。

阿沅下棋有個壞毛病，手指總會輕輕敲著棋盤的邊緣，且只在同一個地方輕輕敲，久而久之，棋盤上便會形成微微的凹陷。

他不知道這是不是巧合，但指尖的觸感是不會騙人的。這凹槽的位置，剛好就是她慣用的位置。

顧珩的心又狂跳起來。

難道說……薛元瑾真的是她嗎？

她因為要嫁給靖王，所以才不現身與他相認。否則何以解釋，她跟她的感覺完全一致，就連這樣的習慣也是一樣的！

而她現在馬上就要出嫁了！

顧珩面色突然變了，他從門口疾走出來，抓了個婆子問：「二小姐去哪裡了？」

那婆子被他一嚇，伸手指了個方向。「應該是去拜別老夫人了，大人您……您要做什麼！」

顧珩卻一把放開她，根本不想跟她解釋，趕緊朝她指的方向狂奔而去。

他也不知道自己為什麼要飛奔去找她，是向她求證嗎？

但無論如何，他都要抓著她好生問一問，問她為什麼不肯見他，為什麼裝作一個陌生人！

顧珩一路疾跑，但到了正堂外時，只見觀禮的人已經裡三層、外三層，將正堂團團包圍。大家都想踮腳往裡看，就是看新娘子的影子也好。

這時候元瑾蓋上銷金蓋頭，正被人揹上花轎。

他大喊著「阿沅」，但是周圍人聲鼎沸，鞭炮、鑼鼓齊鳴，根本沒有人聽得清他在喊什麼。

她上了花轎後，離得越來越遠，跨過門角不見蹤影。

顧珩絕望崩潰，彷彿那一日他還看不見的時候，她就離開了他，就是這樣漸行漸遠。

花轎終於出了府門，銅鑼鞭炮聲遠去，門口的軍隊亦跟著離開。

顧珩的表情也頹然下來，手指一根根地握緊。

不遠處，朱詢正在花廳喝酒，亦是欣賞著新娘子出嫁的一幕。

沒想到朱槙這麼精明的人，也會有頭腦不清醒、被美色所惑的時候。娶淇國公家的嫡女或是伯府家的嫡小姐，不是比娶一個小小繼女好嗎？當然，這樁親事於他有利，所以他恨不得朱槙能早點娶親，免得夜長夢多。

終於等到今天了，所以他優哉游哉地跟著來迎親了。

他邊喝酒邊抬頭，透過窗戶看到站在人群外的顧珩。他靜默地站著，表情有種說不出來的意味。

真是不好形容，但總之不是高興。

「這倒是怪了。」朱詢暗自思忖，對前來陪他喝酒的心腹道：「你以後多多注意顧珩，他有些不對。」

心腹低聲應諾。

顧珩提步慢慢地往回走。

迎面遇到了薛青山。

薛青山認得顧珩，笑道：「魏永侯爺怎地還沒入席，一會兒好菜可都沒了。」

顧珩淡淡一笑，突然問：「薛大人，你的女兒當真自小長在太原，沒有出去過嗎？」

薛青山不知顧珩為何突然問這個，笑容微凝。

他可比崔氏敏感多了，不過他想的是，難道顧珩在懷疑女兒的身分？

他們這些長年在邊疆抗敵的人，總是多疑得很。

薛青山忙道：「阿瑾是我自小看大的，的確從未出過太原府一步，侯爺盡可放心。」

顧珩臉上浮出一絲笑。

繼而痛苦不已，差點站不住，扶了一下欄杆。

怎麼會是呢？年歲不對，地方也不對。

雖然他心裡知道，但還是有些無法承受。他定了定心神，不要薛青山的攙扶，緩緩地走遠了。

元瑾的花轎熱熱鬧鬧地出了鳴玉坊。

由於軍隊開路，一路上暢通無阻，不到半個時辰便到了西照坊的靖王府。

陪嫁的嬤嬤在外低聲道：「小姐您準備著，咱們這便到了。」

元瑾才正襟危坐，將懷中寶瓶抱好，就聽到外頭有人唱禮。

她被全福人扶出轎子，眼前是紅蓋頭，天色又暗，她什麼都看不清楚。只聽得到賓客的熱議，以及鑼鼓的喧囂，一時間還真的有些緊張。

跨了馬鞍、火盆、錢糧盆後，她被扶著去拜堂。

拜的自然是淑太后和先皇，由於先皇逝世已久，便用畫像代替。

元瑾看著大理石的地面，紅色的紙屑落在上頭，而他的黑靴就在自己身側。用眼角餘光看過去，他穿的竟是親王冕服，被屋中明亮的燭光照著，金線繡的蟠龍都柔和起來。

她被扶到屋中，卻不知自己在何處，只知是在新房，而周圍少不得還有全福人、宮中太妃，以及世家貴婦說話的聲音。

因為成親的是靖王殿下，無人敢過分開玩笑，只是按照章程壓襟、撒帳後，才有人笑道：「該殿下揭蓋頭了！」

元瑾一直沒有聽到朱槙的聲音，卻看見一柄玉如意伸來，將蓋頭挑開。

她抬起頭，看到身著冕服的朱槙，他正對她微笑。屋內燭火明暖，彷彿所有的光一下子都凝聚在他的眼中。

朱槙亦是第一次看到元瑾這般的裝扮，水眸盈盈，雪腮帶粉，比平日還要動人、嫵媚得多，他看到時其實略微一愣。

他以前知道她好看，但今天的好看卻是讓人徒生占有慾的驚豔。

這便是他的妻了，以後她受他庇護，必會安穩幸福一生。

太妃們又笑道：「殿下，該行合巹禮了！」

很快有婆子端著酒杯上來，那一對白玉酒杯以一根細細的紅繩繫著，盛著美酒。

朱槙長年在戰場上，酒論罈喝，這點酒於他來說太過小意思。元瑾前世雖喝酒，這一世卻是打小滴酒不沾，且崔氏也不會准許她喝，所以一喝就難受。

她剛喝一口就嗆住，咳了好半天，將屋中的婦人們都惹笑了，沒想到這小王妃如此不勝酒力。

氣氛這才輕鬆愉悅起來。

元瑾抿了抿唇，還是把剩下的一口喝了，立刻逼自己趕緊嚥下去，辣得她說不出話來，又咳了好半天。

朱槙心道，她怎麼喝個酒就像喝毒藥一般。其實她沒喝完也罷了，他在這裡，又沒有人會說她。看這咳得，好似肺都要咳出來了。

他笑道：「合巹酒一共三杯，妳可喝得完？」

元瑾一聽竟然是三杯，更是苦了臉。

朱槙卻繼續道：「看妳剛才喝得豪爽，想必還能喝兩杯。」說著招手讓下人拿第二杯。

夫人們亦不說話，只是笑看著。

元瑾苦大仇深地盯著那對白玉酒杯，而朱槙則看著她。

她盯了杯子好久，隨後才決定喝。

誰想她正要舉杯，朱槙卻伸手輕巧地將她那杯拿過去，道：「逗妳呢，還真喝。」

這酒可是秋露白，喝了是會上頭的。

她怎麼就那麼實誠，不會說句軟話叫他幫忙嗎？

元瑾只看他舉杯，幾杯酒輕鬆喝完，彷彿這就是白水一般。喝完後面不改色，甚至沒半點上頭。

這些混戰場出來的，酒量可真厲害啊！

朱楨自己喝了五杯，卻笑著問她。「妳可要解酒湯？」

元瑾說不必了，誰喝了一杯酒要解酒湯的！

「靖王妃尚小，不能飲酒也是常事。」太妃笑道：「咱們都退下去，讓她好生歇息吧。」說著其餘世家貴婦也都紛紛退了出去。

元瑾頭一次聽到旁人稱她為「靖王妃」，不由得抬起頭看著朱楨。

朱楨以為她還難受，略一挑眉。「怎麼，還是我說得對，需要解酒湯？」

元瑾就瞪了他一眼。「我都說了不要！」

朱楨並不惱，她這性子倒是真倔，不像小戶人家養出來的，膽子大得很，他很喜歡。

「皇上今兒過來了，我得出去接待。」朱楨低聲道：「妳坐這兒等我回來就是。」生怕她把自己給餓著似的，他指了指門外。「若是渴了、餓了，妳就叫人進來，知道嗎？」

元瑾應聲，看著他走了，她才打量起四周。

她正坐在一張黑漆嵌螺鈿架子床上，放著大紅鴛鴦戲水綾被，幔帳低垂，頭上又有攢三聚五的紅縐紗點明珠宮燈，旁邊是嶄新的妝檯，鏡子還用紅綢裝點。青色珠簾隔開裡間和外間，外頭隱約地看不清楚。

她中午吃得飽，現下並不餓，於是站起來，在屋裡四處走動。

外間的裝飾很簡單，但東西都看得出是常用的。恐怕這裡不是新闢出來的，而是朱楨平日真正的居所。

對於朱槙的一切，元瑾都很好奇。

她很想了解這個人的日常起居，便於今後跟他相處，以及達成計劃。

靠牆的位置用紅木做了個架子，供了一把斷刀，不知是何用意。元瑾摸了摸這刀的質地，又去看多寶槅。

朱槙似乎並不在意自己居住的地方如何，多寶槅上放的都不是名器古玩，而是一些她不知道是什麼的玩意兒。卻又做了精美的紫檀或紅木底座，將這些東西放上去。

元瑾一件件地看，直到見到一枝箭頭，她才眉頭微皺。

這箭頭似乎有些眼熟。

她拿起來看，箭頭尖尖，木頭那一截已經腐爛，但是箭本身還是寒光凜冽，殺傷力十足。

元瑾把它翻過來，在箭頭的底部找到一個淺淺的符號。

難怪她覺得眼熟，這是蕭家用的符號。

這個箭頭是蕭家的！

元瑾目光一凝。旁人收藏蕭家的東西，那都是奇珍異寶，怎地朱槙偏收藏了一支箭頭。

這東西是從哪兒來的？他有何用處？

元瑾突然想到什麼，又看箭頭腹部，卻找到一個小洞。

她知道這是什麼了。這是當年她找工匠做的箭頭，不僅鋒利無比，還可以在箭身藏毒。

她以前曾讓弩機手用這種箭頭去刺殺朱楨。

那時朱楨堅決反對太后的藩王封藩制，朝上屢屢有他的人出來直諫，弄得太后煩不勝煩。元瑾便想到這個辦法，這是她離刺殺靖王最成功的一次。

「妳又在看什麼呢？」背後一個低沈的聲音響起，元瑾回過頭，竟看到朱楨回來了。

她問：「殿下不待客了？」

朱楨才發現，她手裡拿的竟然是箭頭。

她一個女孩家，怎麼老喜歡這樣的東西？

朱楨從她手裡拿過箭頭。「又翻我東西！」

「殿下留著這個做什麼？」元瑾問：「你這裡像個舊貨兵器鋪。」

朱楨摩挲著這枚箭頭，道：「倒也沒什麼，不過是這箭的主人竟差點真的殺了我，所以留著做個紀念罷了。」因兩人自今日開始，關係就和以前不一樣，朱楨便沒瞞她。

「誰能差點傷您？」元瑾卻是揣著明白裝糊塗。

朱楨緩緩道：「妳可知道丹陽縣主？」

當元瑾從朱楨口中聽到自己以前的封號時，心中暗自一跳。

朱楨竟然是記得她的！不枉她辛辛苦苦刺殺他這麼多次。

她淡淡道：「我自然知道，只是這丹陽縣主不是久居深宮，怎麼能傷了您？」

朱楨說：「她是太后唯一的姪女，故自小教養得不比男孩差，算計了我許多次。」

「如今她死了，您該高興了吧？」元瑾突然笑了笑，問道。

朱槙又是一笑。「我也沒見過她，談不上高不高興。只是這人偶爾能與我旗鼓相當，故記得罷了。」

元瑾心道：你已經見過她許多次，她現在就站在你面前，還嫁給了你，並且還死不悔改地與你作對。

朱槙見她突然沈思起來，一副小大人的樣子，就道：「妳累了一天，是不是該安寢了？」

安……寢？

元瑾抬起頭看著朱槙。

第五十三章

燭火明滅，室內岑寂。

元瑾頭上的髮飾都一一取下來，紫桐接過溫熱的帕子替元瑾擦臉，再塗上香滑的梔子香露，最後換了件繡荷花的窄袖長衫寢衣，料子軟和，顏色清雅。

一番收整後，元瑾未綰的長髮披在身後，肌膚不施脂粉卻白中透粉，更襯得她新嫩秀麗。

「娘娘，奴婢們就在外頭守夜，您有吩咐叫我們便是。」紫桐在她耳側低聲說。

她們只是陪嫁丫頭，並非通房，故主人同寢時不應留在屋中。

元瑾看著鏡中的自己，頷首由她們退了下去。

屋內一片安靜，朱槙還在沐浴洗漱，淨房中傳來細微的響動和水聲。

元瑾長這麼大，還是頭一次與男子在夜間獨處一室。更何況，這個男子還在今夜成了她的丈夫。

她坐在嵌象牙的鏤雕錦繡花開的圓凳上，手心微微出汗，心也跳得很快。

不知道他什麼時候出來……

元瑾覺得，她必須要轉移注意力。

她把目光放在內室的陳設上，他的起居處如他一般，收拾得很簡單。靠牆的長几擺著兩座燭臺，龍鳳紅燭正燃著。旁邊是方架，搭著他換下來的冕服、革帶。

另一邊是金絲楠木的衣櫥。雖是整塊的金絲楠做成，卻沒有絲毫的珠玉金銀裝飾，只有種金絲楠本身木中帶金的光輝，非常古樸低調。其實他屋中的陳設多半如此，除了臨時給她製的那一套嵌金帶玉、很是華貴的妝檯。

衣櫥半開未闔，裡面是疊得整整齊齊的男子衣物、帽巾。衣櫥內有個極小的抽屜，以一把鐵鎖鎖著，卻不知道放的是什麼。元瑾暗想，朱槙這般身分，總不會在衣櫥裡藏銀票，勢必是什麼要緊之物。

不過，究竟會是什麼呢？

她雖然好奇，卻沒有現在就打探的心思，反正來日方長。

突然，淨房裡的水聲停了。

她聽到淨房的門打開。

元瑾心一緊，才匆匆從內室的小紫檀木架上拿了一本書打開，佯裝自己在看書。

片刻後，她聽到他從淨房中出來，緩緩走到她身邊。

「妳怎麼還在看書，不睡嗎？」

他身上有濕潤微熱的氣息襲來，在這萬籟俱寂的夜晚，呼吸聲都清晰可聞。

其實書上寫什麼她統統不知道，元瑾只是道：「我還不睏，正好看看這本書。」

朱槙看向她看的書，嘴角一勾。「想不到妳竟懂天文。」

元瑾定睛一看，才發現自己隨意拿下來的竟然是《周髀算經》，一本講天文和數字的古書，極其深奧複雜，她根本就不懂。

一時間這書放下也不是，拿也不是。

元瑾繼續維持冷靜。「我以前在山西的時候，對天文頗感興趣……故有所研究。」

「哦？」朱槙的聲音帶著笑意。「這書我倒也沒看明白，既然如此，便要討教討教了。」

他伸出手越過她的肩，指著書上的一個圖。「這圖妳可知道是什麼意思？」

元瑾覺得自己的耳朵都發熱起來，這裡頭晦澀的圖文她一個都不認得。別說她，找個尋常的讀書人來都未必認得。

「一時間竟然忘了。」元瑾合上書，淡淡道：「殿下，我突然睏了，還是先就寢吧，別的事以後再說。」

朱槙看到她的耳垂和臉頰微微泛紅，宛如玉色染粉的水蜜桃，一吮就破，又甜又香，可神色卻故作鎮定，當真是說不出的可愛。

他心中一動，竟覺得身體也跟著熱起來，有些口乾舌燥。

小姑娘卻急匆匆地回了床榻，掀開被子躺在裡側，被子蓋過她的下巴，她朝著裡面，彷彿很不想面對他一般，只鼓出一個被子的小包。

水蜜桃也不見了。

朱楨一時沒有過去躺下，他早說過圓房要等到她及笄後。雖他覺得自己控制力極強，但與她同處一榻，還是難說。

他在桌邊坐下，連喝了三、四杯已冷的濃茶，待覺得心中清淨了，才又走到她身邊。

他掀開被褥，能感覺到她的身體僵了一下。

他再躺下，她就輕輕地朝裡面挪了挪。

朱楨單隻眼睛睜開一看，她還是朝著裡面，將大半的位置都讓給他。

他嘴角一勾，沒說什麼，再度閉上眼。

身側的朱楨似乎沒了動靜，元瑾才緩緩放鬆下來，身體不再緊繃，卻又有點睡不著。

她睡覺習慣不留燈，可那對龍鳳紅燭要燃到天明，而且方才睡下時忘了放下簾子，現在床內暖光盈盈，宛如明室。

明早要入宮拜見太后，總不能一直不睡。

元瑾緩緩側過身，發現朱楨呼吸均勻，似乎已經睡著了。

她趴在他身側，看著朱楨睡著的樣子。

他長得很英俊，濃眉高鼻，下頦很長，比醒著時顯得更威嚴一些。可能是因為平時他總是脾氣很好，但是這個樣子，對她來說還是很陌生。

元瑾不由得想，她真的嫁給朱槙了？

她仍然沒有適應身邊躺著的人就是靖王朱槙。

算了，還是先起身把簾子放下來睡覺吧，不想這些了。

元瑾輕手輕腳地站起來，翻過他的身體，將雕花的鎏金銀鉤子放下，兩邊大紅的幔帳垂落下來。

元瑾爬回來又躺下。

片刻，又覺得有些不好。

聞玉給她吃的糕點太乾，方才她覺得口乾，喝了好幾杯茶，眼下怕是要去淨房一趟。

元瑾其實也不想動了，打算閉上眼忍到早上。

但閉了一會兒，卻還是睡不著。她只能又煩躁地再度爬起來，再次小心翼翼地跨過朱槙，去了一趟淨房。

從淨房裡出來人就舒服了，元瑾想著這下總算可以睡了，便脫下趿拉著的繡花綾鞋，想再度上床。誰知她正跨過去的時候，突然被床框絆了一下，頓時失去平衡，「啊」的一聲撲在朱槙身上。

她把他吵醒了！

元瑾立刻捂住嘴，卻看到朱槙眉頭一皺，睜開眼睛。

她幾乎整個人就躺在他身上，與他面面相覷。

畢竟是個大活人這樣撲下來，朱楨還是有些暗疼，問道：「妳大半夜不睡覺，翻來覆去地做什麼？」

元瑾就有些不好意思，笑了笑，道：「吵著你了吧……是不是很疼？」

其實朱楨很快就不覺得疼了，因為趴在自己身上的元瑾渾身都非常柔軟，胸前尤其軟，身上帶著一股微甜的香氣，隨著她說話的氣息撲在自己臉上，有些癢酥酥的。

朱楨發現自己可能真的有點控制不住了。「妳還不快下去……」他說，聲音卻比平時更沙啞。

元瑾立刻扭動著想從他身上下去。

朱楨感覺到她的纖腰就在他伸手可及的地方，她軟滑柔嫩的肌膚還觸過他的胳膊……一股躁熱再度湧上，且更加強烈。

他得很努力才能控制自己不將她壓在身下，然後做出什麼更獸性的事。

元瑾已經從他身上下來，並且很快縮到了裡面，笑道：「我方才有些事，現在沒有了，可以睡了。」

朱楨卻覺得睡不著了，他控制了自己一會兒，才道：「妳吵我睡覺便這麼完了？」

元瑾道：「那你想如何？」

他想如何？那當然是……將她按下，打一頓再說。

朱楨道：「……去給我倒一杯茶來。」

她這次手腳輕快地跑去了，回來的時候朱楨已經坐在床沿平靜下來，接過她的茶喝了口，道：「本想明早叮囑妳的，但既然妳現在不睡，便現在說吧。明兒我帶妳進宮面見皇上，隨後我和皇上商議事情，妳會被引去見太后，妳切記小心，尤其是遇到太子朱詢，我若不在場，妳避開他就是了。妳自今日開始便是靖王妃，許多事和從前不一樣，更是要格外注意安全。」

元瑾應了是。這些她都知道，朱楨不過是還把她當成小姑娘，所以喜歡多叮囑罷了。

元瑾見他喝完，又給他倒了一杯，正好問問。「殿下，日後你可有什麼事情是需要我做的？」

朱楨看了她一眼，眼中浮出一絲笑意。

「妳會做什麼？」他慢慢地道：「我聽妳爹說，妳在家中一不會女紅、二不會廚事、三不會管家，我還想著妳只需每日好吃好喝就夠了。」

元瑾無言，沒想到薛青山這麼實誠，連自家女兒的缺點都往外說。若換成崔氏，肯定會把她吹得天上有、地下無。

她道：「不僅是這些，您有恩於我，如果有什麼要我做的，儘管告訴我便是。」

朱楨想了想，反正先答應她就是。

「那等我想到了再告訴妳。」又說：「妳若有什麼想要的，也盡可告訴我。」

其實元瑾也沒什麼想要的，她想幫朱楨做事，無非是想參與他的日常罷了。

不過，想了想還真的有一樁。

元瑾笑咪咪地說：「殿下，上次我在您房間裡看到的弩機，倒是很喜歡……」

「妳想要？」朱槙一挑眉。

元瑾立刻點點頭。

「不行。」他搖頭，又喝茶。「那是軍事機密之物。」

元瑾抓住他的袖子。「殿下，那我只看看行嗎……」她只要看看內部就能自己做出來。

他卻低頭看了她的手一眼。

元瑾有所感覺，緩緩放開他的袖子。

「看妳以後的表現吧。」朱槙說了句，擱下杯子復躺下。「好了，我當真要睡了，妳可不要再弄出動靜。」

元瑾看他很快就閉上眼睛，一副「我已經睡著，妳別吵我」的樣子。她心想，他還說想要什麼盡可告訴他，卻連借她個弩機看都不肯，摳門！

她也躺下，心裡卻想著弩機，以及櫥中那個秘密的抽屜，竟也慢慢睡著了。

第二日早晨元瑾醒來，聞到空氣中混合著松木和日光的味道，與往日她房中的甜香截然不同。她突然睜開眼，看到頭頂陌生的承塵，才想起這是靖王府，她昨晚和朱槙成親了。

婢女們魚貫而入，捧著熱水、衣物、鞋襪等。領頭的是跟著她陪嫁過來的紫蘇、紫桐。

「娘娘醒了。」紫蘇接過丫頭擰好的熱帕遞給她。

元瑾擦了臉，任丫頭們給自己穿衣裳，皺了皺眉。「怎麼這時候才叫我！」其實準確來說，丫頭們根本沒有叫她，是她自己醒的。但外頭已經太陽高照，進宮怕是要遲了。

「殿下吩咐的，說您昨晚睡得晚，吩咐我們不許吵著您。」紫蘇答道。

元瑾卻沒有看到朱槙的影子，便問：「殿下呢？」

另一個靖王府的領事婆子答道：「殿下每日晨起都會練劍，眼下應該在雁堂。他說等您收拾好了，去雁堂找他就是。」

元瑾便坐在妝檯前，讓丫頭們先給她收拾。

紫蘇給她梳了個精巧的分心髻，戴嵌明珠的赤金寶結，當她拿起那根金海棠嵌鳳血玉的簪子時，元瑾卻搖搖頭。

紫蘇低聲道：「娘娘，奴婢是想，這簪子原是皇后娘娘送您的。您今日去若戴了，豈不是顯得您尊重皇后娘娘，也能討得些好。」

元瑾淡淡道：「不必，戴普通的蓮頭簪就是了。」

當年她還是丹陽縣主時，常戴這金簪，許多人都認得這是丹陽縣主的舊物。若是出現在她頭上，去皇上或淑太后面前晃一圈會如何？那必然會遭太后等人的厭棄。而如果不是她認得自己的舊物，普通小姐得了皇后娘娘的賞賜，自然會戴進宮去謝賞。

可見皇后是存心不讓她好過。

不過她與皇后無冤無仇，自然不是因為她本人的緣故，而是因為她現在的身分。跟城府極深的人打交道，要有十分的小心和觀察才是。

不過一刻鐘，丫頭便替她裝扮完了。

因為還未封誥命，故元瑾只穿了件藍色瓔珞紋緙絲襖、月白色金繡蘭草的綾裙，戴瓔珞金項圈，瓔頭上綴著一塊雪白溫潤的極品羊脂白玉。其實光這塊羊脂白玉的價格就可比元瑾這一身了。這樣的東西自然不是她自己的，而是朱槙那邊送來，叫婆子給她戴的。

元瑾梳妝整齊後，才去雁堂找朱槙。

雁堂修建在靖王府西北角，是朱槙平日演武的地方，有幾個武師住在此處。周圍還有重兵單獨把守，有人通傳後，元瑾才能進去。

朱槙已經練完劍也沐浴了，正同另一個人喝酒。那人身子精瘦，穿著一件藏藍色的道袍，長得一副仙風道骨的樣子，朱槙在他面前半點架子也沒有，竟笑著給他倒了杯酒。

元瑾一看就認出此人是誰。

她早年就知道，朱槙身邊有一幕僚，是個道人，道號「清虛」。此人有個標誌性特徵，那就是非常瘦，瘦得好像從來沒吃飽飯一樣。但此人卻極其擅長奇門八卦，對天時地利把握極準，是朱槙身邊第一號神秘人物。

不過他很討厭官僚貴族這些繁文縟節，因此如果沒有需要，他都待在青城山道觀中修道。只有朱槙才能把他請出來，而朱槙是不會輕易請他出來的。

畢竟青城山在蜀地，蜀地去京甚遠，且蜀地「朝避猛虎，夕避長蛇」，若想要請人出山，恐怕得要軍隊來回護送才行。加上此人不喜歡出山，若非軍情緊急，不然很少出來。

難道他就是演武堂還需要重兵把守的原因？

朱楨見元瑾來了，就同清虛道：「行了，我也要進宮，便不陪你了，你想喝什麼酒問李凌要就行。」

清虛晃著小杯，看了元瑾一眼，眼神清晰而凝練，一眼看到元瑾身上時，彷彿能把人都看穿一般。

元瑾皺了皺眉，有些不舒服。但隨後這清虛道長又笑起來。「去吧、去吧，省得我還要招呼你，老道我自己喝酒吧。」說著抬起腳放在圈椅上，竟仰躺著繼續品他的酒，毫不顧及在場之人。

就他這樣子，還招呼他？

朱楨嘴角微動，還是沒說什麼，吩咐李凌幾句話，才帶著元瑾一起上了馬車。

元瑾想知道清虛為什麼會來這裡，難道是出現了什麼重大事件？

她問朱楨。「殿下，方才那道士看起來稀奇古怪的，是你身邊的能人異士？」

馬車小几上放著一個食盒，婢女跪下一格格打開，將裡頭的桂花粳米粥、龍眼包子、胭脂鵝脯、奶油松瓤卷酥、棗泥酥餅、鴿蛋煨燕窩羹等，一一擺在元瑾面前，琳琅滿目。

「妳起來後還沒吃東西，先吃些吧。」朱楨說完，又問：「妳怎知他是能人異士？」

元瑾道：「就憑他敢在您面前不守禮，而沒有人敢責備他一句。」

朱槙笑了笑，心道她倒是鬼靈精，跟她解釋道：「有次我去寧夏衛征戰時，從一群山匪手裡救下他。此人神妙，非常人不可比，我自然也是以禮相待。」

他說完，看向她脖子上的金項圈。「這塊羊脂白玉倒配妳，妳可要好生保管它，莫叫它損壞了。」

元瑾正在吃龍眼包子，裡頭是蟹黃餡，滿嘴生香。她吃了包子，才抬頭看著他。「這玉不是送給我的？」

還居然是保管！

朱槙一笑。「妳想要？」

又來到了昨晚的對話。

元瑾心中已是古井無波。「……不想。」雖然這塊玉她挺喜歡的，畢竟這樣好的玉，她以前也沒有幾塊，但還是不要落入他的陷阱中好了。

想要弩機，卻不想要寶玉。

她倒是很特別。

「為何？」朱槙問。

元瑾說：「彩雲易散琉璃脆。玉雖美，卻太嬌貴，我怕養不好它們。」

朱槙聽了，若有所思地看著元瑾。能說出這樣的話，她也不是一味的快樂吧，否則何以對美好的東西望而卻步？

「那真是可惜了，本來就是想送給妳的。妳既不喜歡，便叫安嬤嬤再收起來吧。」朱槙佯嘆道。

元瑾就瞪了他一眼，不想說話。

「好吧。」朱槙笑了笑，不再逗她，而是問道：「前面便是紫禁城，妳可準備好了？」

第五十四章

紫禁城匍匐在蔚藍天際下，朱紅宮殿，琉璃黃瓦。

元瑾站在乾清宮外，回頭看了下身後層層綿延的臺階。

她身為丹陽縣主的時候，時常陪伴太后上朝，看過數次這裡的風景。

「看什麼呢？」朱槙低聲問。

元瑾搖搖頭。「只是覺得這些宮宇好看罷了。」

朱槙看了看遠處層層起伏的宮宇，他看慣了，並未覺得有什麼好看。

真正好看的，究竟是宮宇還是權勢呢？

這時乾清宮內走出一個面白無鬚的太監，給兩人行禮道：「陛下宣靖王殿下、靖王妃娘娘覲見。」

朱槙帶著元瑾走進去。

乾清宮內金磚鋪地，明黃幔帳低垂，兩側是仙鶴展翅赤金鏤雕騰雲的香爐，正前放一張雕工繁複的赤金龍椅，龍椅兩側是仙鶴燈臺。下來左右各有一把椅，皇后居左，淑太后居右，正在喝茶，含笑看著他們二人。

元瑾落後靖王一步，跪下一一請安。

當她抬起頭時，正好對上當今皇上朱楠的目光。

皇上與靖王長得並不相似，他長相更似淑太后，留了鬍鬚，眼神冰冷。身材倒是與靖王一般高大。

先前元瑾曾無數次見過皇上，他面對她和太后時永遠都是滿面笑容，和氣友善。她記得小時候在他的御書房玩，摔壞了他最喜歡的硯臺，皇上都笑著說：「不過是一塊硯臺，丹陽若喜歡，再砸兩個也無妨。」

這人不笑的時候，才會露出幾分凶相來。

估計他自己也知道，所以在蕭太后面前，永遠都是笑咪咪的樣子。

朱楠也看向她，卻是一種陌生的打量。

元瑾狀若無意地垂下眼睫。她現在只是個普通女子，怎可直視聖顏。

朱楠打量她半晌，才對朱槙笑道：「朕之前給你找了這麼多官家女子，你都不喜歡，如今竟肯娶親，朕一看果真是國色天香，倒也勉強配得你了。」

說完對身旁的太監道：「宣旨，即刻賜靖王妃金冊金寶、金三千，蜀錦、織錦和緙絲各二十疋，再賜翡翠如意一對。」

元瑾跪下謝恩，朱槙則笑而不語。

皇后看著她笑了笑。「本宮這做嫂嫂的看著她也喜歡，難得是個蕙質蘭心的妙人兒。太后您看，可還滿意？」

淑太后放下茶杯，淡淡道：「只要靖王滿意，便是好了。」她找來自己滿意的，朱槙又不願意娶，她能有什麼辦法？如今朱槙願意娶，有人伺候，她也放心了許多。

淑太后對元瑾招招手，示意她走到近旁，叮囑道：「……妳日後便是靖王正妃，要記得恭奉槙兒，替他綿延子嗣，開枝散葉，哀家便是對妳真正滿意了。」

說到綿延子嗣，元瑾不禁臉色微紅。

朱槙在一旁坐下，笑道：「母后，您可別嚇唬她。」

「哪裡是嚇唬？娶妻當是如此！」淑太后對此不滿，又問元瑾。「妳可知道了？」

「是，臣婦謹記。」元瑾道。

淑太后這才滿意，又說：「妳自此身分不同以往，又要常往來於內廷，在哀家面前不必拘束。便是皇帝、皇后，在外，妳同他們是君民；在內，卻也是妳的皇兄、皇嫂。」

元瑾自然只是應下來。當然，她不會真的去叫皇兄、皇嫂。上位者所謂親近，並不是真的要讓妳親近。

這時外面的宮人進來傳話。

原來是徐貴妃過來了。

乾清宮的門打開後，身著遍地金水紅綾襖的徐貴妃笑著走進，先給皇上等人一一行禮，才對淑太后道：「太后娘娘，一切都準備好了，您看是否移步萬春亭？」

接下來朱楨要和皇上議事，她們這些女眷不得聽，故移步萬春亭賞花、賞水。

淑太后對皇上道：「那皇帝與靖王先商議吧。」說完由宮女扶著起身，準備離開。

元瑾看了朱楨一眼，覺得是不是應該跟他說點什麼。

朱楨卻似乎誤會了，低下頭，在她耳側道：「妳跟著去就是了，不會有事的，這邊結束後我再去找妳。」

元瑾低聲道：「……我又不是怕生，只是想著跟你道別罷了。」

他怎麼老覺得她需要照看！

朱楨只能笑，哄小孩一般道：「好、好，我知道，妳快些去吧。」

元瑾才跟在太后和皇后身後出了乾清宮。

旁人沒注意，站在門口的徐貴妃卻將這一幕盡收眼底。

那一瞬間，她心中突然湧起一股壓抑不住的強烈妒忌，緊緊捏住手中的汗巾。

她之前覺得朱楨的確是個和善的人，但正如他的身分，和善好脾氣不過是一層面具，實際上他是個極其疏離冷漠的人。她從未見過他對哪個女子這般照顧，縱容她的小脾氣。

若徐貴妃以前還心存奢望，覺得朱楨娶薛元瑾不過是另有打算。但當她看到這一幕的時候，就已經完全不這麼覺得了。

他對薛元瑾，是真正不一樣的。

徐貴妃垂眉斂目，將自己心中的情緒藏好，跟在最後出門。

春日初始，正是日光甚好的時候，暖洋洋的陽光落在身上，既溫和又不刺目。

等眾人走到萬春亭的時候，裡頭已經佈置了小桌，各置瓜果、點心。說是萬春亭，其實有三間屋貫通的大小，以朱漆大柱支撐，雕梁畫棟好生精緻，又以豆青色素羅紗籠著，將紗挽起，即可欣賞外頭的春光。

淑太后見光景這般好，就同皇后道：「叫幾個太妃也過來同聚吧，我也許久未見到她們了。」

皇后應是，去外面吩咐宮人傳話。

不過片刻，許多妃嬪和太妃陸陸續續過來了。

元瑾身邊坐的是惠嬪，極其貌美，據說是皇帝的新寵。聽聞元瑾是靖王妃後，她立刻就有了親近之意，拿了張蜀錦手帕掩著手，給她剝了個橘子。

「……聽說王妃娘娘是山西人士，我的祖籍也在山西。果然，一見娘娘便沒來由覺得親近。」說著伸手遞給她一個剝好的橘子。「王妃娘娘吃個橘子如何？」

王妃的身分堪比貴妃，所以從地位上來說，惠嬪的位階還是比元瑾低。

元瑾接過她的橘子，掰成兩半分給她。「惠嬪尊手功勞，我也不能獨占了。」

惠嬪親熱地笑道：「娘娘卻是客氣了，我們本是同鄉，不過是舉手之勞罷了。」

元瑾其實不耐煩應付這些場面。當年她是丹陽縣主的時候，就不喜歡參加這些宮廷宴會。

故她接過橘子後就不再說話，只默默地吃橘子。

這時外頭有太監通傳。「安太妃到——」

元瑾聽到安太妃的名號，抬起了頭。安太妃是先皇生前的寵妃，無子嗣，因為性情溫和，與世無爭，當年倒也得姑母喜歡，有什麼事時常與她說，也算是她認得的熟人。

只見一位穿著深藍滾邊緞襖的半老婦人跨步進來，髮髻梳得光滑整齊，只簪了兩支金簪子，周身素淨，面容祥和。

她身後還跟著一個十二、三歲的少女，身量修長，幾乎快與安太妃一般高了。少女穿著一件淺青色綢襖，耳邊綴著玉耳璫，面貌清秀，因鳳眸、薄唇，所以透出一絲英氣，與滿屋子的嬌豔截然不同。

元瑾看到少女熟悉的容顏時，頓時心中一跳。

這姑娘怎麼這般像靈珊！

元瑾以為自己看錯了，又仔細打量她的臉，越看越按捺不住心中的激動。

沒有看錯，這是她前世的姪女蕭靈珊！

蕭家覆滅，靈珊竟然還活著！

她一時激動，握著茶杯的手竟微微發抖。她只以為蕭家滿門皆滅，為何靈珊還會跟著安太妃？

安太妃帶著蕭靈珊給太后行禮，聲音柔和。「娘娘安好。」

蕭靈珊跟在她身後，卻是脾氣很大的人，面色冷淡，只是微屈了一下身，卻沒有行大禮。

徐貴妃看了就皺眉。「蕭靈珊，妳好生放肆，妳不過是平民，為何不向太后行大禮？」

當年便是蕭靈珊砸傷徐瑤的頭，徐貴妃因此與她結怨。

蕭靈珊淡淡道：「我不想跪便不跪。貴妃若是不滿，殺了我就是了。」

「妳！」徐貴妃氣梗，卻似乎拿蕭靈珊沒辦法一般，而是看了皇后一眼。

「行了，妳退到旁邊吧。」皇后語氣淡淡，似乎不想與蕭靈珊計較。

元瑾更覺得好奇。

靈珊從小就是倔強性子，倘若投生成男兒，勢必又是一位蕭家將軍，想讓她屈服是不可能的。她更覺得疑惑的是，為何皇后等人反而一副容忍她的樣子……是不是還有什麼她不知道的原因在裡頭？

安太妃要帶蕭靈珊入座，左右一看，唯獨看到元瑾面生，笑著對太后道：「這位新人倒未見過，可是陛下所得新寵？」

太后笑了笑。「卻是靖王之正妻，如今是成親後頭一天入宮。」

安太妃聽了，連道失禮。

蕭靈珊則把目光放到元瑾身上。

元瑾垂眸把著酒杯。她不能有絲毫表現，只能忽視蕭靈珊的打量。
她必須忍耐，凡事都要從長計議。
元瑾抬起頭，笑了笑，道：「太妃娘娘不常出來走動，不認得是有的，不必道失禮。」
安太妃也回以一笑，隨後挑了別的地方落坐。
蕭靈珊在安太妃身邊耳語幾句，似乎是不想再待在這裡，說完後就退了下去。
元瑾看著蕭靈珊遠去的方向。
其實她多想叫住靈珊，告訴她自己是誰。但是不行，因此只能眼睜睜地看著她消失在轉角。
這時她身旁的惠嬪小聲道：「王妃娘娘、王妃娘娘。」
元瑾聽到，回過頭，見惠嬪湊得近了些，聲音壓得極低。「娘娘是不是不明白，為何這姑娘這般衝撞徐貴妃，皇后娘娘也沒把她怎麼著？」
元瑾聽了一笑。「我正是好奇，不想竟讓惠嬪娘娘看出來了。妳知道什麼原因嗎？」
惠嬪小聲道：「我也是聽說的，這宮中流言紛傳，說這位姑娘是蕭家人，當年本要被殺，是太子殿下力保才能留下來。大家便猜測是太子殿下有意於她，只待長大便娶過門做側妃，所以才保她留下。」
元瑾聽了眉頭一皺，這都……什麼跟什麼？
朱詢怎會對靈珊有意，靈珊在他眼中只是個小孩罷了。

不過，原來是他保下了靈珊。

但她更有不明白之處了，朱詢這樣狠毒，保下靈珊做什麼？如果真是為了她的安全，保下來又何必留在宮中？靈珊是蕭家遺脈，又桀驁不馴，每天看著，難道淑太后她們就不覺得扎眼嗎？

她謝過惠嬪回過頭，卻仍然心有疑惑。

外頭有人進來傳話，說御膳房那邊有事，要皇后娘娘定奪。皇后屈身請淑太后稍候，便先出去。

然後徐貴妃就站到太后身前，給她斟茶，笑道：「說來，太后娘娘可知道最近發生的一件事？」

淑太后關心的無非就是媳婦們的肚子，或是宮中哪個妃嬪超出用度一類的事，一時不知道徐貴妃說的是哪件，便問：「貴妃說的是何事？」

「太后可知道，當年蕭家除了蕭靈珊外，還有一個人活了下來。」徐貴妃一笑。

徐貴妃說到這裡，元瑾立刻抬頭看向她。

淑太后生性不愛理會這些朝事，自然不知道徐貴妃說的是誰。她也一時好奇，問道：「何人活下來了？」

「便是當年西北侯一輩中最小的一個，名蕭風。」徐貴妃繼續說：「太后娘娘不理前朝之事，難怪不知道呢！當年朝中有人力保蕭風不死，靖王殿下與皇上商議著，將他秘密留下來，放到西北邊境讓他戴罪立功。如今土默特犯界，他因抵禦有力立下功勞，皇上封了他一個參將。」

淑太后聽了更是皺眉。「還有這事？皇帝怎地如此糊塗，再封一個罪臣呢！」

元瑾聽到這話，心中掀起驚濤駭浪。

原來不僅靈珊活著，她的五叔蕭風也還活著！

她沒有在權力中心，不知道這些秘密處置。

家中叔伯皆寵愛她，但五叔更不一樣些，他是家中最小的叔叔，兩人雖是叔姪，卻比平輩還要親近。他自小便如親哥哥一般待她，也最寵她。每次回京都會帶他搜羅的新奇玩意兒給她。原來在山西的時候，五叔就是她最好的玩伴。若是她闖禍，便讓五叔給她頂鍋；別人惹了她，也要五叔上門給她找場子。

他竟然還活著！

其實她應該想到的，蕭家一門五兄弟中有三個虎將。若是全部除去，朝廷可用之將勢必不足。畢竟靖王只能鎮守一個地方，而邊界叛亂的部族不少。

所以當時他們留下了五叔，讓他鎮守邊疆。因他自年少起就跟著父親四處征戰，練就了一身行軍作戰的本領。

若留在朝中，蕭風勢必興風作浪，但留在邊疆，蕭家子弟血脈中殘留的英勇，是不允許他們置邊疆百姓的生死於不顧的。

元瑾不免有些激動。靈珊活著，雖然也寬慰，但畢竟她還小，無法肩負蕭家的重擔。但知道五叔還活著，那種感覺是不一樣的，她方才知道，原來自己不是在黑暗中孤獨前行。

徐貴妃又繼續往下說。

「正是呢。」徐貴妃露出笑容。「妾身瞧著也覺得不好，讓他抵禦外敵就罷了，何必要封官？來日他若是羽翼壯大，豈不是朝廷之患？」

徐貴妃說到這裡，莫名覺得後背一冷，但等她轉過頭的時候，只看到元瑾低頭喝茶。

淑太后道：「這事哀家自會勸皇上。」

雖然淑太后對蕭太后抱持著愧疚和同情，但這種同情只願意讓她給他們燒紙錢、唸經，卻不願讓蕭家的人起復。以後若蕭風日漸壯大，手握兵權，釀成大禍該如何是好？

元瑾輕握著茶杯，垂頭看著水面，眼神卻極為冰冷。

徐貴妃之所以煽動太后去插手五叔起復一事，當然不是她真的為皇帝和朝堂考慮，而是她不能讓蕭家起死回生，否則蕭家要是再度強盛，第一個算的就是徐家的帳。

她不能讓徐貴妃得逞，必須要保住五叔！

元瑾腦海中一時閃過很多念頭，她該怎麼保住五叔？

皇后再度進來，說御膳房已經安排好午膳，只待半個時辰後移步養性齋即可。

諸位妃嬪、太妃也坐不住，便三五結伴去御花園賞花，等半個時辰後去養性齋。

惠嬪也邀請元瑾前去。「……如此春光，王妃娘娘不如同我一道去吧？」

元瑾惦記著靈珊，便願意出去看看，笑道：「我也正有此意，惠嬪娘娘請吧。」

兩人先後出了亭子，朝水橋的方向走去。

元瑾知道靈珊最喜歡那裡，她每每生氣煩悶，便會在那裡看湖水。遠遠地，果然看到靈珊坐在亭子裡，正看著湖水發呆。

她對惠嬪道：「我突然覺得有些不適，娘娘不如先走，我一會兒便趕過來。」

惠嬪遲疑片刻。所謂有些不適，不過是內急的委婉說法，便笑道：「那我先去前面的千秋亭等娘娘。」說完就帶著人先走了。

元瑾正要過去，卻看到一路人浩浩蕩蕩地從水橋另一頭走來，她趕緊閃身到杏花樹後。為首的是一身緋紅衣袍、戴銀冠的朱詢，俊朗眉目，正背著手朝這邊走來。身後除了跟著侍衛、宮人外，還跟著一個身著月白雲紋緞襖，面貌姣好、膚色如玉的女子，那女子懷中抱著雪團。

朱詢看到蕭靈珊在亭中看水，輕輕皺了皺眉。

「蕭靈珊，妳在那裡做什麼？」

雪團一看到蕭靈珊，很是高興，汪汪地叫了兩聲，掙脫那女子的懷抱，跑到蕭靈珊面前。

蕭靈珊彎腰將牠抱起來，溫柔地摸了摸牠的頭，然後抬起頭，看了那女子一眼，笑道：「太子殿下身邊何時添了這樣一位紅顏？我瞧著倒覺得有些眼熟，竟不知道在哪裡見過了。」

朱詢聽到這裡，臉色微沈，揮了揮手。「你們先退下吧。」

那女子卻有些遲疑。「可是殿下……」

「本宮說退下！」朱詢加重了語氣，那女子便不敢不從，帶著眾侍衛宮人退下。

「蕭靈珊，」朱詢語氣冰冷。「妳這是何意？」

「何意？」蕭靈珊淡淡道：「殿下帶著這麼個拙劣模仿的女人，自己就不覺得難受？倒是怪了，竟沒有旁人看得出，這女子眉目間有些像她呢。」

蕭靈珊說著，語氣一緩。「殿下帶著她招搖，就不怕……讓旁人知道了殿下的秘密？」

朱詢皺眉。「我有何秘密，妳可不要胡說。」

「我胡說？」蕭靈珊卻笑了笑。「太子哥哥當我年紀小，從不迴避我，卻不想我曾親眼見過，那天深夜她熟睡之後，你曾半跪在地上，牽過她的手，一一親吻過她的指頭。但是那時候，她並不喜歡你，她只將你當作一個晚輩對待。更何況喜歡她的人如過江之鯽，她怎麼會察覺得到——你對她的迷戀呢？」

「閉嘴！」朱詢突然怒喝。

「現下人已經死在你手裡，自然是怎麼都回不來了。你找再多替身，又有什麼用呢？不怕別人發現，你心中真正迷戀的其實是……」蕭靈珊說到這裡，突然被朱詢掐住喉嚨。

雪團似乎也察覺到什麼不對，跳下蕭靈珊的懷抱，無助地看著兩人。

「蕭靈珊，我留妳一命是看在她的分上，妳不要自己找死！」

朱詢掐著蕭靈珊脖頸的手越發用力，蕭靈珊的臉已有些發紅，似乎快呼吸不過來，但她卻毫不掙扎，而是定定地看著朱詢。「你留我一命……不過是想讓我牽制五叔公，怕他在邊疆不由你們控制，當我不知道嗎？你殺了我，五叔公便無所顧忌，什麼都不怕了……」

元瑾看到這裡，幾欲控制不住自己衝出去阻止朱詢。

她怎麼會看不出靈珊這樣刺激朱詢，不過是想找死！

他們之所以將靈珊留在宮中，養在太妃身邊，其實是想牽制五叔。五叔無論做什麼，都必須考慮靈珊的安全，所以絕不敢在邊疆造次。靈珊因為知道她是五叔的掣肘，所以才不想活。

這個傻孩子，卻不知道她若死了，五叔也留不下來！

元瑾緊緊捏著枝椏，知道這是在宮中，朱詢不會真的殺人。

片刻後，朱詢果然鬆開手，蕭靈珊則一時無力，癱軟在地上。

「妳不要試圖挑釁我。」朱詢似乎又恢復平靜，拿出手帕一根根地擦手指，淡淡道：「她要是知道妳這麼早便下去了，在那邊肯定會責怪我的。所以我也不會殺妳。妳若是個聰明人，就該好好地活下去。」

朱詢說完後，便帶著雪團離開了亭子。

蕭靈珊在原地跪坐著，一直沒有站起來。

元瑾估算著朱詢已經走遠，才從杏花樹後走出來，來到蕭靈珊身前。
蕭靈珊看到一雙繡白玉蘭的精緻綾鞋停在她面前，緩緩抬起頭。
她看到那個容貌清嫩絕色的靖王妃。
蕭靈珊微微一扯嘴角。「妳怎麼在這裡？」緊接著她皺了皺眉。「妳剛才是不是聽到了什麼？」
元瑾卻看著她良久。靈珊長大了，面容似乎更冰冷了。原來她不是這樣的，原來她只是個會委屈、會撒嬌的小姑娘，雖然一時逞能砸傷徐瑤的腦袋，但是只要自己一訓她，她就開始眼淚巴巴地掉金豆子，求自己原諒。但現在全然沒有了。
元瑾伸出手，柔聲道：「姑娘站起來說話吧，地上涼。」
蕭靈珊看了她一會兒，才把手遞給她。
雖說靖王與她家有不共戴天之仇，但他的新婚妻子卻與蕭家的覆滅沒有關係，且她看起來人並不壞的樣子。
她淡淡道：「王妃什麼時候來的？」
「剛來不久。」元瑾笑了笑。「似乎聽到姑娘與太子爭執。」
蕭靈珊眉頭一皺。「妳都聽到了？」
「未聽得清楚。」元瑾道。
蕭靈珊也是聰明的，說話時不曾道明任何人名，即便有人聽到，也不知道他們在說什麼。

元瑾對於朱詢迷戀誰並不感興趣，她現身不過是想勸靈珊兩句。

「姑娘且聽我一言。」元瑾緩緩道：「人只有活著才有希望。妳若沒了，至親之人必然會為妳痛心，又何必自尋死路？」

蕭靈珊淡淡一笑。「我的至親之人都沒了，父親、叔伯，還有姑姑，都沒有活下來。我若是死了，正好能與他們團聚。」

「若我是姑娘的至親之人，便不希望與姑娘團聚，只希望妳能在這世上活得好好的。」元瑾笑了笑。「再者，姑娘的至親之人並不是全沒了，方才聽徐貴妃說，姑娘的五叔公還在世。他只有妳一個親人，怎能再承受親人離世之痛呢？」

元瑾說到這裡，就看到靈珊眼眶一紅。

「五叔公一向都不喜歡我。」她說：「他不會難受的。」

「他會的。」元瑾溫聲道。

蕭靈珊不再說話。五叔公雖然一直嫌她吵、嫌她煩，但在皇帝扣押自己做人質，要五叔公乖乖趕赴邊疆的時候，他二話不說就去了。她其實明白，如今蕭家到了這個地步，五叔公只能保她了。

她靠著廊柱，不禁流下淚來。

「不要哭。」元瑾拿出貼身的手帕遞給她。「回去好好生活，才知道以後會怎麼樣。」

她要活著，等著她們成功，等著她們給蕭家平反，讓她再如往昔一般，做個天不怕地不怕的小姑娘。

蕭靈珊接過她的手帕，聞到上頭熏的是姑姑所喜歡的降真香，更是緊緊捏著手帕。

這個陌生女子的言語、神態都與姑姑相似，莫名地讓她覺得有熟悉感。

「今日……多謝妳了。」她對元瑾輕輕扯了下嘴角，起身離開涼亭。

一時間，四周僅餘她一人。

元瑾輕輕嘆氣，看著靈珊的背影良久，才朝著方才惠嬪的方向走去。

去養性齋的路上，元瑾經過絳雪軒，這裡近水更暖些，因此杏花初開，粉白如雲籠罩枝頭。有花瓣撲簌簌從枝頭落下，地上已經鋪了一層花瓣。

元瑾站在絳雪軒的水池邊，看到遠處正是當年她與姑母所住的慈寧宮，一時失神。

當年與姑母住在宮中的種種又浮上心頭。

她心中寂冷，想到還活著的靈珊和五叔，卻又多了些力量。靈珊還是小姑娘，而五叔遠在邊疆，現在一切都還要靠她。

元瑾正思索時，突然眼睛一瞥，看到大理寺地磚上清晰地倒映出一個人影。

這影子彷彿是一個太監的模樣，正一步步走近她，以為她看著遠處的風景，沒有注意到周圍。

元瑾看著那池水，心中思緒不斷。

這太監究竟要做什麼？怎麼靠近她也不出聲？

但元瑾知道自己這時候不能出聲，反而打草驚蛇。

那太監越來越近，竟緩緩伸出雙手——

他要推她下水！

元瑾意識到這點，眼睛驟然一眯，立刻回過頭，看到一個約莫二十多歲、面白無鬚，長得很瘦的太監。

那太監沒想到元瑾會突然回過身，一時驚嚇，忙收回手，笑道：「奴才遠遠看著，還以為是哪宮的宮女在這裡躲懶，卻不知是王妃娘娘！」

這是剛才引她們過來的一個太監，那應該是……徐貴妃的人。

難道是徐貴妃想殺她？

「你既認為我是宮女，為何剛才不開口喚我？」元瑾淡淡道：「你究竟要做什麼？」

那太監神色慌亂。「奴才當真不知是王妃娘娘，還請娘娘恕罪。奴才只是過來看看是誰在此處罷了……」

元瑾心中已轉過許多念頭。

不管是不是徐貴妃想殺她，既然這太監是徐貴妃的人，那便當成是徐貴妃好了。

這對她來說正是趕不上的大好機會，她正愁沒有機會對付徐貴妃，這就自己送上門來了！

若徐貴妃有意害自己，那朱楨自然不會放過她。再者，她在宮中遭人暗害，無論怎麼說，這些勢力間的嫌隙都會越來越大，對皇帝極其不利。他如今正努力粉飾與靖王間的太平，必定恨徐貴妃動手，這正好是個一箭雙鵰的好計策！如果除去徐貴妃，就等於拔去徐家的翅膀，五叔在邊疆自然也就安全了。

「胡說！」元瑾打定了主意，便冷冷道：「我剛才看到你的影子，你分明想推我入水！我定要告訴靖王，叫他治你一個死罪才行！」

「王妃娘娘恕罪，奴才剛才當真不是故意的……」這太監聽到這裡，已是滿額的冷汗，手足都慌亂起來，連連哀求元瑾放過他。

「你以為你說不是故意，我便會信？」元瑾故作憤怒狀，繼續道：「除非我死了，否則定要告訴靖王，叫他將你扒皮抽筋！你這樣的閹人，竟也敢害我！」

元瑾這句話像是提醒那太監一般，他聽到這裡，臉上突然一狠，咬牙道：「王妃娘娘竟然這麼不近人情，那也別怪我了！妳要是死了，自然沒有人知道我幹過什麼！」

說罷伸手用力一推，元瑾立刻一個趔趄，掉入水池，濺起好大的水花。

那岸上的太監自然也沒了蹤影。

元瑾不擅泅水，但她卻是懂些水性的，正是因著這個，才敢激怒那太監把自己推下來。否則這周圍毫無人煙，真等到人聽到呼救趕來，恐怕也早就淹死了。

她浮上來後，立刻呼救起來。「來人！救命……快來人啊！」

此處雖然偏遠，但她的聲音很響，照樣有人注意到了。

朱詢這時候正好走在去養性齋的路上，跟著他的女子聽到了呼救聲，小聲道：「殿下，您可聽見有人在呼救？」

對於這女子，朱詢不過是當個人擺在那裡，能讓他一解對姑姑的相思之苦罷了。他聞言淡淡道：「與妳何干，好生走路便是。」

那女子應諾，不敢多言。

初春的水冰冷透骨，元瑾仍在水中，還未見人來，這時突然感覺腿部一陣發緊，頓覺不好——這池中的水太冷，似乎是抽筋的前兆！

她立刻開始往岸邊游，但還沒游到岸邊之前，腿部卻傳來一陣劇烈的抽痛，真的抽筋了！

身上的綾襖又濕又重地貼在身上，元瑾已經控制不住自己的身體上浮，嗆了好幾口水，臉色煞白。這下卻是真正的溺水，手腳無力，即將被溺斃的痛苦縈繞著她，完全無法呼吸，只能拚命呼救。

「來人！……救命……」

因為嗆了水，她呼救的聲音更是斷斷續續。

那女子聽到呼救的聲音，更焦急了，對朱詢說：「殿下，似乎是真的！」

朱詢這次也隱約聽到了，正要凝神細聽，懷裡的雪團卻不知怎的，突然豎起耳朵，隨後叫了一聲，跳出他的懷抱，朝呼救的方向衝過去。

雪團怎會突然如此！

朱詢只能立刻帶著人跟過去。

絳雪軒不遠的清池邊，杏花盛開，湖中當真有個人落水，且還是個女子。她似乎已經沒有力氣撲水，連呼救聲都沒了，隱隱有下沈的跡象。

雪團看著那人的影子，好似無比焦急，衝到岸邊就要跳下去。

朱詢立刻上前將雪團抱起，敲了一下牠的頭。「你這蠢狗，不要命了不成！」

他已經隱約認出湖中那人就是薛元瑾，如今的靖王妃。

這靖王妃是死是活他自然漠不關心，他不過是在權衡利弊罷了。若靖王妃在宮中出事，無疑對靖王是很大的刺激，也許可以趁其不備下手。他一直主張快刀斬亂麻，不過是皇帝不同意罷了。但同樣地，若靖王妃出事，也有可能會讓他惱羞成怒，不計後果對宮中動手。

雪團拚命想掙脫他的懷抱下去救人，身旁的女子也有些焦急。「殿下，咱們快把人救起來吧，妾身看這姑娘好像要不行了！」

可朱詢身後的太監、侍衛，若沒有他的吩咐，是半步都不敢向前的。

朱詢漠然地看著想了一會兒，還是決定救人，正招手讓侍衛前去，卻看到湖對面走來一群人。

竟是正要前往養性齋用膳的皇帝和朱楨。

朱楨在不遠處就聽到了呼救聲，只是聲音太遠聽不清，走到這裡發現當真有人落水。皇帝正要說什麼，朱楨已盯著水面，緊接著臉色一變，突然二話不說解下披風，立刻跳入水中。

皇帝正疑惑朱楨怎地突然跳入水中，他身邊的太監卻臉色發白，指著水面道：「陛下您看……落水的是靖王妃，是王妃娘娘！」

皇帝朝水中一看，只見那女子已經下沈，而靖王也迅速潛下，很快摟住那女子的腰，帶上水面。那女子已經緊閉著眼昏過去，果然是靖王妃。

幸好朱楨水性極好，帶著元瑾也能游上來。他抱著元瑾上岸，面寒如冰，不顧立刻向他圍上來的人，快步向最近的絳雪軒走去，厲聲道：「快叫御醫！」

第五十五章

溺水的窒息感從四面八方向她湧來，將她淹沒。

元瑾緊閉著眼睛，身體沒有絲毫ㄌ氣，彷彿被縛千斤重鐵，再怎麼努力也無法掙脫束縛。

池水冰冷刺骨，光線幽暗，晃動的波漪也漸漸不見。

她像個斷線的木偶般下沈，在這個意識交界不清的時刻，所有黑暗都向她淹沒而來，而她將永遠地沈陷其中，再也無法解脫。

突然，水面嘩地破開，似乎有人跳下來！

那人如游魚一般向她游來。

元瑾什麼都看不到了，只能感覺到一雙大手托住她的腰，從後面抱住她，她的後背貼上他堅實的胸膛。

他帶著她上游，上岸後將她打橫抱著，快速向前走。他的步伐很穩，手臂結實有力，沒有絲毫顛簸。

隨後他將她輕柔地放在什麼地方，只聽到他俯下身，在她身邊輕聲道：「沒事了，元瑾，我在這裡。」

她怕他扔下自己，手無意識地緊緊攥著他的衣角。
四周一片混亂，元瑾聽到很多人說話，但這個人的聲音卻非常熟悉，給人一種安定感。好像她真的不用擔心，因為他會一直護著她。
元瑾的心終於安定下來。
有婆子們給元瑾按胸口，讓她將嗆進去的幾口水吐出來，如此一來，她雖然沒有醒過來，但呼吸已經漸漸平穩。
有個婆子道：「殿下，娘娘這身衣服得趕緊換掉才行，但是您看……」
王妃昏迷中還緊緊抓著靖王殿下的衣袖不鬆開，殿下也任由王妃抓著，她們想換衣裳都不好換。
元瑾的小臉雪白毫無血色，躺在床上宛如琉璃娃娃。手是抓著自己的衣角不放，好像抓著救命稻草般。朱槙看著，心中微微一抽。她向來驕縱如小老虎一般，怎地現在這般羸弱可憐？
他一向強勢，在朝堂縱橫捭闔。年輕狂妄時，覺得這天底下自己無所不能，就是到了現在，他也是個絕不容別人挑戰他權威的人。竟然有人在他的眼皮子底下害了元瑾，他絕不會輕易放過。
朱槙先道：「拿把剪子來。」
立刻有人去拿剪子，朱槙兩下就將元瑾捏著的衣袍一角剪了。她倒也沒有鬧騰，攥著那塊布片繼續睡。

朱楨看著元瑾躺在床上生氣全無的樣子，眼神陰沈得不似他平日的模樣。

李凌在旁看得膽戰心驚。他是最了解靖王殿下的人，殿下這般神情，分明已經生氣到極致。也是，王妃進宮第一天就出了這樣的事，殿下怎麼會不生氣？

王妃娘娘不是不謹慎的人，怎麼可能突然跌落水池，定是有人蓄意謀害。

但誰有這麼大的膽子，竟敢害靖王妃？

朱楨站了起來，淡淡道：「御醫可來了？」

李凌立刻道：「已經來了，只待王妃娘娘收拾妥當就進來。」

溺水之人只要將水吐出來，倒也沒有危險，故御醫不急著進來。畢竟裡頭還沒收拾妥當，御醫進來也怕衝撞。

朱楨點頭示意知道了，隨後走出去。李凌也趕緊跟在殿下身後出來。

外面，皇后、太后和徐貴妃等人正守著，一看到他出來便圍上來。皇后先問道：「殿下，王妃怎麼樣了？」

朱楨卻彷彿沒看到她一般，大步流星走了出去，面無表情地吩咐守在外面的裴子清。

「你派錦衣衛將這御花園封住，一應人等不許進出。所有的宮女、太監都帶到絳雪軒來，一一審問。」

皇后的臉色頓時有些不好看，而徐貴妃則是低下頭，眼神有些游移。若仔細看，只發現她的手有些輕顫。

淑太后卻是冷下臉。「靖王，你莫要胡鬧，這御花園中多少宮女、太監，怎麼審得過來？再者你現在在皇宮中，鬧出這樣大的動靜，還顧不顧及你皇兄？還不如等她醒了，不就一問便知了？」

朱楨突然回過頭看向淑太后。那眼神極其冷酷，竟讓淑太后一時愣住。

但朱楨卻沒有說任何話，而是朝屋中走去。

淑太后還想說什麼，皇后卻拉了下淑太后的手。「母后莫急，無論咱們怎麼說，靖王殿下都是聽不進去的，不如先稟了皇上，讓皇上定奪就是。」

皇后心中也是膽寒。

朱楨不是個脾氣和善的好人，這人凶狠起來就是個活閻王，否則他當初怎能鬥得過蕭太后。他的王妃在宮中出事，朱楨肯定會把宮裡翻個底朝天。也不知道究竟是何人，敢對朱楨的王妃下手！

皇后心思一轉，想到了朱詢。她沒有子嗣，朱詢在繼位太子前被記為她的養子，故兩人關係尚可。若是想應對靖王，還是找他來比較好，他亦是足智多謀之人，有他在穩妥一些。

她便立刻差人去知會朱詢。

這時候，朱楠和朱詢站在書房內，正在談論這事。

朱楠面色變換不定，朱詢在一旁看著，並沒有打擾他。

「這事你怎麼看？」朱楠轉向朱詢。

他知道自己這兒子是有幾分本事的，否則當初也不會承諾他太子一位。

朱詢看皇帝的面色，就知道此事他的確不知。那就怪了，難道薛二姑娘出事當真是意外？

「的確有些蹊蹺。」朱詢說：「您並不想現在與靖王撕破臉面，更不想這樣的事發生。那究竟是誰所為，是人為還是意外，倒是值得深思了。」

朱楠突然想到什麼，面色微變。「會不會是靖王自己設的局，想要藉此謀劃宮變？」

朱詢心中冷笑，面上卻和緩地說：「父皇所想自然是有可能的，只是若真如此，恐怕靖王就不會選擇查，而是會直接起兵了。拖延時間也對他不利。」

朱楠點點頭，朱詢說得也有道理。他又道：「那你覺得現在該怎麼辦？」

朱詢思索片刻後，道：「父皇，兒子覺得此事就讓靖王查吧，否則他不會善罷干休的。」

說到這裡，朱詢的聲音一緩。「再者……錦衣衛是他的人，他想查，您恐怕也阻止不了。我們雖說有些退讓，但您以後加倍討回就是了。」

聽到這裡，朱楠臉色一沈。

歷朝歷代錦衣衛都是由皇上指揮的。但蕭太后在世時，錦衣衛聽命於她。蕭太后死後，卻由朱楨完全接手。他已不滿多年，但無法將錦衣衛收歸，他也無法對裴子清下手。只能將錦衣衛架空，扶持金吾衛與錦衣衛平分秋色。

朱楨的權勢之盛，已經到了他都要退讓的地步。

朱楠眼中閃過一絲冷光，思索了許久，只能點點頭。

很快地，絳雪軒就接到太監的傳話，說陛下對於靖王妃出事也非常震驚，勒令宮中一切人員聽由靖王調派。若是有人害王妃，嚴懲不貸。

已是天黑的光景，宮中陸續點上燈籠。

御花園中伺候的宮女、太監人數眾多，一應審問下來，卻未發現臉生或形跡可疑的人物。

朱楨聽到來人稟報時，面無表情，嘴唇緊閉。稟報的人聲音越來越小，幾乎不敢再說下去。

「殿下，不然屬下先領人帶王妃回去吧。」李凌輕聲道：「再過一會兒，宮門該下鑰了。」

朱楨喝了口茶，淡淡道：「今天宮門不下鑰。」

他這話一出，李凌心中暗驚，知道殿下是絕不會罷休的。

對於殿下來說，恐怕心裡還在揣測，是有人指使害了王妃吧！

若說是誰指使，在這皇宮中，還能是誰呢？

王妃到現在都還沒有醒，御醫雖是立刻開藥，但王妃昏迷中，連水都餵不進去，更遑論是藥了。越看王妃這可憐的樣子，殿下就越是不會放過害王妃的那人。

「裴子清可過來了？」朱槙問。

李凌道：「尚未，不過屬下估計應該快過來了。」

身為錦衣衛指揮使，裴子清的能力是毋庸置疑的。朱槙要守著元瑾不能走開，只能派他去元瑾落水的水池邊勘察，看能不能找到蛛絲馬跡，再將今日見到元瑾的人，從小丫頭到惠嬪等人一一審問過。

裴子清剛從水池邊回來。

知道元瑾落水，他亦非常憤怒。他無力阻止她嫁給靖王，便只能希望她過得開心，卻不想這些人竟然還不放過她。他想把這事查清楚，看究竟是誰想害她。

他正好在絳雪軒外遇到惠嬪，她是元瑾落水前見過的最後一個人，因此裴子清就詢問一番。

惠嬪已經輪番被太后、皇后等人詢問過好幾遍，也被嚇傻了，因此說話的語氣帶著惶恐和懼怕。「……其實我只是想同王妃去賞花，但路上她推說有事，叫我先走，不必等她。王妃究竟是怎麼落水的，我真的不知道。那時候我還帶著兩個丫頭，她們都可以為我作證！」

裴子清聽到這裡，已經知道從惠嬪這裡是什麼都問不出來了。見惠嬪一副驚悸的樣子，他便不再問，讓她先回去。

裴子清一抬頭就看到太子朱詢站在不遠處，同他的屬下低聲說話。

他提步向朱詢走去，拱手行禮道：「殿下。」

朱詢轉過頭，笑道：「原是裴大人。」

裴子清嘴角一扯。「下官有些事想問殿下，是關於王妃娘娘落水一事，不知殿下可有空閒？」

朱詢停頓片刻後頷首。「自然，你問吧。」

裴子清才開口道：「請太子殿下先恕微臣大不敬之罪。據說太子殿下是最先看見靖王妃落水的人，卻遲遲沒有對娘娘施救，那殿下能否告知下官一聲，當時是怎樣的情景呢？」

朱詢聽到他的話，眼睛微眯，語氣卻淡了下來。「怎麼，難道裴大人還懷疑本宮不成？」

「太子殿下言重了，下官不敢。」裴子清立刻笑了笑，直直看向朱詢的眼睛。「下官只是想知道，為何太子殿下沒有立刻救起王妃娘娘？」

朱詢只是平靜地道：「當時本宮不過是一時沒看清，待看清準備叫人救時，叔叔就已經來了。」

雖然朱詢這麼說，但裴子清卻一個字都不相信。

他分明在說謊，他就是見死不救！

裴子清知道對於朱詢來說，蕭元瑾是一個有多重要的人。可以說沒有蕭元瑾，就沒有今天的朱詢。

否則他怎麼會為了她而屠盡慈寧宮的宮女。不過是他為了給元瑾報仇，寧可錯殺，也不肯放過一人。

但是現在他並不知道，薛元瑾其實就是蕭元瑾。

他不知道他竟然對他最看重、護著他長大的姑姑見死不救。

裴子清看著他淡漠的表情，差點忍不住，衝動地想告訴他真相，讓他為此後悔，為此痛苦。

就在這時，屋內傳來嬤嬤驚喜的呼聲。「王妃醒了，王妃娘娘醒了！」

裴子清深吸了口氣，顧不得跟朱詢說話，快步朝堂屋走去。

朱詢則慢悠悠地跟在他身後。

元瑾醒來時，只覺得頭疼欲裂，渾身都不舒服。她勉強睜開眼，打量四周，陳設精緻，頭頂攢三聚五的宮燈，她應該還在宮裡。有幾個宮女婆子圍著她，而這時大紅色纏枝紋杭綢夾棉門簾被宮女打開，朱槙從外面走進來。

「殿下……」元瑾一開口叫他，就發現自己的聲音沙啞得可怕，竟連話都說不出來。

朱楨快步走到元瑾身邊坐下，摸了摸她的額頭，對她輕輕道：「妳現在嗓子不好，不用說話。」

元瑾看著他在宮燈下越發英俊的面容。他眉峰長卻不凌厲，嘴唇下有個微陷，熟悉而又讓人心生暖意，尤其是在宮中，她再次經歷意外的情況下。他在她身邊，越發讓人覺得依靠。

元瑾想說話，只能放輕聲音問：「是殿下救了我？」

雖說那時候她意識不清，卻能感覺得到救她的人極為熟悉水性，且體力極好，很快就將她帶上岸。被帶進絳雪軒時，她吐了幾口水後就清醒許多，還隱約能聽到身邊的人說話，知道因她落水一事，朱楨非常震怒，派錦衣衛將御花園封了，一一盤查所有宮人。

方才元瑾了無生機的樣子，讓朱楨心中無比不好受。眼下看到她終於能勉強睜開眼，輕輕跟他說幾句話，內心已是軟得一塌糊塗。他將她頰邊的髮絲理開，笑了笑，道：「是我救妳的，妳要怎樣謝我？」

平日若聽到這樣的話，她肯定會反駁「我讓你救我了嗎？」

但今日她卻眨了兩下眼，聲音仍然沙啞。「那殿下要……怎樣謝？」

看著她認真的神情，朱楨笑道：「等妳好了之後，每日伺候我起居，一日三餐給我做飯，妳看如何？」

她明明是真的想問他要她怎麼謝，他卻總是要調侃她！元瑾現在沒力氣跟他吵，只能緩緩吐出幾個字。「你這是……趁火打劫！」

朱楨聽了一笑，她總算恢復往日的活力。

他摸了摸她的頭髮。「妳是我的妻，保護妳是我的責任，所以沒有什麼謝不謝。若是我以後沒有保護好妳，妳便可以來向我討債了。」

元瑾看著朱楨片刻，心中突然湧動著一種莫名的溫熱。

她已經不記得上次被人這般保護是什麼時候了。彷彿之前只有在太后身邊，她才有這樣的感覺。因為一貫都是她保護別人。

「閒話不提。」朱楨的語氣一沈。「元瑾，告訴我，妳意外落水究竟是誰害的？」

一提到這個，她便皺了皺眉，抓住朱楨的手。「殿下……」

這時，得到元瑾醒來消息的皇上、皇后等人皆已到了外面。宮人通傳後，一行人便魚貫而入。屋內的婆子們俱要跪下行禮，被皇上擺擺手示意免了。

太監們立刻擺好椅子，皇帝為了避嫌而坐下，皇后則徑直走到床邊，看見元瑾果真已醒，才欣慰一笑。「幸虧妹妹醒了，本宮與皇上擔心了妳許久！妳眼下覺得可好？」

元瑾沒有答話，目光徑直看向站在皇帝身邊的徐貴妃。

她的手指緊緊地捏著被褥，突然就激動起來，手指向徐貴妃，聲音更是沙啞。「殿下……便是徐貴妃，是徐貴妃的人推我下水的！」

雖說被害是她故意，但元瑾對她的仇恨卻是真的。因此毫不掩飾，目眥盡裂地看著她。

這話一出，別說皇后心裡一驚，朱槙冰冷的目光立刻放在徐貴妃身上。

「貴妃娘娘，這究竟是怎麼回事？」

徐貴妃心中狂跳。

那時她看到朱槙和薛元瑾在一起，心中嫉妒得發狂，被蒙蔽了雙眼，有了衝動的想法。再者又想到，定國公府跟徐家向來不對盤，薛元瑾嫁給靖王，定國公府的地位更是水漲船高，自然會壓制徐家。

她心中突然冒出不想留下薛元瑾的慾望。

她與薛元瑾從表面上看無冤無仇，就算她意外死了，也懷疑不到她頭上來。

因此她咬了咬牙，囑咐入宮以來一直跟著自己的貼身太監，遠遠地跟在薛元瑾身後，倘若看到她落單，便不要叫她有好下場。但若沒落單，或者被她發現，就不可輕舉妄動。

知道薛元瑾落水卻被人救起的時候，她心裡卻是咯噔一聲，已經有了種不祥的預感。隨後那貼身太監又慌慌張張地跑回來告訴她，自己被薛元瑾看到了，且她還說要告訴靖王，治他一個死罪。於是他便慌了，當時想著世家小姐怎麼會有懂水性的，絳雪軒旁的水池又這般偏僻，即便有人聽到呼救趕到，也會因為來不及而淹死。

只要薛元瑾死了，那一切都死無對證。

他便一不做二不休，狠下心將她推入池子。

徐貴妃知道太監竟然如此託大，被薛元瑾看到還敢動手，便怒從中起，連搧了他四、五個耳光。

這個蠢貨！叫人看到了還敢動手。倘若薛元瑾沒死，豈不是要拖著她一起下十八層地獄！

緊接著，她就知道了薛元瑾已經吐出水，當真沒死的消息。

她在宮中轉了好幾圈還冷靜不下來，思索著該如何應對。

首先，在引路的時候，薛元瑾就見過自己的貼身太監，她肯定認得他。就算自己不去，她也會向旁人指證。這種情況下，其實她只有一條路可走。

她毫無選擇，也只能這麼做。

徐貴妃被元瑾指認，似乎很疑惑，不明白薛元瑾為什麼指證自己。

「王妃妹妹，妳可不要隨口胡說，本宮與妳往日無怨、近日無仇，何故要對妳動手？」

其實皇帝、皇后也這般認為。首先，不是他們叮囑徐貴妃下手的，那麼徐貴妃自己有什麼理由殺薛元瑾？即便徐家和定國公府一向不和，但也遠不到要殺她的地步。

皇后道：「妹妹，可是其中有什麼誤會？」

元瑾卻說：「……我看得清清楚楚，是徐貴妃身邊的貼身太監將我推下水的。我與貴妃娘娘無仇無怨，我倒也想問問娘娘，我有什麼陷害妳的理由？」

元瑾這話也不無道理，她一個好好的靖王妃，與徐貴妃吏無交集，為什麼要陷害徐貴妃！

朱楨聽到這裡，意識到這其中一定有大問題。他道：「皇兄，既然元瑾說是徐貴妃身邊的貼身太監所為，便將太監抓過來審問，就知道她說的是不是真的。來人！」

裴子清早就候在外面，聽到朱楨喚人，立刻進來拱手道：「請殿下吩咐。」

朱楨用手帕擦了擦手，淡淡道：「去將徐貴妃宮中的貼身太監抓過來，先叫王妃辨認。」

「慢！」徐貴妃回過身，向一直沒怎麼說話的皇帝屈身，似乎有些委屈。「陛下，您難道就不相信妾身嗎？妾身何必要害王妃妹妹，這簡直是無稽之談！再者，重刑之下必出冤案，靖王殿下若嚴刑拷打，恐怕也沒幾個人撐得住！」

皇帝的目光一會兒落在徐貴妃身上，一會兒落在元瑾身上。

這件事其中必定缺少某個重要的一環，否則怎會兩邊說法都有理。

但究竟是什麼地方不對呢？

「貴妃娘娘此言差矣。」朱楨淡淡一笑。「眼下拿不出個章程來，其中原因無人知曉，所以才需要把人帶過來，到時候一問便知。貴妃娘娘這般推三阻四，難不成才是心裡有鬼？」

徐貴妃看著他熟悉的眉眼，心中無比抽痛。但是她的確半個反駁的字都說不出來。

「靖王說得有理。」皇帝也無法推脫，更何況他也想知道是怎麼回事，便點頭叫裴子清去將人帶過來再說。

一時間屋子裡陷入沈默。

不過一刻鐘，裴子清便回來了，只是神色有些不對。

他看了看元瑾，才拱手道：「皇上、殿下，出了個意外。」

「你且說就是。」皇帝道。

裴子清頓了一下，才緩緩道：「那徐貴妃身邊的貼身太監肖英，已經……上吊自盡了。」

此話一出，不僅朱槙皺了皺眉，就連皇后等人都驚呼出聲。

皇后不禁問：「他自殺了？」

裴子清答道：「微臣帶人將他取下，自己檢查了一番，的確是他自己上吊自盡的。只是臉上還有些紅腫，看上去像是掌摑的痕跡，不知道是否與此人有關。」

元瑾心中一震，很快就明白怎麼回事。

徐貴妃果然不是常人，她這是要明哲保身啊！

當然，有她在，是不會讓徐貴妃這麼容易逃過一劫的。

徐貴妃聽了，卻是十分震驚的樣子。

「肖英死了？這……如何可能，他怎麼會自殺呢！」徐貴妃像是想起了什麼，立刻跪到皇帝面前，抓住他的衣袍。「陛下明鑑，肖英一死，一切便死無對證，這分明是有人要嫁禍妾身！您可要替妾身作主，妾身當真沒有害過王妃妹妹！」

眼裡。

朱樉聽到徐貴妃的話，慢慢搖晃茶杯，神情幾乎完全漠然，似乎未將徐貴妃的辯駁放在

他身邊的李凌則道：「娘娘此話差矣。您這太監一死，咱們便無從審問他，也就無法知道王妃娘娘的話是否為真，娘娘您若是真的害了我們王妃，不也是逃過一劫？依小的看，娘娘恐怕還要慶幸您這忠僕自盡了呢——否則，咱們若真的問出什麼來，恐怕您才是吃不了兜著走。」

裴子清也在旁緩緩道：「且這太監臉上的掌摑痕跡也是莫名其妙，似乎是死前不久才被人打過。既是娘娘您身邊的貼身太監，地位肯定不同一般，尋常不會有哪個太監或宮女敢打他。想來，會不會是因他沒好好完成任務，所以才被貴妃娘娘您打了呢？」

徐貴妃當時只顧出氣，根本沒想到這裡，眼下被抓著這個把柄，也只能強辯道：「那是我久尋他不著，生氣了才打他幾巴掌。誰知道這狗東西，竟是去幹了這樣狗膽包天的事……」

這理由找得太牽強，就連皇帝都有一些起疑了。

元瑾冷眼看到這裡，知道該是她加一把火的時候了。

她掐緊被褥，語氣卻氣若游絲，非常羸弱的樣子。「貴妃娘娘，方才那太監推我時，我分明聽見他說是貴妃娘娘妳要害我，要讓我得到教訓……我倒是不知道，是不是我之前哪裡惹了貴妃娘娘生氣？可妳氣便氣，又為何要對我下如此毒手？妳好生和妹妹說，妹妹也是知

錯的……」

元瑾這番話也在給徐貴妃安插一個動機。眼下所有證據都指向徐貴妃，而唯一不能確定的，就是她的動機。她是在巧妙暗示，她似乎曾經「惹到了徐貴妃，讓徐貴妃心中早已對她不滿，所以才伺機害她」。

徐貴妃辯解。「妹妹，姊姊何曾記恨過妳，是妳多心了！」

雖說在靖王面前，皇上肯定要維護徐貴妃，畢竟徐家是他忠實的擁護者。但眼下的確有些說不過去。皇上清了清嗓音，問徐貴妃。「愛妃，妳只需告訴朕，妳與這件事究竟有沒有關聯？」

徐貴妃自然立刻否認。「陛下，此事當真與我無關，我沒有害王妃妹妹的理由啊！王妃妹妹這般肯定是妾身所為，妾身何嘗不覺得冤屈？妾身還覺得，是王妃妹妹蓄意針對妾身……」

朱槙嘴角帶著一絲看不透的笑容，突然將手中的茶杯砸向地面，砰的一聲巨響，茶杯碎裂成片，徐貴妃嚇得連後面要說什麼都忘了。

朱槙站起身，走到她面前，語氣極其冷淡。「把妳剛才說的話再重複一遍。」

徐貴妃緊緊咬著唇。朱槙這樣子分明已經發怒，她怎敢再惹他生氣？

朱槙卻提高了聲音。「妳給我再說一遍！」

「陛下。」徐貴妃已經嚇得快哭出來，只能緊緊抓著皇帝的袍角。

「皇弟莫要這般……」皇帝也有些不知該如何是好。

朱楨冷冷看了徐貴妃一眼，坐回自己的位子上，道：「徐貴妃，要想知道這件事是不是妳做的，著實簡單不過。方才本王已經找到一個人證，她說親耳聽到妳指使妳的貼身太監，將元瑾推下池子。」

徐貴妃聽到這裡，面色蒼白，張了張嘴唇。

人證……朱楨究竟是從哪裡又找了個人證出來？

朱楨朝外面道：「把人帶上來吧。」

片刻後，朱楨的侍衛帶著一個少女走進來，少女平靜地給在場諸位屈身行禮。徐貴妃一看，竟然是蕭靈珊！

見到是蕭靈珊，皇后等人皆皺了皺眉。

蕭靈珊在外面就聽到裡頭的動靜。她看了眼躺在床上的元瑾，然後道：「陛下，小女是在萬春亭參加宴席時，無意中聽到徐貴妃吩咐她的貼身太監，要他害王妃娘娘。」

聽到？她怎麼可能聽得到！她那話是在屋中說的，蕭靈珊在說謊！

但是這樣的謊言，她根本沒有辦法拆穿！

皇帝還沒有說話，徐貴妃已經又跪到皇帝面前，道：「陛下，此女的話不可信！她蕭家是因妾身家而倒，她恨妾身，肯定要抓著機會害妾身的！」

蕭靈珊聽了，淡淡地道：「若按照貴妃娘娘說的，靖王殿下還是直接導致我蕭家覆滅的元凶，我又為何要幫他的王妃？皇上明鑑，小女這次無偏無頗，都是照著自己聽到的話說的。」

蕭靈珊說的就更是在理了，比起徐貴妃，靖王更應該是她的仇人。但她卻幫靖王妃說話，看來真是親眼所見的緣故。

皇帝嘆了口氣，看徐貴妃的目光已是一片冰冷，語氣也無情起來。「妳為何要做這樣的事！」

「不、不是的——皇上您聽我說——」徐貴妃想去抓皇帝的衣袍，卻被他一腳踢開。

她不僅自己做了蠢事，還害他在靖王面前丟了臉面，實在不可饒恕！

朱楨毫無感情地掃了徐貴妃一眼，淡淡地道：「如此一來，怕是到了要皇兄定奪的時候了。這樣蛇蠍心腸的女人，留在皇兄身邊伺候，愚弟也替皇兄擔憂不已。」

皇帝深吸一口氣，吩咐道：「來人，剝去徐貴妃的貴妃服制，自今日起打入冷宮，永不挪出！」

外頭立刻進來兩個侍衛，將徐貴妃拉了出去。

徐貴妃沒料到竟是這樣的轉折，哭著喊冤枉，但已經沒有人聽。皇后慣是明哲保身的人，更加不會為她求情。

「朕再賞弟妹五千金，再擢升她弟弟為金吾衛指揮僉事，以安慰弟妹受驚了——弟妹覺得如何？」皇帝又對元瑾道。

元瑾自然是謝恩。

徐貴妃被打入冷宮，徐家自此恐怕會元氣大傷，這正是她想要的。

不過她想不到的是，靈珊最後竟然會幫自己。

元瑾看向蕭靈珊，發現她仍然看著自己，對她微微點頭，很快就移開了視線，旁人也沒有注意到。

朱槙這才站起來。「如此，那就請皇兄擬定聖旨吧。今天天色已晚，我們就先告辭了。」

朱槙走到床邊，對元瑾低聲道：「咱們現在回府吧。」

回府？可是她現在根本走不動……

元瑾還沒答話，朱槙已經伸手一抱，將她抱入懷中，然後向外走去。

「你……」元瑾想說什麼，可想到方才他維護自己時發怒的樣子。

她第一次看到他這樣，而且是為了她。

「怎麼，妳以為妳自己還走得動？」朱槙淡淡說：「乖乖躺著，一會兒上了馬車就把妳放下來。」

上一次被他抱的時候意識不清，眼下卻是完全清醒的。她能看見他的下頦、喉結，臉龐貼著他衣物的料子，聞得到他身上杜松和皂香混合的氣味。

她閉上眼睛，覺得自己心跳得有些厲害。

第五十六章

元瑾的住處就安排在朱楨住處旁的湛堂，早已佈置妥當。

朱楨抱著元瑾下馬車後，徑直走回這裡，吩咐她的丫頭們。「立刻燒熱水！」

方才在皇宮裡只是將將換了濕透的衣裳，但那水池畢竟不乾淨，所以還是先給她沐浴再說。

紫蘇等人這才知道王妃竟然在宮中落水，立刻急匆匆地準備衣物。等她們開始給元瑾沐浴，朱楨才退了出去。

片刻之後，元瑾浸在溫熱的水中，緩緩睜開眼睛。

紫蘇關切地問：「娘娘總算醒了。可還覺得身子乏累？」

元瑾輕輕地道：「……還有些使不上力。」

紫蘇便讓她好生躺著，她出去拿玫瑰香露來給元瑾用。

等紫蘇走出去，紫桐才在她耳邊輕聲問道：「小姐，這究竟是怎麼回事，您怎麼會在宮裡落水了？」

因是要跟朱楨一起去向太后請安，元瑾便沒有帶丫頭同去。這倒也是巧合，倘若她身邊有人跟著，徐貴妃那太監便不敢下手，雖說當時有些冒險，但是能把徐貴妃拉下馬，元瑾覺得也算值得。

「說來話長。」她的聲音仍帶著一絲沙啞。「眼下不是提的時候。」

紫桐應了，又輕聲道：「小姐您可千萬要注意自己的安危。來之前世子爺就千叮萬囑過，什麼都不如您的安危重要。」

元瑾頷首。

這時紫蘇拿著香露進來，兩人就不再說話。紫桐站在她身後，用梳子沾了些滴了玫瑰香露的水，一下下地給她梳著長髮。

洗完後，元瑾換上一件月白色繡蘭草的長褙子，被丫頭們扶著站起來，只是她仍然頭暈腦脹，腳步虛浮，走不了路。

紫桐和紫蘇二人正不知道要怎麼辦，紫蘇道：「不如我再叫個丫頭進來，我們一起將娘抱出去吧。」

紫桐目光微閃。其實她一個人就能抱得起元瑾，只是她不能在靖王府顯露自己是練過的，便同意了紫蘇的說法。

紫蘇便對外面喊了一聲。「寶結，快進來搭把手。」寶結一直在淨房門口守著。

淨房的門打開，一個人從外面走進來。

元瑾本以為是寶結，結果定睛一看，來人身形高大，對隨之進來的丫頭們招招手，示意她們退下去，竟然是朱槙！

元瑾有些詫異，她以為朱槙已經回去歇息，畢竟天色已晚了。她問道：「殿下，您還沒回去睡？」

朱槙道：「嗯，還沒來得及。」

屋內水氣瀰漫，他走到她面前，元瑾一時不知道他要做什麼，誰知他又低下身，手攬過她的腰，將她抱起來。

元瑾突然被人抱起，驚呼一聲，攬住他的脖頸。

屋中地龍燒得熱，她只穿了件薄褙子，靠在他堅實的胸膛上。她剛洗過澡，渾身都在發熱，竟能感覺到他身上涼幽幽的有些舒服。

「不過是妳走不動，抱妳過去罷了，別動。」朱槙低聲說了句，隨後抱著她進了裡屋。

原來是想到她難以行走，所以才一直等她沐浴完的。

紫蘇見靖王殿下抱著元瑾大步進了裡屋，立刻緊隨其上，吩咐丫頭們勾起千工床的幔帳，掀開被褥，讓靖王殿下將人放在床上。

元瑾剛被放下後就打了個噴嚏，覺得這樣躺著和他說話怪怪的，想要坐起來，卻被朱槙一把按住。「怎麼生病了還不老實？」

小姑娘正看著他，好像在問他還有什麼事一樣。

剛洗過澡的水蜜桃白裡透紅，眼睛瑩潤，看著你的時候，似乎眼裡真的只有你。

朱槙看著她笑了笑。「方才落水的時候怕不怕？」

元瑾搖搖頭。

朱槙卻心道，還說不怕呢，把她救起來的時候，緊緊抓著他的衣裳不放，非要用剪刀剪了才行。

怎麼會不怕呢？她差點連命都沒有了。

朱槙沈默了一會兒。她遭受如此無妄之災，還不是因為他？若不是這個靖王妃的身分，誰會想要害她？方才看到她躺在床上，羸弱得毫無生氣的樣子，竟讓他的心都揪成一團。平日只看見她耀武揚威，跟他頂嘴，哪裡有過像今天這樣虛弱的時候。

所有傷害過她的人，他都不會放過。反正徐家他也想要除去很久了。

朱槙站起身，說道：「那妳好生睡吧，剩下的事不用擔心，我會處理。」

說完後，朱槙才離開。

元瑾心裡琢磨著他那句話的意思。剩下的事……剩下的什麼事？

待剛洗完澡的暖和散去後，元瑾覺得似乎有些不舒服，嗓子痛得難受，渾身都痠痛，就算燒著地龍、蓋著棉被也覺得很冷。不過她也沒有太在意，以為是溺水後的關係，睡一會兒便能好了。

她漸漸閉上了眼睛。

朱槙剛入睡不久，就被李凌吵醒了。

「殿下、殿下，您快起來，出事了！」門外有人喊他，邊喊邊叩門。

朱楨長年行軍作戰，習慣睡得淺，聽到敲門聲後立刻起身，披了件外衣開門，見到李凌站在門外。

「怎麼了？如此火燒火燎。」

李凌才道：「方才王妃娘娘的丫頭來傳話，說娘娘發燒了，且燒得很嚴重，竟叫也叫不醒，您趕緊去看看吧！」

朱楨聽著皺了皺眉，隨著李凌說話，他一邊繫著長袍的腰帶，一邊朝湛堂走去。

「可叫了郎中？」

「屬下已經派人去請了！」李凌道：「叫的是近旁的劉大夫。」

「拿我的腰牌，去四房胡同請宋掌院。」朱楨道：「他今日不當職。」

宋掌院便是太醫院眾太醫之首。

李凌立刻應諾去辦。

朱楨走到湛堂門口，只見丫頭們來往腳步匆匆。見到他來，丫頭們紛紛站到兩側，給他屈身行禮。

他派給元瑾的掌事嬤嬤陳嬤嬤走過來。「殿下。」

朱楨擺手示意免禮。「邊走邊說。」

他走入內間，看到元瑾躺在床上，小臉通紅，囈語不斷，似乎很痛苦的樣子。她的領口解開，也沒有蓋被褥，紫蘇正拿著熱帕替她擦手，希望她的熱度能退得快一些。

「奴婢聽到王妃娘娘囈語，本以為娘娘渴了，便想著進來給娘娘倒些水，誰知王妃娘娘是病了，一摸她的額頭才知道，原來竟燒得這樣厲害！」陳嬤嬤道。

朱楨在她的床沿坐下來，伸手探了下她的額頭，果然十分滾燙。

他輕輕拍了拍她的臉頰。「元瑾，妳可還清醒？」

許是他的手涼幽幽的，元瑾覺得很舒服，竟一把捉住他的手，朝自己臉上蹭。

「殿下，李凌大人傳話，說宋掌院已經到了！」紫桐進來傳話。因是元瑾住處，所以李凌不便進來。

朱楨看著拿他的手當冰塊蹭的元瑾，想收回手，但是她又不放。他能斷衣，卻不能斷手，只能嘆口氣任她抓著，道：「叫宋掌院快些進來！」

丫頭們趕緊將元瑾的衣裳繫好，不露一絲在外面。

元瑾一整晚都意識不清，周圍發生什麼事都不知道，只知道自己很難受，渾身都不舒服，而且非常熱。她想抓自己的衣裳，卻被人按住。「元瑾，妳少安勿躁，妳在發燒。」

這聲音很熟悉，但她這時候並不清醒。

元瑾緩緩睜開眼，只看到一張男子的臉。她認了半天，才認出那眉眼是眼熟的，緩緩道：「……陳慎？」

陳慎……朱楨嘴角微動。

她是不是腦子燒糊塗了？

好不容易等宋掌院給她看完病，又給她餵了藥，發了些汗，總算醒過來，他才鬆了口氣，結果醒了竟然還有問題。

朱楨挑了挑眉。「妳說我是誰？」

元瑾又緩又慢地說：「你不是陳慎嗎？」她的語調很平，給人一種孩子在認真重複的感覺。

「靖王殿下，王妃娘娘怕是燒得有些糊塗。」陳嬤嬤在一旁說：「等燒退應該就好了。」

但元瑾卻有些茫然地問：「靖王在哪裡？」

「妳問他幹什麼，找他有事？」朱楨說。

元瑾搖搖頭，認真地說：「才不找他，不能讓他知道我在這裡。」

朱楨聽著有些意思，就笑了笑，問她。「為什麼不能讓他知道妳在這裡？」

元瑾抿了抿嘴，似乎還燒得難受。「難受，不想說話了。」說完她轉過身子朝裡面。

紫桐在旁看了一會兒，走上來道：「眼下娘娘總算醒了，殿下不如回去歇息吧。這裡有奴婢們看著就好了。」

她身邊這些丫頭都是極為得力的，朱楨倒也放心。而且他明日的確還有事，就站起來道：「那妳們好生照顧她，有問題便來找我。」說完正準備要走，卻發現自己的衣角還被她捏著。

「元瑾？」他輕輕喊她。

她卻背著他不回答，但是怎麼也不放手。

朱槙輕嘆，又坐了下來。「元瑾，妳可是不想我走？」

她雖然沒有說話，但是拽著他衣角的手一點都沒有鬆開。

罷了，她現在燒糊塗了，還是他陪她一晚吧。朱槙見她始終不肯放，就對陳嬤嬤道：

「我今日先在這兒陪她，妳們去外面守著吧。」

紫桐嘴唇微動，卻也不能再說什麼。

一群人魚貫而出。

元瑾沒有轉過身來，朱槙只能陪她耗著，將鞋襪脫了上床，半倚著床頭，叫丫頭給他尋一本書來看。

過了許久，身邊才有動靜。元瑾轉過身來，仰頭看了他一會兒，堅毅的下巴、英俊的眉眼，平靜而端和。

「你為何會和我待在一起？」她突然問。

朱槙翻過一頁書。「妳嫁給我了，昨天的事。」

「哦。」她接受很快。「我喜歡你，可以嫁給你。」

朱槙嘴角一勾，放下書看她。「妳喜歡我？」

她卻沒有回答他的問題，而是歪著頭想了想。「對了，你沒有功名，是怎麼娶到我的？」

朱楨又想起被她嫌棄沒有功名無法提親的時候。他一個堂堂藩王，可能還是天底下最尊貴的藩王，竟要被質疑兩次身分不夠。「……妳猜。」

元瑾沒有注意到他的話，而是舔了舔乾澀的嘴唇。「我好渴，可以喝水嗎？」

她其實還在高燒中，因此而口渴。

朱楨看向她，她也看向他，一副「你怎麼還不下去給我倒水」的表情。朱楨嘆了口氣，下去給她倒水。

元瑾接過他遞來的茶杯，小口地啜著茶水。一杯茶很快就見底，她把茶杯還給他。「謝謝，我還要。」

她連喝了三杯，再要第四杯時，朱楨卻拒絕了繼續給她提供水。「妳不能再喝了。」

她皺了皺眉，覺得渾身好熱，她抓著他的手。「可是我好難受，想喝水。」

朱楨強硬地拒絕，她根本就不渴，只是病態地想喝水。

元瑾有些不滿，不過他的手倒是很涼。發現了這個後，元瑾抱住他的整隻手臂，用軟綿綿的臉頰在他的手臂上蹭了蹭，還發出貓咪般舒服的聲音說：「……你好涼快。」

他並不涼快，若是平日，他的體溫還比她高一些，不過是她現在發燒罷了。

但是她這樣實在可愛，像冬日裡依偎著爐火的貓咪。

只抱著一隻手臂，元瑾很快就覺得不夠涼快，便道：「你躺下來。」

朱槙皺了皺眉。「妳要做什麼？」

她卻像耍賴一樣，完全不講道理。「躺下來。」

朱槙便躺下去，很快她整個人就貼上來，用滾燙的臉貼著他的胸膛，幾乎整個人都黏在他身上。

朱槙抿了抿嘴唇，很快就有些忍不住了。「薛元瑾，妳給我起來……」

誰知她不但不起來，還伸手解開他的腰帶，希望將他外面那件衣裳脫了。

朱槙被她撩得額頭太陽穴突突地跳，心中一股邪火亂竄，但是她還在生病，而且也不是時候。

「元瑾，妳下來，我找個涼快的東西給妳抱。」

她卻不聽，而是脫開他外面的衣裳，他壁壘分明的胸膛很結實，果然是習武之人。她將臉貼上去，察覺到他想推開自己，皺眉道：「不要動……」很快她又覺得不對。「你身上有硬硬的東西，頂著我難受，可不可以拿出來？」

朱槙深吸一口氣，當真是敗給了她，他幾乎是咬著牙說：「妳起來……我給妳……倒水去。」

元瑾如願地喝到了很多水。

折騰這麼久，又喝了水，她很快就睡了過去。朱槙則被她折騰得一夜沒睡，好在摸到她的額頭，燒終於退了下去。

「祖宗。」他低喃，將她扶正後，又看著她的睡顏。

她當真喜歡他？還是生病時的糊塗話？

他將她放在身側，靠著自己睡。

第二日元瑾起來時，已經把昨晚的事忘了。

她發現自己在一個陌生的房間裡，這房間倒是錦繡堆砌，很是奢華。她才想起昨夜落水，被朱槙抱到住處的事。

她左右看了看，卻沒看到守夜的丫頭。倒是隔著屏風，聽到外面次間似乎有人說話。

「……殿下眼下發青，可是昨夜沒睡好？」是個男子的聲音，聽起來有些耳熟，似乎是那日所見的清虛老道。

聲音有些隱約模糊，元瑾便走近了一些。

那清虛又笑了笑。「殿下還年輕，日日春宵倒也無妨。」

朱槙卻對他這句話不高興一樣，道：「行了，你也別整日沒個正經。我問你，昨日宮中之事你可知道了？」

清虛才慎重起來。「我雖知道了，卻也疑惑。之前以為皇帝並不想打草驚蛇，怎麼會讓徐貴妃對王妃下手？」

他們在說宮中之事！

元瑾靜靜地站著。

「倒也未必。」朱槙的聲音淡淡的。「朱詢可是一直主戰的。」

「殿下的意思，此事也有可能是朱詢動的手腳？」清虛問。

「有可能罷了。」朱槙道：「不過你我都知道，這是遲早都要來的。我鏟除襖兒都司那日就預料到這天，不想這些人竟如此急躁，現在就想動手了。」

「殿下深謀遠慮，那土默特部一事，不過是吸引殿下兵力的幌子，咱們的軍隊自然不會前去。倒是眼下還是當年蕭家留下的那人得用，竟頂得住土默特的進攻，難怪皇帝冒險也要留下他。」

朱槙嗯了聲。「蕭風的確有當年蕭進的風範。你注意安排，恐怕大變不會太遠了。」

清虛應了是。

元瑾聽到這裡，知道他們商議完了，便躺回床上。

果然，不一會兒，朱槙進來了，見她躺在床上，揚了揚眉。「醒了？」

元瑾點頭。

朱槙又問：「記得我是誰了？」

元瑾心想這是什麼莫名其妙的問題？她問道：「殿下，昨晚究竟怎麼了？」

看來昨晚的事她都忘了，發燒鬧騰、指使他倒水，非要貼著他納涼還脫他的衣服。朱槙笑道：「沒什麼，妳的病還沒好全，好生歇息吧。」

元瑾疑惑地看著他離開，紫桐才輕手輕腳地走進來，伺候她梳洗。

「昨晚娘娘您高燒糊塗，還是殿下照顧了您一晚上。」紫桐說：「娘娘不記得了？」

朱槙照顧她一晚上？

元瑾只大概記得，自己似乎很渴，喝了很多水，別的就不記得了。

她搖搖頭，示意紫桐繼續給她梳頭。

元瑾這病又休養了一整天才算勉強好了。第三日就是回門，但又恰逢朝會，朱槙不得不去，故不能陪她回去，只跟她道：「我下午過來接妳。」

元瑾並不在意，只是好奇問：「我看您十次朝會八次都不去，怎地這次要去了？」

朱槙笑了笑。「正是十次有八次都不去，這次才不得不去。」

……說得好像很有道理的樣子。

朱槙吩咐宋謙送元瑾回定國公府。他則一身親王冕服，面色肅冷地上了轎輦，身影有種面對她時沒有的凝練和威嚴。

元瑾看了他的側影一眼，覺得有一絲不尋常。

馬車行駛回定國公府，老夫人、崔氏等人都在影壁等她，甚至還有幾戶街坊近鄰的官家都藉口來定國公府作客，就是為了看看新王妃的風采。

元瑾回門的排場的確不小，丫頭、婆子自不必說，還有三十個侍衛跟隨護送。她的轎子剛到鳴玉坊的時候，消息就已經傳回定國公府。等馬車停在影壁，元瑾就看到家中幾個婦孺的身影。

崔氏拉著她看了又看，紅著眼眶說她瘦了。

元瑾則嘴角微動，她才嫁出去三天，哪裡就瘦了。

老夫人則拉著她和眾位夫人都一一見過，只不過這次是她們給她行禮。隨後她就被老夫人和崔氏一同拉入內室，問她和靖王殿下相處如何、靖王好不好伺候、有沒有受委屈的話？

她們都還不知道元瑾入宮落水的事。

這樣的醜事，宮中一向封鎖，而元瑾也不想讓老夫人和崔氏擔心，故也不會提。

不過靖王好不好伺候她不知道，他伺候了她才是真的。

看到說起靖王時，元瑾嘴角揚起一絲笑容，老夫人就知道靖王待她必定不錯。

三人說了一會兒話後，老夫人才告訴她。「妳元珍姊姊的親事定下來了。」

這麼快？

元瑾雖然料到顧珩是肯定不會娶她的，卻不知道老夫人竟這麼快就給她找了一門親事。

「魏永侯家拒親後，她便不大痛快。後來還是顧老夫人自己不好意思，給元珍說了一門親事。」老夫人告訴她，說的正是顧珩一個遠房堂弟，家中是正四品的宣慰同知，雖然遠遠比不上顧珩，卻也算是門好親事了。

「我看啊，」崔氏開始發表真知灼見。「那顧珩便是因為當年拒絕了丹陽縣主，所以損了陰德，到現在也找不到個好的。」
老夫人看了她一眼。「這話妳可別到外面說！」
崔氏笑呵呵的。「老夫人您放心吧，我這嘴雖漏話，卻還是知道把關的。」
元瑾見她們二人相處甚好，也抿嘴笑了笑。
又喝了會兒茶，才有個小廝來傳話說世子爺下朝了，請元瑾過去說話。
正好，元瑾也有事要跟他說。
元瑾帶著丫頭去了薛聞玉的住處。
薛聞玉站在門口等她。少年面如冠玉，細緻典雅，身穿正式武官袍，似乎也剛參加完朝會回來。
「姊姊終於來了。」薛聞玉對她微微頷首，先一步轉身跨入房中。
元瑾覺得他有些不高興的樣子，進去坐下後，問道：「怎麼了？」
薛聞玉看向她，為表喜慶，回門也會穿一身正紅，元瑾今天綰了一個鳳尾髻，戴了與衣裳顏色相宜的赤金嵌紅珊瑚對簪，一對晶瑩剔透的玉蘭花耳墜，將她襯得與往日不同，明豔不可方物。
薛聞玉還是不習慣她將頭髮全梳起來的樣子。
他道：「今日朝會上，皇上晉升我為金吾衛指揮僉事，正四品的官。」

元瑾聽到這裡，已經知道他為何不高興，笑著喝了口茶。「升官了還不高興？你這可是三級跳，一般人就是作夢都別想。」

薛聞玉卻繼續道：「姊姊可還知道，今日朝會，都察院副都御史參了忠義侯一本，說他結黨營私，貪贓枉法，罪證、人證一應俱全。兵部給事中直諫皇上，說忠義侯之子徐毅欺男霸女、喜好孌童，身上背了十多條人命。皇帝聽了，便先奪了忠義侯的爵位，再叫大理寺直接將父子幾人下獄。而副都御史、兵部給事中都是靖王的人，他們這般針對徐家，肯定是靖王授意的。」

在這些人一個個站出來揭發忠義侯徐家的時候，朱槙就站在一旁面無表情地看著，手指微微摩挲著象牙笏。

他對付徐家，出手快狠準，一擊必中。

但忠義侯究竟是哪裡惹到了靖王？雖說之前忠義侯也有不滿靖王之論，但那畢竟只是私底下說說，靖王也不會在意這樣的小跳蚤。

他究竟做了什麼，讓這個活閻王要將他家殺得片甲不留？

於是很快地，薛聞玉就從徐先生那裡得知元瑾在宮中落水的事情。

即便他是定國公府世子，突然連升三級也是件不可思議之事。但居然發生了，那是因為這是皇帝給元瑾的補償。

「徐家是太子的人，徐家出事對我們有益，而你升官更是好事，實在不必不高興。」元瑾一聽朱楨竟在朝堂上如此做，心中不是沒有觸動。

他所說的「不用擔心，他會處理」，原來是這個意思。

薛聞玉十分了解元瑾的個性，他一把抓住她的手，看著她的眼睛，語氣也帶著寒意。「姊姊，妳告訴我，妳在宮中落水，是否是妳故意的？否則那徐貴妃與妳無冤無仇，為何要害妳？」

元瑾看著他的眼神，輕輕嘆氣。

他不可能不知道的，如果這麼大的事都能瞞住他，也許元瑾還要懷疑，自己所選擇扶持的對象是否正確了。

「她為什麼要害我我不知道，我只知道那是天助我也。你不必介懷，你看這一切不都是好結果嗎？姊姊心中自有分寸。」元瑾柔聲安慰道。

但這些話並沒有安慰到薛聞玉，知道元瑾在宮中落水，他心臟猛地縮緊，若是……若是稍微出了點意外，他可能就永遠都見不到姊姊了。

他語氣淡淡。「若姊姊下次再做這樣的事，我便會不顧一切將妳帶回來，不會讓妳再繼續留在靖王身邊。」

元瑾撫了撫他的手安慰他，笑道：「其實我是會泅水才往裡面跳的。」至於後面腳抽筋的事，元瑾自然半個字都不會提。

薛聞玉目光一閃。姊姊會泅水？

生在山西的人多是旱鴨子，加上姊姊是個大門不出、二門不邁的閨秀，怎麼可能會泅水呢？

薛聞玉卻沒有問什麼。

姊弟倆說過話之後，外面守著的徐先生才走進來，對元瑾拱了拱手。「二小姐一石二鳥，老朽佩服。」

「先生客氣。」元瑾轉了轉杯子。「我這裡正好有件重要的事要交給先生。煩勞先生替我拿一副紙筆來。」

當元瑾知道五叔還活著的時候，第一個反應就是這件事——這是一個能壯大聞玉的力量，甚至足以決定成敗的事。

當年太后早就料到自己總有一天會出事，所以在九邊重鎮中的五個，包括京衛、真定衛、保定衛中安插了許多自己的人，他們明面上與太后、與蕭家毫無關係，實則卻是蕭家的人。

眼下五、六年過去，這些人中有很多身居要職，甚至不乏有總兵之類的人在裡面。

但是這些人嚴格按照太后的命令，絕不在任何時候暴露身分，且只有太后才能任命他們。倘若太后死了，那麼為了他們的自身安全，便永遠不能再暴露，除非蕭家的人找到他們，且需要他們。

知道他們存在的蕭家人，必定就是肩負太后遺願的人，他們會誓死跟隨。

而元瑾之前從來不提，是因為她以為蕭家再無活口。這樣就算她知道這些人的存在也毫無用處，因為她也不再是蕭家的人，不再是蕭元瑾。即便她露面，這些人也不會相信她。但是現在五叔還活著，他可以動用這股力量，聞玉也會得到強大的支持。

元瑾將人名一一默了出來，交給徐先生，將每個名字的作用講清楚，才告訴他。「如此機密之事，還請先生務必保密。」

徐先生根本沒料到，元瑾手上竟然有這麼震撼的東西。他擦了擦汗，鄭重地道：「二小姐放心，老朽定知道輕重——只是不知道，二小姐這是從何處得來的？」

徐先生一開始想過是不是從靖王那裡得來的，但轉念一想就覺得不可能。朱楨若知道這些人的存在，早就把他們全部滅光，不會還留著。

元瑾抿了口茶，淡淡道：「這先生就莫問了，我自有我的來源，你照著我說的做就是了。」

徐先生一直知道這位二小姐有神秘之處，便沒有多問，而是仔細將紙收好，然後道：「我正好有件事，想麻煩二小姐。」

元瑾示意他直說便是。

徐先生才道：「眼下靖王同皇上越來越劍拔弩張，隨時可能會出現意外。我非常需要靖王的兵力部署圖，只有有了靖王的部署圖，才有主動權。」

這是要讓她去偷朱楨的東西？

元瑾聽了沈默，又喝了口茶，才道：「我考慮一下。」

不知道為何，她突然有了一絲猶豫。

第五十七章

徐家被定罪的速度極快，三天內，徐家忠義侯連同兩個嫡子皆已收押大理寺。忠義侯削爵、削職，兩個嫡子中一個丟了官，一個曾鬧出過人命官司的被判流放海南。

在所有人沒有反應過來的時候，徐家已是岌岌可危。

雖然這一切來得詭異而迅速，但明眼人還是看得出，那是因徐家得罪了靖王的緣故。

至於徐家為何會得罪靖王，卻是無人知曉。

孕滿四月，徐婉的小腹已經隆起。她不顧自己的身孕，提著裙子快速奔跑在廊上，滿臉焦急。

身後的丫頭、婆子跟在她身後喊：「少夫人，您快停下來，仔細腹中胎兒！」

徐婉卻充耳不聞，前方就是傅庭的書房門，她一把將門推開，跑了進去。

傅庭正在書房內看書，聽到聲音抬起頭來。

他穿著件家常的深藍直裰，身形瘦削，嘴唇微抿。看到不住喘氣的徐婉後，低下頭淡淡道：「妳著急忙慌地要做什麼？」

徐婉沒有說話，而是雙膝一彎，跪在他面前。

「阿庭，我的父兄、姊姊……」徐婉說著，眼淚就流了出來。「我家裡出了這樣的事，你一定要幫我啊！父親年事已高，如何禁得起被削爵、削職？大哥還年輕，又怎能被流放海南？他若去了，便和死了一般無二啊！」

「妳應該待在房中好生養胎，到處亂跑什麼。」傅庭只是淡淡道。對外面追上來的丫頭和婆子說：「將少夫人帶回去，看管在房內，不許少夫人出來。」

「傅庭！」徐婉卻忍不住了，她不要那些婆子們拉她，而是繼續苦苦哀求。「我徐家再無旁的依靠了，我妹妹又還小，只有我能救徐家，我不能坐視不理啊！」

傅庭看她滿臉淚痕，終於還是想起之前兩人一起長大的經歷，說道：「如今誰能救徐家？他們惹到靖王頭上，妳覺得靖王殿下要做的事，誰能阻止得了？妳也別白費功夫了，妳父兄他們人沒事，找個地方安定過下去就是了。」

「不是的……你去求太子殿下，他與靖王一向不和，他會願意幫徐家的！」徐婉膝行向前，抓住他的手。「我平日伺候你也是無微不至，你便是不看在我的顏面上，也看在我腹中孩兒的分上……」

傅庭聽到這裡，卻將她的手拂開，抽回自己的手。

「太子殿下一直沒開口，便是不會蹚這趟渾水的。還有……」他冷笑一聲，半蹲下身，眼神冰冷地看向徐婉。「這腹中孩兒是怎麼來的，妳比我清楚。所以，不必說什麼看在孩子面上的話——妳不配。」

徐婉看著他冷漠的臉，還是往常她所愛的，那樣淡漠又有禮的模樣，眼淚滑下了臉頰。她知道，他一直不愛她，這一切都是她強求來的。

可是她有什麼錯呢？

她愛他，願意為他操持家務、生兒育女。雖然這孩子是有一日她用酒灌醉了傅庭，無意得來的。

知道自己有孕的時候，她曾不勝欣喜，以為自此後她就能綁住他了。

但這一刻她才知道，他其實一點也沒變，還是像以往一樣無情。

傅庭似乎不想看到她繼續哭，站起來準備離開，跨出了房門。

「傅庭！」徐婉在他身後大喊。「她已經死了，你知不知道！」

傅庭的背影一僵。其實徐婉一直都非常避諱兩人間曾有過另一個人的存在，故從未正式談過這個話題，

「你恨我徐家害了她，但你可曾想過，難道你父親不是害了她嗎？太子殿下不是害了她嗎？為什麼你只對我一個人這樣，不過是因為你的懦弱罷了！」徐婉冷笑道：「你若真的這麼愛她，怎麼不去幫她報仇呢？」

傅庭沈默許久，並沒有回答，只是道：「送少夫人回房歇息吧。」

說罷快步走出書房。

春回大地，走廊外的西府海棠綻放。

傅庭望著海棠花，一時不知道自己在想什麼，直到有個人站在他背後，抱拳低聲道：「大人。」

傅庭沒有轉過身，只是問：「怎麼了？」

「我們留在西寧衛的探子回話，說西寧衛參將蕭風，秘密見了幾個從寧夏衛過去的將領。」

傅庭眉頭微皺。「他是武將，見幾個武將將領也沒什麼不對的。怎麼了，有何異樣之處？」

屬下遲疑了下，才道：「您吩咐過，倘若蕭風開始每日晨起，好生習武看書，便回來稟報您。他在見了這幾個武將將領後，便如您所說那般，有些不一樣了。」

傅庭聽到這裡，竟控制不住地手一顫，隨即很快握緊，恢復了淡漠。「好，我知道了。這件事不許告訴任何人，另外告訴留在他身邊的人，不論他要什麼，都要給他找來。」

屬下領命而去。

傅庭站在海棠樹前，神思不定。

蕭風雖然逃過一劫，流放到邊界，但他毫無生存意志，倘若不是因蕭靈珊還留在皇宮，恐怕早死了也不一定。畢竟他最親近的那些族人，一個個地都沒了。

傅庭其實一直在觀察。

旁人可能覺得他是個文官，是太子身邊一個無足輕重的爪牙，但其實沒有人知道，他知道的東西遠比別人想像的要多許多。蕭家絕對沒這麼容易敗，肯定還有別人所不知道的力量存在。

蕭風是蕭家明面上留存的唯一一個嫡系。倘若他恢復求生意志，是不是表示，他想要去做什麼了？

而且還是在這個節骨眼上。

不知道為何，傅庭感覺到一絲不尋常的氣息。

彷彿有一股隱隱的勢力，在推動這件事進行。

若真是如此，那也不枉他精心保他一場。

山雨欲來，風滿樓。

這日，元瑾早早地被丫頭叫起來，因為朱槙今天要帶她遊園。

嫁過來這些時日他都在忙，這靖王府的景致都還沒有帶她看過。

雖然元瑾對看什麼景致並沒有興趣。

丫頭們服侍元瑾起身，怕朱槙等她，元瑾只叫丫頭梳了個簡單的髮髻。但女子梳洗本就麻煩，結果等她走出來的時候，發現朱槙還是在喝茶等著了，他來得真早。

「讓殿下久等了。」元瑾屈了下身。

朱楨放下茶杯，笑了笑。「無妨，也就等了那麼半個時辰而已。」

……他這語氣分明就是有妨。

「那我們快走吧，一會兒日頭就高了。」元瑾道。她下午還要回定國公府，崔氏她們覺得她整日在靖王府也無聊，因此叫她回去，一起參謀薛元珍的婚事。

她已經提腳往外走了，朱楨的聲音卻從背後傳來。「回來。」

元瑾回過身，笑咪咪地道：「殿下怎麼了？妾身只是怕逛園子耽誤了殿下的時間，所以才想著快些。」

朱楨嘴角一勾。這是逛園子又不是受刑，有什麼好快的。

他指了指小桌上放著的早膳，緩緩道：「過來，把早飯吃了。」

元瑾只能過去坐下，定是方才她在梳洗的時候，他就叫人備下了。

黃米棗糕、攢肉絲雪菜絲卷、一籠還冒著熱氣的龍眼包子、白糖雪花糕、四樣什錦醬菜、切開的泰州鹹鴨蛋，以及一碗鱔絲麵。

那泰州鹹鴨蛋最是一絕，色澤橙紅，油潤潤鬆地嵌在羊脂白玉般的蛋白裡。她就是不餓，看得也餓了。

再加上朱楨盯著她，不吃飯是不會讓她走的，只能拿起筷子，開始吃早飯。

朱楨看她其他菜式動得少，鹹鴨蛋卻吃了一顆半。這鴨蛋其實是貢品，乃是揚州知府送給他的。既然她喜歡，便叫李凌多要一些吧。

等她吃完，朱楨才站起身道：「妳跟在我身後便是。」

他帶著她走出去。府中種了許多垂絲海棠，眼下海棠花開，將春日裝扮得分外美麗。元瑾見朱楨徑直走在自己前面，也沒有要停下來介紹園子的意思，彷彿不是要逛園子，而是要帶她去什麼地方。

她覺得有些奇怪，他要帶她去哪兒？

出了二門便是外院，元瑾才認出這是去演武堂的路。

演武堂自一道窄門進去，就是一個極其寬闊的大院子，裡頭種了兩排銀杏樹，屋簷下擺放著軍械架，上面放滿刀槍棍棒，不過並沒有人在裡面演武，可能已經清過場了。

元瑾側頭問道：「殿下，咱們不去遊園了？」

「給妳看一些東西。」

朱楨徑直穿過演武場，來到另一扇月門前。這裡重兵把守，竟有八個身佩繡春刀的侍衛守在門口，看到朱楨便行禮。「殿下。」

朱楨微微頷首，示意元瑾跟著他進去，進去後才發現裡面竟還是個院子。他帶著她走進第一間屋子，這是個兵器屋，牆上掛滿各式各樣的弩機和弓箭，依照大小、次第排好。

元瑾一看便被吸引了，她走至近前，一一觀賞這些弩機。

朱楨果然不愧是西北靖王，她從未見過這麼齊全、各種樣式的弩機，他都是從哪裡蒐集來的？難怪他行軍作戰所向披靡，旁人哪裡比得過他這些。

朱楨見她連自己都忘了，只顧著好奇打量這些弩機，露出一絲笑容。果不出他所料，尋常女子喜歡珠寶玉器，她卻偏偏喜歡弩機，帶她去逛園子她不喜歡，看到這些倒是眼睛都亮了。

朱楨見她看得仔細，就打開旁邊的暗櫃，從裡頭取出一把精巧的弩機。

元瑾一看便認出來，這正是她頭一次來時，在他書房裡看過的那把弩機。她眼睛一亮，立刻從他手裡搶過去。

朱楨並不計較，笑著由她拿走。

元瑾看了一會兒，才發現自己按不動。「殿下，這裡頭沒有箭？」

她果然是懂一些的，知道按不動是因裡面沒箭的緣故。

朱楨道：「原本的箭長年淬毒，所以我已經取下，妳用一些普通箭鏃就行。我已經叫人給妳做了一些竹箭，等做好了便能用在這上面。」

元瑾聽了朱楨的話一怔。「殿下，這個你要……」

「給妳玩玩，不過可不能帶出府。」朱楨笑道。

這東西很危險，若被有心人得去，會被用以不正之途。

元瑾心中微動，還是覺得有些不可思議。

弩機殺傷力極大，射程又遠。軍隊以弩機裝備，甚至能整體提升一倍的戰力，可見是一種多重要的武器。這樣精巧的弩機，必定是朱楨軍隊的秘密武器，構造是絕對的機密。

他竟然真的會給她！

「怎麼了，不想要？」朱楨挑眉問道。

「怎麼會！」元瑾立刻笑著否認，她自然是巴不得要。她不動聲色地將弩機放在自己身後，免得朱楨向她要回去。

朱楨看她藏匿的動作，也沒有點破，而是笑笑問：「會用嗎？」

其實元瑾是會用的，但她只是一個閨閣女子，即便是因為喜好而懂一些弩機的事，又怎麼會用，於是她搖搖頭。

「可要我教妳？」

他送上門來，元瑾如何會不答應，立刻點點頭，笑著拉他的衣袖。「殿下當真好人！」

「不用給我灌迷魂湯。既然送給妳，便不會要回來。」朱楨卻好似知道她在想什麼，嘴角一勾，先走了出去。「跟我來吧。」

兩人到了演武場上，侍衛在約莫十丈遠處立起草靶。

朱楨叫人拿了把普通的弓箭來。「妳先試試普通弓箭。」

他給她的是一把輕弓。以前朱詢在學這些的時候，元瑾曾試過。但即便是最輕的弓，拉起來也有些吃力。她勉強拉開後，箭脫手而出，雖力量、準度都不足，卻也射到了靶上。

這讓朱楨有些意外。他還以為她會脫靶呢，沒想到還有些樣子，不過動作還不標準。

朱楨走到她身邊，從後面看她，伸手抬高她的手臂。「舉高一些，若要對準靶心，需得比靶心稍微高一些。」

他的聲音從頭頂傳來，低沈而微磁，元瑾甚至能感覺到他指腹上的粗糙，這才是長年用刀劍和弓弦的手。

讓靖王殿下親身指導，天底下幾個人有這樣的榮幸。

元瑾突然想起一件事，問道：「我聽說殿下是自小就開始學騎射？」

朱槙嗯了一聲。「七歲開始，我便跟著當時朵顏三衛的首領學習箭術。如今已經二十年了吧。」

「那殿下定是百步穿楊，箭無虛發了？」

朱槙行軍作戰多年，刀劍、弓弦都已經成了他本能的一部分。不過他向來不喜歡自誇，只是道：「妳問這個做什麼？」

元瑾從未見過朱槙真正的風采。他是名滿天下的戰將，刀劍、弓弦的功夫自然不會差。元瑾想看看朱槙手上的功夫究竟能強到什麼地步，便央道：「那殿下能否讓妾身見識見識？也好學一學。」

說著將自己手中的弓遞給他，一副很期待的模樣。

朱槙一笑，卻推開她的手。元瑾還以為他要拒絕，誰知他只是說：「這弓太輕了，我用不了。」

他招手叫人拿了一張他平日練習用的弓來，這弓外表暗沈無光，又重又大。元瑾捏了捏弓弦，弓弦紋絲不動，她就知道這把弓的確很重，恐怕她使出吃奶的勁也拉不動。
朱楨將弓拉滿，對準草靶，眼睛一瞇，箭瞬間脫手而出，正中靶心！
他又拿了一枝箭，再度瞄準下一個草靶，甚至連位置也不換，箭射出又是正中靶心。
如此三箭後，他才放下弓箭，問她。「可看清楚了？」
看清楚？他的動作太快，幾乎像本能般百發百中，她怎麼能看清楚？
元瑾再度深刻地了解到，朱楨的確很厲害。
她拿過他那張弓，自己試了一下，果然連拉都拉不起來，只能換回自己的小弓，拉足滿月，學著他的樣子一射。
脫靶。
朱楨拳頭堵唇，差點笑出來。人家都是越練越好，怎地她卻相反？
元瑾也有些惱，且那弦震得她手指疼。她說：「殿下有什麼好笑的，常言道名師出高徒，我做得不好，殿下也面上無光。」
朱楨笑道：「好、好，妻不教夫之過，我不笑便是了。」
元瑾聽了他的話，耳根卻是一紅。
她裝作沒聽到的樣子，再次不服輸地拉開弓，這次沒有脫靶。第二箭、第三箭……終於第五箭竟正中紅心。元瑾才心滿意足，收手回頭，對他笑道：「這箭可好？」
朱楨是真的有些意外。元瑾的天分似乎挺不錯的，竟真的能命中靶心。她不過是從未練過罷了，若真的每日練，應該也能達到他這種手感。

元瑾放下小弓，準備開始學弩機時，卻眉頭一皺，輕「嘶」了一聲。

「怎麼了？」朱槙問。

元瑾舉起手，就見右手拇指一片紅腫，已經有些磨破皮了。

弓弦粗糙，她又長得細皮嫩肉，方才還不服輸地射了這麼多箭，手不破皮才怪。

她這手指真是嬌氣，竟這樣就破了指頭，以後怕還不能給她玩這些東西了。朱槙微嘆。

「罷了，妳跟我過來上點藥。」

元瑾看他，眼睛水潤清亮。「可我的弩機還沒學……」

朱槙只是看了她一眼。「可還想要妳的弩機？」

元瑾便不再多言，跟在他身後進了房。

這屋中似乎是放書信之處，多寶槅上密密麻麻放著許多卷宗，一張黃花梨的長案上放著筆山、筆筒和硯臺，看樣子這裡似乎才是朱槙的書房。

元瑾目光一掃而過，就看到那些卷宗上寫的字，《堪輿機要》、《注陣解》、《山西兵力志》……

元瑾看到這裡，心突然一跳。「殿下，這裡可是您的書房？」

「嗯，倒也不算書房，算是機要室吧。」朱槙道。他在多寶槅下的抽屜裡找了找，卻沒有找到傷藥，怕是上次的已經用完了。

演武堂倒是還備有傷藥，但他這院子平日不許人進來，因此連個使喚的下人都沒有，只能他親自去拿。

朱槙道：「妳在這兒等我，我去去就回，不要亂跑。」

說罷就先出去了。

元瑾應了聲，實際上她的注意力根本沒有在這上面。

因為在她跨進這間屋子的時候，她就突然意識到，徐先生想要的兵力分布圖，恐怕就是在這裡！

剛得了徐先生吩咐的時候，元瑾回來曾經試圖打探過。但朱槙所住的松濤堂書房裡只有閒書，朱槙也很少去。她還正疑惑，今日才知道，原來他真正的書房竟是在演武堂內部！

也是，若不是她今日跟著朱槙進來，光看門口幾道重兵把守，她是決計進不來的。

而且看多寶槅上那些案卷，擺放的就是朱槙的軍事資料，徐先生想要的兵力分布圖，必然也在其中。

那她要趁這個千載難逢的機會，偷到部署圖嗎？

她知道這周圍不會有暗衛。為了安全起見，這書房設計成不能藏匿人的樣式。

她不知道朱槙要出去多久，這段時間夠不夠她找到部署圖。現在去取，著實有些冒險。

可這個東西若是不重要，徐先生不會開口問她要。且這樣的機會，錯失了便不會再有。

朱槙的書房是軍機要地，雖他並不防她，可她也不能隨時進入。

她不能有這麼多的遲疑，成大事者，必要狠得下心！

元瑾站起來，拋開雜念，輕輕走至多寶槅前，開始打量上面放的卷宗。

共有四層卷宗，分為堪輿圖、部署圖、機要圖等三類。

她雖然精神高度緊繃，心跳得極快，知道自己正在做的是被發現後死無葬身之地的事，卻又異常冷靜。

兵力部署……應該是放在部署圖一類。元瑾的手指很快滑過一本本卷宗。

不是、不是、都不是！

難道這個類別裡沒有？或許……根本就沒放在這個地方。

時間很快過去，沒有太多時間讓她思考，朱槙不一會兒就要回來了。

元瑾抬起頭，迅速思索這些可能性。

似乎有些不對……依照朱槙縝密的性子，真的會讓這些卷宗如此明顯地擺在這裡？

元瑾意識到自己想得太簡單之後，思索片刻改變思路，反其道而行，將那些標注堪輿圖和機要圖的卷宗拿出來，打開後看裡面的內容。

果然不出她所料，她在一本《古蜀國堪輿》中找到了朱槙的兵力部署圖！

元瑾心中狂跳，仔細看這部署圖，圖中清清楚楚標明朱槙的兵力分布和各編制的實際力量，以及聽從於他的將領們。

朱槙果然兵力雄厚。若是被他的敵人奪去這部署圖，恐怕會對他造成很大的損失。

說不定他還會因此而敗北，從此不再是靖王。

一想到這裡，元瑾心中又有些猶豫。畢竟朱槙實在對她太好，溺水時他徹夜守候，方才竟連弩機這麼機密的東西都給了她。她做這樣的事，的確是毫不顧忌他了。

元瑾正在猶豫，就聽到外面傳來輕微的腳步聲。

朱槙回來了！

她心中略驚，立刻把東西合起來放回去。

就在此時，她背後傳來一個聲音。「妳在做什麼？」

元瑾回過身，就看到朱槙站在自己身後，他身後的侍衛端著托盤，上面放著傷藥等物。

侍衛放下傷藥，恭敬地退下去。

朱槙卻背著手，淡淡地看著她。

他方才進來得晚，應該沒有看到什麼。

可為何又這樣看著她？

元瑾心中轉過很多念頭，總覺得他的目光中有審視的成分，但也許是她作賊心虛、心思敏感罷了。

元瑾一開始就打定主意裝不知道。其實只要朱槙沒抓到她現行偷東西，便還能說得過去。

元瑾笑了笑。「你許久不來，我等得有些無聊，看到這裡有本《古蜀國堪輿》，便拿來看看。人家都說蜀道難，這古蜀國的堪輿似乎極少見，殿下這裡竟然會有。」

朱楨走過來，將那本卷宗抽出，發現的確是寫古蜀國堪輿，嘴角輕輕一勾。「那妳看過了嗎？」

元瑾搖搖頭，他就說：「這裡所有的卷宗都是文不對題的，不熟悉的不會知道哪本是哪本。」朱楨隨後將之放回去，示意她走到書案前。「我的東西一會兒再翻吧，現在先給妳上藥。」

元瑾知道他並沒有懷疑自己，正好他這些卷宗都是文不對題的，她拿了一本《古蜀國堪輿》看，就算朱楨生性多疑，也絕不會懷疑到這上面去。

她撩開袖子，將自己手上的傷給他看。

其實傷得並不嚴重，只是有些紅腫罷了，不用藥也兩日就好。

朱楨打開瓷瓶蓋子，從裡面挖了些半透明的淡綠色膏藥，塗在她的傷處。這藥清涼宛如冰霜，帶著一股淡淡的薄荷味，果然立刻便不疼了。

元瑾見他垂下眼認真看著她的傷處，他面相堅毅而英俊，近看更覺得好看。

她一時心亂，見藥已經搽好，便想往回縮。

朱楨卻按著她的手。「別動，待藥膏化去再說。」

他的手指按住她的手腕，她動不了，就像被制住的小動物。

元瑾只能被他按著。其實他對她當真像對個孩子般。

不知道他跟前一任妻子是怎麼相處的？元瑾從沒有問過他此事，在這靖王府裡，也彷彿絲毫沒有過這個人的存在一樣。

元瑾突然想起，當初她要嫁給朱槙時，朱詢甚至皇后，都曾在她面前提及過這個前靖王妃。

「殿下……」元瑾突然道：「您對您之前的那個王妃，也是這般好？」

朱槙沒料到她會提起這個，略頓了頓，然後道：「怎麼會呢？她是被皇上賜婚與我的。妳與她不同，妳是我找回來的。」

「我聽說她嫁給您不到半年就因病沒了。您那時候傷心嗎？」元瑾又問。

朱槙聽到這裡卻一笑，眼神露出幾分深沈。「……她死得突然，倒是沒什麼感覺。」

聽朱槙的語氣，他絕對算不上傷心。

「她不是因病死的？」元瑾問。

「不是。」他笑了笑，伸手摸了她的頭。「好了，這些事妳就別再過問。走吧，妳也該回去了。」

元瑾跟在他身後，突然看到他停頓一下，轉過身。「對了，有件事忘了告訴妳。明日我要出門一趟，為征戰西寧做準備。我會讓顧珩來靖王府坐鎮，妳若覺得煩悶，可以叫他送妳回定國公府玩。不過晚上還是要回來，定國公府不夠安全。」

他竟這麼快要出去。

元瑾心中竟有些失望，輕聲問：「那……殿下要去多久？」

朱槙道：「四、五天總是要的。」

看到小姑娘粉白的面頰，想到有四、五天見不到，朱槙也是心生不捨。他走近一步，將她籠罩在自己的陰影中，輕聲問：「捨不得我走？」

元瑾別過頭，嘴硬道：「沒有捨不得，你走了正好，沒人催促我……唔！」

她話還沒說完，突然被他掐住下巴，然後吻了下來。

他的唇舌陌生而侵略，將她抵在門上，整個人宛如一堵銅牆鐵壁。她逃又逃不了，手無力地抵著他的胸膛，腰卻酥麻得站都站不穩。他察覺到了，一手攬住她的腰將她穩住。兩個人貼得更近，近得她都能明顯感覺到那硬燙的異物。

這是元瑾第一次感覺到那東西。她雖活了兩世，可在男女情慾上卻還是白紙一張。

男人的侵略性與平日的溫柔完全不同。他的吻明顯不可抗拒，必須接受，彷彿要把她吞吃入腹。

元瑾的腿更軟，努力推他。「殿下……」

第五十八章

許久後，朱楨才緩緩放開她。

兩人氣息交融，元瑾的唇舌之間都是他的氣息，而他正垂眸看著自己，眼神彷彿和身體一樣，也有滾燙的溫度。

元瑾突然覺得他的目光很燙人。

朱楨片刻後才開口，聲音隱隱帶著壓迫。「可還敢說這樣的話了？」

他說的是剛才她說「巴不得他早點走」的話吧。依照元瑾一貫嘴硬的個性，她是不會輕易服軟的，但她現在手腳虛軟，還回不過神來，連他的目光都想要避開，覺得有種炙人的溫度在裡面。

元瑾輕輕抿了嘴唇，決定轉移話題。「殿下，這太陽都到當空了，咱們還是……快走吧，不然一會兒來不及回定國公府了。」

說著她先快步走了出去。

朱楨看著她有些凌亂的腳步，笑了笑。

她這是害羞了？

隨後他才跟了上去。

第二日下午朱楨就要走了，出發前來元瑾住的湛堂吃午膳。

現在還不到午時，飯還沒端上，桌上一堆東西零零散散地放著，朱楨一眼便認出這是他那把弩機的零件。

元瑾背對著他仔細研究，再將它們一一裝回去，似乎沒有聽到他來了。

本以為她是用來玩的，沒想到她卻把它們拆了。

朱楨見她裝得正專心，就悄然走至她的身後，然後道：「妳竟然把本王的東西弄壞了？」

元瑾突然聽到他的聲音，手一抖就裝錯一個配件，她將那配件重新取出來，道：「殿下既然把這弩機送我，自然是我的。再說，」她舉起手中半個弩機給他看，笑了笑。「我也沒有弄壞，這不是在裝回去嗎？」

朱楨聽了心想，還裝回去呢。這弩機做工、設計之精巧，是他一個極擅長弓弩的幕僚花費三年時間所製，連他都不能拆了又裝回去，她如何做得到？

雖是這樣想，但朱楨也沒打擊她，只是笑著說：「好吧，那妳慢慢裝，裝好了記得給我看看。」

這時外面有人通傳道：「殿下，有要事稟報。」

朱楨走了出去。

元瑾一邊組裝弩機，一邊聽著外面來人隱約的說話聲。「……一切都準備好了，定國公已經到了客堂，等著您一起啟程。」

這次朱槙是去京衛練兵，故薛讓也會陪同前去。

隨後是朱槙平靜冷練的聲音。「顧珩可到了？」

「侯爺還未到，不過他已經派人過來傳話，說是未時前就會到，讓殿下您放心去。」

「嗯，告訴他在我沒有回來之前，便先住在王府前院坐鎮，給他單獨闢一個院子，你們好生招待。」朱槙又道：「另外，給王妃的侍衛增加三倍，在湛堂佈置暗衛和一隊弩機手，不要讓她察覺。」

那人又應諾。「屬下謹記。」

元瑾垂下眼眸。增加侍衛便罷了，暗衛和弩機手卻不是普通人能培養得出來的，應該都是朱槙手中的精銳護衛。

她手中的弩機已經完全裝好，與剛拿到時並無兩樣。

元瑾並沒有開玩笑，她的確能將它完全修好。

只是修好後，元瑾又很快將它們拆下來。她對弩機什麼的感興趣，朱槙並不會懷疑，只會覺得她愛好異於常人。但能完全將它組裝好，這便不是普通女子可以做到的。

這時朱槙走進來，看元瑾面前還擺著一堆零件，笑了笑。「怎麼，還沒有修好？」

元瑾卻道：「您又不急著用它，我慢慢修，總能修得好。」

好吧，她慢慢修就是了。

朱楨坐下來喝了口茶，道：「我要先出發了，妳若出門，必得要侍衛陪同。顧珩會住在前院直到我回來，妳若有什麼事，派人去找他就是。記住了嗎？」

元瑾抬頭，不想他竟這麼快就走了。

她的目光一時有些愕然。「您不吃午飯了？」

「不了，薛讓正等著，妳一會兒自己吃吧。」朱楨放下茶杯站起身，元瑾也起身放下弩機，將他送至門口。

元瑾看著他高大的背影，拳頭輕握，片刻後才開口：「那殿下早日回來。」

朱楨回過頭，看她站在門檻邊，穿著一件淺青色繡木蘭花的杭綢褙子、素白挑線裙子，簡單地梳了分心髻，只戴了一支東珠的簪子。這樣素淨而尋常的打扮，平靜中帶著一絲柔和的眼神，卻讓他心中微微一熱。

他一向四海為家，軍隊走到哪裡，哪裡就是家。但唯有在看到她、聽到她說話的時候，突然有一種莫名的歸屬感。

原來有人在等著他回家，心裡記掛著他。

朱楨突然向她走過來。

元瑾不知道他又要做什麼，看到他停在她面前，凝視她許久。

「不過是去練兵，很快就回來了。」他說著笑起來，低下頭。「怎麼，捨不得我走了？」

靠這麼近，又能感覺得到他的呼吸。

其實似乎是有一些掛心的。朱楨在府上的時候，他若練劍，元瑾必在他身邊跟著；他若在書房看書，元瑾也會與他一同看。那些書多半是講行軍布陣的，元瑾遇到不懂的便去問他。朱楨是個很有耐心的人，不會因為妳的問題過於簡單而不理會，反而會詳細講解行軍布陣。他在這方面的確很有水準，實戰經驗豐富，讓元瑾的水準也跟著突飛猛進。

元瑾很久後，才垂下睫毛輕輕嗯了一聲。

朱楨嘴唇一彎，指尖輕輕摩挲她的肌膚。她承認掛心於他，就好像是承認喜歡他一般，讓他心中柔腸百結。

可他最後卻只是放開她，說：「……那等我回來。」

元瑾看著他的背影良久。

等朱楨的背影消失後，元瑾才回到內室。

紫桐正等著她，屈了身道：「娘娘。」

元瑾嗯了聲，紫桐才低聲說：「世子爺那邊傳話過來，說有要事找您商議。」

「那讓宋謙備馬，明日回去一趟吧。」元瑾說著，將桌上的弩機收起來，另叫紫桐拿了筆墨紙硯上來。

丫頭們不知道元瑾在做什麼，以為她不過是要練字罷了。

元瑾屏退左右後開始作畫，紫桐在近旁伺候元瑾書畫，卻看出娘娘手下緩緩畫出的，竟然是弩機的構造圖！

「娘娘，您這是……」紫蘇有些驚訝，以為娘娘畫的是方才那弩機。她知道娘娘非一般女子，但是研究那弩機一天，便能畫出裡面的結構？這如何可能！那弩機她也看過一眼，實在極其複雜。

「這跟那個不是同一個。」元瑾喝了口水道。

當年她苦學這個，就連神機營的許多弩機都是她所造。就算沒有朱槙這個，她也能造出極好的弩機來。而這則是借鑑朱槙給她的弩機中的某個部位所設計的一種全新弩機。

元瑾做這個，主要是為了五叔蕭風。

土默特凶悍之名由來已久，此番捲土重來必定來勢洶洶，便是父親還在世抵抗，恐怕也難有大勝算。所以才需要朱槙親自出馬，若五叔能有秘密武器，應該也好應付一些，否則怕會極其艱難。

她正畫到一半，外面有人通稟。「娘娘，魏永侯爺來向您請安。」

顧珩來了？

元瑾示意紫桐把面前的東西都收起來，又見桌上有些墨跡，便將旁邊的棋盤拿來遮住，才道：「讓他進來吧。」

片刻後，顧珩走了進來。他一身玄色圓領半長袍勁裝，著麂皮護腕、長靴，眉目俊美。

進來後便拱手。「顧珩至今日起守衛娘娘周全，特來拜見。」

元瑾覺得很不習慣，有種陌生男子突然走入自己生活的感覺，雖然他平日住在前院，根本礙不著她什麼。

她知道京城中勢力頗多，朱槙不放心留她一人在此。他手下有三員大將，裴子清是肯定不能被派來的，薛讓要跟著他一起去京衛，唯獨顧珩得用。

但為什麼偏偏是顧珩？

「侯爺不必多禮。」元瑾叫丫頭給他搬張凳子。

顧珩卻搖頭。「在下還要佈置防衛，便不坐了。」

他正要退出去，目光卻落在那棋盤上面，頓時神色微動，突然問：「娘娘平日喜歡下棋？」

元瑾循著他的目光，看到自己擺在小几上的棋盤，淡淡一笑。「平日閒著無聊下一下棋罷了，只是殿下剛走，沒來得及擺起棋局來。」

顧珩卻沈默許久。

「一會兒得空，不如我和娘娘切磋兩局吧。」顧珩突然道：「我的棋藝卻也尚可。」

元瑾聽到這裡，嘴角微動。

男女授受不親，再者她是靖王妃，是他上司之妻，兩人應該以禮相待地打個招呼便罷，顧珩怎會說出跟她一起下棋這種冒失的話來，他在想什麼？

更何況，元瑾還總是想到當初他瞎了的時候，她同他下棋的情景。若兩人下棋，說不定顧珩還會發現什麼熟悉之處。雖然元瑾對他發不發現這點根本無所謂。

「恐怕一會兒侯爺不得空。」元瑾笑道。

顧珩沈默，然後一笑。「這個娘娘不必擔心，總會有空的。在下還要忙，現在就先告辭了。」說完他便退下去。

他難道聽不出自己的弦外之意？元瑾覺得憑顧珩的智力是不可能的，卻不知他究竟在打什麼主意。

等顧珩退出去後，她才讓紫桐將弩機圖拿出來，繼續繪製。

第二日元瑾沒來得及理會顧珩，惦記著聞玉所說的要事，一早便回了定國公府。

府中最近人來人往，也是熱鬧，那顧家旁系的男子已經請了媒人過來，向薛元珍提親，婚事就定在六月。

老夫人年紀大了總是愛熱鬧，上次元瑾出嫁雖然熱鬧，卻太過匆忙，她都沒怎麼過癮，便準備趁這次薛元珍成親，好生熱鬧一番。

元瑾跟老夫人等略說了兩句，就去薛聞玉那裡。

薛聞玉正在書房裡，同徐先生一邊商議，一邊下棋。他手指間轉著棋子，二人面色都有些凝重。

能讓聞玉都變了臉色的，必是發生了什麼嚴重的大事。

元瑾走過去，在他們對面坐下來，問道：「怎麼了？」

薛聞玉看到元瑾進來，和徐先生對視一眼，徐先生才道：「世子爺，您來告訴二小姐吧。」

究竟是什麼事，還讓徐先生如此慎重？

薛聞玉沈思片刻，才決定開口說：「姊姊可還記得，上次讓我們將一份名單交給蕭風？」

元瑾點頭，她自然記得。

薛聞玉又說：「這個蕭風，三天前在前線對陣土默特時敗北，致使八萬軍隊死傷過半。寧夏總兵肖劍寫回給朝廷的信中說，是蕭風指揮失誤導致兵敗，如今朝野議論紛紛，說蕭風本就是罪臣，現在犯下如此滔天大罪，要將他押回京城候審。另再讓靖王殿下速速上前線。」

元瑾聽了心中一沈。五叔敗北，怎麼會發生這樣的事！

五叔怎麼可能會兵敗呢！

「這是什麼時候發生的事？」元瑾面色冷肅，抓住他的衣袖。「你昨日派人來傳話的時候，怎麼不說清楚？」

薛聞玉心裡有些驚訝。他知道姊姊對於隱瞞是會不高興，卻沒想到她對這件事反應如此大。

她似乎非常關心這個蕭風，為什麼？

薛聞玉道：「我只是不想姊姊過於操心，且事情已經發生，姊姊早或晚知道都沒用。再者……姊姊之前可是認識他，怎地如此關心他？」

元瑾這才注意到自己的失態，定了定心神。「他在咱們的計劃中，是極其重要的人物，千萬不能有任何閃失。姊姊聽到他出事，如何能不著急？」

徐先生也說：「二小姐，您不必怪罪世子爺，我們也在商議解決的法子。」又頓了頓。「您說得倒也是，那份名單我已經派人送給蕭風，蕭風得了那名單本來十分激動，也知道蕭家復仇的時機到了。他背後代表了很大的勢力，若是這時候蕭風出事，恐怕就功虧一簣。」

三人一時沈默。元瑾又想了想，突然想起方才聽到徐先生說的一個人，便問：「你方才說寧夏總兵肖劍寫信回朝，說是蕭風的過失？」

徐先生點點頭。

別人元瑾或許不知道，但這寧夏總兵肖劍是當年因為犯軍紀，被父親當眾打了軍棍，然後驅逐出蕭家軍的人。後來他一直對蕭家懷恨在心，在蕭家落魄的時候伺機報復。

這人也算是有些才華，竟也步步高升，後來投誠朱詢後，又升任至寧夏總兵。這件事他必定在後面搗鬼，畢竟現在五叔起復，肯定是他不願意看到的。

就憑元瑾對蕭風的了解，他的戰術只是略遜於父親，是絕不會讓八萬士兵死傷過半的。

倘若五叔真的落在他手裡，那五叔就不會有好日子過了。時間拖長，五叔恐怕還會出事。她需要現在立刻把五叔救出來。

他們方才在這裡商議，應該就是討論救五叔的辦法吧。

「你們現在可有救他的辦法？」元瑾問道。

薛聞玉道：「我和徐先生商議過了，我們手下遼東總兵、陝山參將等人上摺子力保蕭風。畢竟蕭風之前也有軍功在身，西寧衛也還需要將領堅守。再讓蕭風出戰，戴罪立功即可。這次蕭風雖在軍情上栽了跟頭，但若將這事處理好，加上他行軍作戰的能力極強，戴罪立功也不難。」

元瑾思索了片刻。徐先生他們本來對蕭風就沒有這麼強的情緒，不過是出於保下一個幫手的態度。

而且，他們並不知道肖劍和蕭家的恩怨。

元瑾緩緩道：「你們的法子太慢。等遼東總兵等人寫摺子力保蕭風，蕭風已經在獄中受盡折磨。眼下最要緊的，應該是趕緊將他押送回京，由一個大人物直接出面保他。」

徐先生聽了，倒也覺得是如此。他們這邊如此反應是慢了點，且也沒有足夠把握最後會成功。

他想了想，道：「那便只能找個法子，讓一個人出面保他，此人恐怕得有通天之能才行。」

元瑾想了想，求助朱槙是不現實的，首先朱槙已經離開，她就是想找也找不到他。再者她也無法解釋，自己為何會求他救一個蕭家人，何況這個蕭家人和他的仇恨更深。朱槙可沒有朱詢好糊弄，一時的懷疑可能會讓他連根拔起所有東西。

「若是去找朱詢呢？」元瑾道：「如今聞玉投靠朱詢，倘若他能說服朱詢，直接從朱詢那裡對肖劍下令，蕭風也不會有性命之虞。等到回京，朱詢也能直接保下蕭風，不會再出什麼意外。」

徐先生點點頭，這的確是個好辦法。

「方才老朽也不是沒想過，只是我們與蕭風的關係本是機密，這樣一來，卻把這事擺到明面上，勢必會引起太子殿下懷疑。」徐先生又想到這一層。畢竟世子爺的身分是絕對的機密，不能暴露，否則這一切都完了。

元瑾思索了一會兒，也覺得有些不妥。

首先正如徐先生所說，他們與蕭風的關係若擺到檯面上，勢必會引起朱詢懷疑。

再者，聞玉雖投誠朱詢，但畢竟不如早已投誠的肖劍來得近。朱詢會不會聽他們的話保下蕭風，還是一說。

更何況，他們不夠了解朱詢，對五叔的感情也不如她強烈。不是她不放心他們，而是只有她才知道，五叔存在的重要意義。把這件事交到他們手上，元瑾也有些不放心。

這樣一看，若是……她親自去同朱詢說呢？

她現在是靖王妃，以此作為條件投誠於朱詢，朱詢勢必會聽兩句。再者她對朱詢瞭如指掌，知道他在乎什麼、想要什麼，她有把握自己能說得動朱詢。而且，只有她去為五叔說情，才會盡到自己最大的努力。

其實這本來是早該走出去的一步棋，不過是她厭惡朱詢，所以不願意去做罷了。

「你們不能出面。」元瑾淡淡道：「送我去見朱詢，我來跟他說。」

「這……」徐先生遲疑。

薛聞玉眉頭一皺，立刻反對。「不行，朱詢生性狡詐，妳不能去。」

「難道二小姐是想……以靖王妃的身分作為投名狀？」徐先生有些疑惑。「或者，您有把握可以說服太子殿下？」

「我自有把握。」元瑾道：「煩勞徐先生替我安排，你們平日與朱詢見面，勢必是在隱密之處，能否保證足夠的安全？此事不能讓旁人有絲毫察覺。」

徐先生想了想，這麼多次接觸下來，其實他對元瑾是極其信任的。他知道，沒有把握的事她是不會去做的，既然如此，由她出面的確比他們出面要好。

他道：「見面之處極為機密，且不會有第三人在場，您大可放心。我們從世子爺的住處直接安排一輛馬車出去，繞開您的侍衛便可。世子爺這裡，則讓紫桐姑娘換上您的衣物，跟世子爺下棋，不叫外面的人懷疑。不過您必須在一個時辰內來回，不能拖延太久。」

薛聞玉仍不想讓元瑾去，抿了抿嘴唇。「姊姊，妳如今的身分是靖王妃，他如何會聽妳的？」

元瑾卻笑了笑，道：「正因為我如今是靖王妃，他才會聽我一言。你放心，我若上門……他自會待我如上賓。」

若她還是以前的小姑娘，自然沒有跟朱詢對話的資格。但現在不同了，她是靖王妃，對朱詢來說是個極其有用的人。只要她能讓朱詢相信，她是要投誠於他的，那她的要求，朱詢勢必會答應。

徐先生不再說什麼，出門準備去了。

薛聞玉見她面色不好看，就在她身側坐下來。「姊姊，妳當真要這麼做？」

元瑾看向他，嘴唇微微一動。她必須要這麼做，她不能看著五叔死，不能再看到蕭家的任何一個人再出事。

更何況，她本來……就是要同朱槙分離，站到朱詢這邊的。若是在朱槙敗北之後才站，恐怕到時候她對朱詢而言，就不是個有用的人了，也不會得到朱詢的信任和重用。

且正是因為她不想背叛朱槙，才要站到朱詢這邊。畢竟她最後站在誰的身邊，就是要對誰動手的。

所以，她早就應該這麼做了。

「我自有打算。」元瑾輕輕地道，不再說話了。

兩刻鐘後，徐先生走進來，說道：「二小姐，太子殿下今日正好有空，我已經安排好了，您去見他吧。」

元瑾頷首，叫了紫桐進來，兩人換好衣物，元瑾才從後門出去，上了徐先生安排好的馬車。

元瑾披了一件斗篷，將斗篷上的兜帽戴上，遮住半邊臉。她靜靜地坐在馬車裡，想著如何對付朱詢。

朱詢善權謀，同時他有個可能連他自己都不知道的毛病，那就是傲氣。在他平順和氣的外表下，其實是個充滿反叛和挑戰人格的人。這樣的人，注定不如朱槙那樣心細如髮，而是膽大妄為，喜歡出其不意制勝。

她正好就是要利用這點。因為傲氣，朱詢對她的投誠反而不會有太大疑惑，她只需要想好理由就是了。

「二小姐，已經到了。」趕馬車的人道：「小的就在外面等您，您進去就是了。」

元瑾下了馬車，一看竟然是在胡同裡，一處很不起眼的青瓦小院內。院內果然一個人都沒有，只種著幾叢墨竹。

正堂的門開著，她走進去，只見擺著一張矮几，竟需要人席地而坐。

矮几上放著茶水，外頭的日光通過竹製的槅扇，一縷縷地投在矮几上。

元瑾倒了一杯茶，發現茶水竟然還是熱的。

她小口地品茗，等著那人上門。

不久後，槅扇外有腳步聲響起。

徐緩而熟悉，越來越近。

元瑾垂眉喝茶，想起以前在宮裡，朱詢經常輕巧地從背後走來蒙住她的眼睛，讓她猜他是誰。雖然他並不知道，其實自己每次都早早地聽到他的腳步聲。

朱詢的聲音終於響起，略帶一絲笑意。「怎麼，薛大人今日竟這般有空，來找我喝茶？」

元瑾抬起頭，摘下了帷帽。

朱詢看到那帷帽下，緩緩露出一張熟悉的美人面，以完全不同尋常的、淡漠的神情坐在那裡看著他。

「要找您的不是我弟弟，而是我，太子殿下。」她淡淡地道。

竟然是她！

朱詢瞇起了眼睛。

第五十九章

朱詢朝她走過來，在元瑾的對面坐下。陽光映照在俊美的側顏上，眉眼分明，依舊是元瑾這麼多年來熟悉的樣子。

元瑾端起茶壺給他倒了杯茶。

朱詢眼睛微微一瞇。「王妃若是想見我，差人來說一聲即可，又何必如此大費周折，竟還要通過薛聞玉，又在如此隱蔽之處，卻不知是為了什麼？」

元瑾笑了笑，她知道朱詢是在試探她。

她緩緩道：「太子殿下是極其聰慧的人，該不會猜不到，我找殿下是為了什麼吧？」

她抬起眼眸，目光平靜而淡漠。

朱詢突然覺得她這個樣子有些眼熟，竟有幾分那人的神態。

他第一次見到這位薛二姑娘時，她表現得唯唯諾諾，很不起眼。但直到這一刻，他才發現這個女子並不簡單。她必然心機極深，否則為什麼嫁給了靖王，卻在暗中見自己。

她究竟在打算什麼？

「本宮愚鈍，竟還真的不知道王妃為何找我。」朱詢喝了口茶。

元瑾淡淡地道：「我來找殿下，自然是要投誠了。」

朱詢聽了她的話，只是眉頭輕微一動，眼底不變，卻笑了起來。「哦？本宮不明白，既然王妃娘娘已經嫁給靖王，為何要投誠於我呢？」

他自然會對元瑾有所懷疑，雖然元瑾是薛聞玉的姊姊，但元瑾已經嫁給朱楨，出嫁從夫，她為什麼會背叛身為西北靖王的朱楨來找他？

朱詢是個聰明人，肯定會懷疑。

元瑾自然也知道他的疑慮，抿唇笑了起來，眼神中透出一股冷然。「殿下不得其解，我卻也無法將實情告知。殿下只需知道，我是來幫殿下的就行。如今殿下得天所助，人也將助之，我與弟弟將襄君上位，只求到那時，殿下依照從龍之功，重用我弟弟即可。」

朱詢聽到元瑾的話，笑容微斂。

元瑾為何會幫他，他若不知道清楚，怎敢重用？

從他之前的調查來看，這位薛二姑娘在山西時的生活乏善可陳，唯有她與朱楨接觸的那段時間，探子打探不到任何消息，這當中發生過什麼，無人清楚。而現在，這個人非常神秘，她背後究竟代表什麼勢力，又怎會嫁給朱楨，然後來幫他，這都是不得而知的。

「王妃如此閃爍其詞，實在不知讓本宮從何信起啊！」朱詢又一笑。

元瑾知道，他是想讓自己把幫他的原因說清楚。

但元瑾只是道：「其實太子殿下多慮了。」

「哦，這又怎麼說？」朱詢等著聽她解釋。

元瑾道：「您不必完全信我，只需先半信我，看日後會如何便知。再者，憑藉殿下對靖王的了解，應該知道他不是用自己王妃來設局的人。畢竟倘若我被你拆穿，豈不是會立刻死在你刀下？而若我是假意投誠，豈不是也很容易被殿下拆穿？」

這話倒是不假，朱槙本質上是個非常大男人的人，他的女人只會護在他羽翼之下，絕不會耍這種陰謀詭計。

朱詢腦中瞬間閃過許多想法，他若完全不信她，就錯過一次絕佳的機會。但若先不管這些疑點，暫且收下這份投誠，日後再看看是否有用，那便不虧了。

朱詢不再問原因，而是道：「那我能否一問，王妃為何會選擇這時候投誠於我？」

元瑾淡淡道：「若我之前便投誠，恐怕太子殿下也不會將我放在眼裡吧？」

倒的確是個聰明人，朱詢聽了大笑。即便是靖王妃投誠，倘若此人是個蠢貨，恐怕也不得用。既然是個聰明人，那便好辦了！

「既然如此，我是十分歡迎王妃投誠的。」朱詢的語氣與方才不一樣了，顯得親熱幾分。「日後王妃想要什麼，或者有什麼需要幫忙的，盡可開口就是。」

既然人家來投誠了，他總要拿出幾分誠意來。

元瑾聽到這裡，攏了衣袖站起身道：「太子殿下神機妙算，妾身今日前來，還真有一樁事要求殿下。」

「哦？」朱詢笑了笑，向後靠著牆。「王妃說說是什麼事吧。」

元瑾道：「這卻是為了太子殿下考慮的。殿下在文官中雖然極得支持，但在武官中，勢力卻弱了一些。我說的應該對吧？眼下有一樁事，能夠讓殿下在武官中的聲譽上升。」

朱詢聽到這裡，笑容收了起來。

他並沒有反駁她，而是道：「……說下去。」

元瑾見他上鉤，才繼續道：「殿下可知道西寧衛的蕭風？如今他兵敗，正要押解回京候審。」

蕭風……他怎麼會不知道蕭風，這可是當年唯一活下來的蕭家嫡系男子。

聽到這話，朱詢的眼中突然閃過一絲暗色，看她的眼神晦澀不明。「怎麼，妳認識蕭家的人？」

她如此的談吐和氣質，如此循循善誘，他覺得……很是眼熟。

更何況，她又突然提起蕭風，可是她和蕭家有什麼關係？

朱詢又不動聲色地打量元瑾。

以前他只當她是定國公府小姐、朱槙之妻。如今仔細品味才發現，雖然容貌不像，但她身上的那種感覺……竟和姑姑的感覺十分相似！

元瑾心裡微動，知道朱詢其實有點懷疑了。

她這般突然表露自己的心機，又突然提起蕭風，朱詢必然會有所懷疑。但她顧不得這麼多了，她必須要救五叔，要完成自己的大事。

他熟悉又能怎樣？她已經是個完全不同的人，他肯定無法確認。

「殿下多慮了。」元瑾道：「我只是想告訴殿下，您若想籌謀大局，現在就必須保下蕭風。因為除了靖王外，蕭風是唯一一個能守住西寧衛的人，他若出事，等到殿下忙於政鬥，西寧將無人可守。」

她說的問題正是如今朝臣爭議的問題。當時皇帝力保蕭風，就知道他終將有用。如今蕭風如此嚴重失利，朝堂議論紛紛，都覺得他無力抗敵。

朱詢眼睛一瞇，打量她的眼神更深了些。「但是蕭風現在已經兵敗，妳如何知道他還有能力可以守住西寧衛？」

元瑾淡然一笑。「這番話卻是靖王殿下親口告訴我的。蕭風這次指揮失誤，是因寧夏總兵肖劍從中作梗的緣故。否則以蕭風的能力，是斷不會到這步的。再者，正是我方才所說的用處。您若是這時候能出手保下蕭風，朝野之上，武官們勢必對您讚譽有加。」

朱詢淡淡道：「說說看。」

「將軍誰無敗仗，若只因一次兵敗就將之打入地獄，會招致武官不滿。而殿下如今最缺少的就是武官的力量。倘若您這次能保下蕭風，說是念在他往日的功績，必也會引得武官們好感，讓您能收攏人心。」

朱詢聽了沈思片刻。

的確，蕭風只是一時失手便遭致如此大災，他們是感同身受的。這次爭議中，文官多半贊成處決蕭風，武官卻是支持從輕處置。

「但若本宮保了他，卻也會招致文官不滿。」朱詢淡淡道。

元瑾只是一笑。「但您可是太子殿下。」

朱詢聽了思索，隨後大笑，知道她這番話究竟是什麼涵義。

這個女人將會非常有用，因為她很聰明，且身分微妙而關鍵，因為她是靖王的女人，他可以利用她達到自己的目的。

至於那幾分與姑姑相像……她不會是姑姑，姑姑已經死了，他親眼看到了屍首。他的姑姑冰清玉潔，是天底下最不染塵世的人。別的女人不會是她，怎麼可能是她？

朱詢的眼底恢復了熟悉的淡然和慎重，看著元瑾道：「我能預感，與王妃娘娘的合作將會十分愉快。若王妃能助我登上大寶，那王妃所求我皆會一一應允，絕不會比靖王給妳的少，王妃盡可放心。」

元瑾站起來，向朱詢微微屈身。「如此，便請殿下現在就修書一封，送往西寧衛，並在朝廷中力保蕭風，不讓他被押解回京，留在西寧衛戴罪立功。如今西寧衛正是用人之際，恐怕不久就會有異族來襲，到時候，殿下就會知道妾身所言不假了。」

朱詢頷首答應。這於他只是小事。

元瑾見目的達成，他果然對她的投誠十分滿意，便道：「妾身既已同殿下說清楚，便要告辭了。」

朱詢現在沈迷權鬥，不會對她的熟悉太過在意。但兩人之前畢竟曾朝夕相處過，朱詢又如此聰慧敏銳，時間一長難免不會發現更多異樣。

「……站住。」他突然在背後道。

元瑾心中暗驚，腳步微頓。難道他真的發現什麼端倪不成？

隨後卻只聽他慢慢道：「……那日徐貴妃推王妃入水一事，如今看來，想必是王妃娘娘的手筆吧？」

這事只能算是她順水推舟。徐貴妃要殺她的真正原因，連元瑾也是不知的。不過她還是要感謝徐貴妃，給她提供一個除去徐家的機會。恐怕朱詢是覺得，其實整件事都是她親手策劃的。

元瑾回過頭。「殿下怎麼看呢？」

「本宮只是不明白，王妃娘娘這是意欲何為。」

「人都有秘密，妾身所做的一切，不過是為了自己的秘密，殿下總有一日會知道的。」元瑾淡淡地道。

凡事不必說透，點到即可，給人留下想像的餘地，讓他們自己去揣想原因，他們反倒會更加深信不疑。

朱詢一笑。「看來我真的沒有看錯人，王妃投誠得正是時候，如今變數馬上就要來了，王妃且等著就是，到時候，我會告訴王妃該怎麼做的。」

變數？什麼變數？

元瑾眉心一皺，難道是關於靖王的？

但是元瑾並沒有多問，問了反而會讓朱詢看低，她只是略一屈身。「那就等變數來的那一天吧，妾身先告辭了。」

這次朱詢沒有再叫住她，而是看著她的背影離開。

元瑾回到靖王府後，掛心於五叔的安危，忐忑地等待消息。直到第三日，她才得到西寧衛傳回的消息。

徐先生安插在她身邊的趙管事告訴她。「……娘娘放心，西寧衛的事已經解決。太子殿下上了摺子力保，蕭大人得以官復原職，戴罪立功了。」

元瑾終於鬆了口氣，不枉費她冒這個險！

她拿著柄精緻的銅製小勺，舀起桌上一盒景泰藍掐絲琺瑯盒裝的香粉，加入香爐中。

「你直接派人盯著西寧衛那邊，若有異動提早來報。」元瑾淡淡道。又想了想，說：「另外，也派人注意京衛的動靜。」

她想看看，朱詢所說的變數是什麼？

她怕聞玉給她的消息有延遲。

這次若不是她鋌而走險與朱詢交鋒，恐怕五叔就真的危險了。

等趙管事應諾退下，紫桐走進來，屈身道：「娘娘，魏永侯爺求見您，正在花廳等著。」

元瑾眉頭微皺。

顧珩又來做什麼？

他現在負責保護她的安危，若是完全不見，實在說不過去。

她站起身，讓丫頭給自己披了件薄薄的斗篷出門。

元瑾到了花廳，果然看到顧珩背著手等她。他的身影勁瘦挺拔，依舊是一襲玄色勁裝，轉過身時，俊美的面容光彩照人，讓人覺得有些炫目。

她走了過去，卻看到桌上擺著一副棋盤、兩盅圍棋。

「侯爺這是做什麼？」元瑾淡淡道。

顧珩嘴角微勾，露出一個於他來說鮮見的笑容。「在下說過，要同王妃娘娘下盤棋，如今正好得空。」

「侯爺雅興。」元瑾也笑了笑。「只是我今日正好有些頭痛，卻是不好下棋了。若侯爺真的如此空閒，我家紫蘇的棋藝也不錯，不如讓她和侯爺下吧。」

紫蘇聽到這裡就站出來，走到顧珩面前屈身。

顧珩卻看也不看，只是盯著元瑾。「王妃娘娘莫不是看不起在下？」

「侯爺言重，紫蘇的棋藝可是一等一的好。」元瑾笑道：「難不成是侯爺看不起婢女？」

顧珩卻不接她這個話茬，而是淡淡道：「在下自認也不是什麼面目可憎之人，娘娘何以這般不想面對我？若您怕殿下多心，卻是大可不必。您身邊這麼多丫頭、婆子跟著，殿下都知道。且殿下離開前也說了，讓我好生守著娘娘。如今既是同娘娘下棋，也是想守著娘娘的安危。」

不過就是想下棋罷了，說這麼多的幌子。

那就下吧，既然他想下。

元瑾一笑。「既然如此，那敢問侯爺棋藝師承何人？」

「在下師承自前翰林院掌院學士曾許安。」顧珩淡淡道。

雖然顧珩語氣中沒有任何炫耀之意，但光是「曾許安」這個名字，就足夠震懾旁人了。前翰林院掌院學士曾許安是聞名天下的圍棋聖手，當年所收弟子亦不過三、四人，每一人都是耗盡心力培養而成，個個非凡品。

元瑾聽了眉心微動。難道顧珩是她棋藝上的同門師兄？

她以前怎麼沒發現？

不過也是，當初她跟顧珩下棋的時候，他還是個瞎子呢，肯定發揮不出聖手弟子的實力。且他那時求生意志極低，哪有什麼閒心下棋，沒自殺已經是活得很堅強了。

這樣說來，元瑾倒是真的有了幾分興趣。

縱橫棋界這麼多年，老師去世後，她還不曾遇過敵手。今天竟然遇到老師曾教過的弟子。

她走到石桌前坐下來，伸手一請。「既然如此，那侯爺請坐吧。」

其實顧珩主要是為了試探她。當年他同阿沅下棋時，根本就沒有用實力。現今他已完全不瞎了，這棋藝自然是頂尖的，所以也根本就沒想過要認真地同元瑾下棋。

他坐下後拿了白子，道：「娘娘先行。」

元瑾也不客氣，手執黑子先行，下了第一枚棋。

既然是老師的弟子，元瑾自然拿出實力來應對。

顧珩卻是輕敵了，只顧著注意元瑾下棋時的神態、動作，手下下棋並未思索章法。直到一刻鐘後，他突然一低頭，才發現自己竟已山河盡失，布棋完全被打亂。而元瑾的黑子逆勢而行，竟吞噬了他大片的白棋。

顧珩眉頭微皺，起了慎重之心，手指輕輕敲著棋子，注意起棋局的走勢來。

元瑾自然發現他的神態變化，好像是終於鄭重了。不過她也不亂，只循著已經布下的棋局走，見招拆招，見氣堵氣，壓得顧珩的棋喘不過氣來。

不過顧珩果然也不是一般人，一般人的棋走成這樣，早已死得不能再死，他竟還能抓住一線生機，與她纏鬥起來。

直到再過了半個時辰，天色微暗，顧珩把著手裡的棋子，看了棋局半晌，確定自己的確是輸了。

是的，真的輸了，他一個圍棋聖手的弟子，竟然輸給一個小姑娘。說出去都不會有人信。

老師若是知道，恐怕都會氣得從棺材裡跳出來。

「我認輸。」顧珩在這種事情上還算是守禮的人，他放下棋子，抬起頭。「想不到王妃娘娘竟也是高手，不知娘娘師承何方？」

元瑾道：「不過是跟著弟弟的西席先生學過，也談不上師承。」

顧珩嘴角微動。他怎麼可能信！若是一個普通人的弟子都能打敗他，他豈不是要去跳江了。

元瑾根本不怕他察覺什麼。除了那幾個親近之人，無人知道當年她是師承何方。

元瑾見他沈默，才道：「侯爺心散，故棋才散，這才是我贏你的原因。不過方才一開始，我還是讓了侯爺三子的。」

顧珩聽到這兒卻笑了，她是在辯解自己不是勝之不武嗎？

他抬起頭時，眼眸璀璨若星辰。

阿沅在跟他下棋時也時常讓著他，跟他說：「……不然就你這個臭棋簍子，豈能和我下過一刻鐘？」

其實他知道她並沒有騙他，她是真的在讓他，也是真的想要把他從那無底深淵中拉出來。

他心中觸動，想起那些和她在一起的歲月，伸出手輕輕摸向她的棋盤邊緣。在他看不到的時候，他曾無數次這樣感知事物的存在，感覺她存在的痕跡。

只是這棋盤是他方才拿過來的，光潔新整，根本沒有任何痕跡。

他抬起頭，眼中流露一絲清明，看著元瑾，終於問出徘徊在他心頭的問題。

「方才下棋的時候，在下注意到，娘娘的手指似乎經常輕叩此處。」顧珩道：「──娘娘可是下棋都有這個習慣動作？」

他問這個是什麼意思？

所以他方才不好好下棋，就是在注意她的動作？

元瑾都不知道自己的習慣動作，但是他一說，好像當真是如此。

她嘴唇微微一抿，淡淡道：「侯爺問這做什麼？」

「在下只是想知道。」顧珩執著地看著她，彷彿非要她說出一個所以然來不可。

兩人正在僵持，不知該如何是好時，突然外面喧譁聲四起，似乎是有人來了。

顧珩看向外面，只見一個侍衛突然跑進來，跪在顧珩面前道：「侯爺，有人從大門闖入，帶著軍隊！」

有人闖入？這兒可是靖王府，究竟是何人這般大膽！

元瑾第一想法就是朱詢，但也沒有理由。如今靖王府只有她在，朱詢現在肯定不會大張旗鼓來對付她。

那誰會闖入靖王府？

顧珩立刻站起來，並沒有時間思索太多，冷然地道：「布陣！」

暗處許多隱匿的弓箭手一一現身，外面的侍衛也湧入湛堂，將元瑾層層包圍。

顧珩對元瑾道：「請王妃娘娘在此等著，不要亂跑，我帶人去前院看看。」

第六十章

顧珩的一隊侍衛正要出去，誰知外面又傳來說話的聲音。「不必，是我們回來了！」

元瑾聽這聲音非常熟悉，似乎是……李凌的聲音。

李凌不是跟著朱槙一起去了京衛，怎麼回來了？難道朱槙也回來了？

可他回來怎麼會闖自己的門？

元瑾正想出去看，就見李凌扶著一個人走進來。他身後跟著身著黑甲的士兵們散開，保護性地將湛堂團團圍住。

李凌架著的人正緊閉眼睛，頭無力地耷拉著，英俊的容顏沒有往日的生氣，眼睛也是緊閉。

是朱槙！他怎麼了？

顧珩一見原來是靖王殿下回來，立刻招手讓弓箭手也站出去，在湛堂外形成圍勢。

元瑾心中一緊，三步併作兩步上前。「殿下怎麼了？」

朱槙身材高大，李凌扶著他，也是累得氣喘吁吁。「娘娘，您快找……找……」

見李凌似乎有些扶不穩的樣子，元瑾趕忙扶住朱槙的腰，卻感覺手上一片濡濕。她抬手一看，竟是血跡。

朱楨他……他受傷了！

元瑾忙叫人將他扶入屋內，將朱楨放躺在床上。放開手時，她看到自己扶著他腰的手已滿布鮮血。

元瑾的聲音有些顫抖。「怎麼會這樣，發生什麼事了？」

「我們在回京的路上遇到伏擊。」李凌的臉上滿是疲憊，嗓音乾澀，幾乎有些說不出話來。

顧珩已經派人去請大夫過來，他走過來道：「娘娘這裡可有金瘡藥和紗布，我們先替殿下簡單包紮一下。」

元瑾點頭，讓紫蘇馬上去取來。

她看著李凌解開朱楨的衣裳，腰間赫然是一條一尺多長的口子，血還在不停地流。

金瘡藥一撒下，他疼得皺了皺眉。

元瑾一看就知道這傷勢不輕，竟覺得有些難過。

朱楨雖然身受重傷，卻還未完全昏迷，聽到周圍的動靜，勉強睜開眼睛，道：「李凌……」

李凌立刻道：「屬下在這裡。」

「……找人……先去救薛讓。」朱楨緩緩道。

李凌趕緊道：「殿下不用擔心，屬下馬上派人去找！」

定國公怎麼了？元瑾有些驚訝，正想問，朱楨卻看了元瑾一眼，嘴唇微動，輕聲道：「妳不要慌……有事就找李凌解決。」

「我不慌。」元瑾說。

朱楨說完這句話，又閉上眼睛，似乎再度陷入昏迷。元瑾能感覺到他抓著自己的手也鬆開了些，看來是真的沒力氣了。

元瑾轉頭看李凌，只見顧珩也問他。「薛讓出什麼事了？」

李凌見靖王殿下的傷口包紮好了，才深吸一口氣站起來。「……殿下因為不放心王妃獨自在家，故急著歸來，就未帶足夠人手，結果我們在路上竟遇到大批人伏擊……當時，那人的刀本是砍向定國公的，殿下為他擋了一下，自己就受了傷。國公爺見殿下受傷，便策馬前奔想引開追兵……現在是不知去向。」

國公爺竟不見了！

「那我立刻安排人去尋。」顧珩看了眼躺在床上、臉上血色全無的靖王，以及守在他身邊的元瑾，又說：「……可要派人通知定國公府此事？」

元瑾搖頭，聲音也有些發澀。「暫時不可，祖母年事已高，身子又不好，聽到這消息怕是撐不住。你們先看看，等尋到國公爺再說吧。」

她說得倒也是。顧珩對李凌道：「那我先去尋人了，你好生守著殿下。」

等他快步出去，李凌又聽到王妃娘娘乾澀的聲音。「李凌，你過來。」

李凌走到她身邊，微低下頭。「娘娘。」

「你立刻派人去請裴子清過來鎮守靖王府。殿下突然出事，我怕有心人會乘機發難。」元瑾道。

李凌有些遲疑。因為王妃和裴子清曾議親一事，裴子清極少踏足靖王府。

元瑾看出他的顧慮，道：「都這時候了，哪裡還顧那些！」

李凌連忙應諾，準備前去。

元瑾才回過頭，將眼神放在朱槙身上。

他面容蒼白，許是失血過多，依舊沈睡未醒。

這個永遠運籌帷幄、滿面笑容，她無法戰勝的男人，現在卻身受重傷。那些傷他的人究竟是誰？難道……這就是朱詢所說的變數？

元瑾握著他的手。他的手心比她粗糙許多，平日總會有力地握著她的手，但這個時候，無論她張合他的手，他都做不出絲毫反應。她突然非常難過，把頭埋進他的掌心中，閉上眼睛。

她這是怎麼了？朱槙分明就是她的仇人……她不應該動此私念。

但是她控制不住自己的情緒。

「娘娘，安大夫來了！」紫蘇領著人從外面進來。安大夫是朱槙麾下之人。

元瑾才讓大夫上前給朱槙查看傷口。

安大夫檢查後，對元瑾行禮。

「情況如何？你直說吧。」元瑾道。

「殿下受傷的刀口雖然長，但其實傷得不深，更未損及內臟。眼下血已經止住，殿下一會兒就該醒了，應該不會有大礙。」安大夫說：「我再給殿下開一劑益氣補血的方子，煎服就是。」

元瑾鬆了口氣，道：「煩勞大夫了。」說完吩咐紫蘇去拿紙筆過來。「你開了藥後，便歇在前院暫不回去吧。有什麼吩咐，告訴下人就是了。」

安大夫行禮道：「娘娘客氣。」

元瑾招手叫了個嬤嬤過來，帶安大夫下去。

這時候，藥從小廚房端來了。

元瑾端著藥坐在床邊，不知道他還沒醒，這藥餵不餵得下去？

她輕輕地喚：「殿下？您可能聽到妾身的話，妾身要餵您喝藥了。」

朱槙並沒有睜開眼，但手指卻略微動了一下。元瑾只能試著餵他，見他吞嚥下去，便知道沒有問題。她將一碗藥都餵下，拒絕紫蘇讓她歇息的建議，仍然在他身邊守著。

她不知道是出於什麼，可能是看到他受傷，心中突然不好受。也可能是他平日對自己的無微不至，讓她無法定下心神，只能守在他身邊等他好轉。

元瑾是感覺到一陣朦朧幽光閃過的時候醒的。

她揉了揉眼睛，竟沒發現自己什麼時候睡著。她抬起頭，發現朱槙已經醒了，但是他沒有說話，只是一直看著她，一言不發，非常沈默。

「……殿下？」元瑾試探地叫他。

「妳一直守著我？」朱槙問。

「是我一直守著，怎麼了？」他不同尋常的沈默態度，讓元瑾覺得有些奇怪。

朱槙輕輕地扯了下嘴角，淡淡地問：「累嗎？」

「這有什麼累不累的。」元瑾替他掖好被角。「我照顧你是應當的。現在傷口可還疼？要不要吃些什麼？我睡前叫小廚房準備了紅棗花生黑米粥和鴨血粉絲湯，只是時間有些久了，不知道還熱不熱。」

「不用。」朱槙說，又加了一句。「我也不大想吃。」

他想坐起來，卻牽扯到傷口，疼得眉尖一抽。

「別動！」元瑾按住他的肩不讓他起來，受傷了還這般大動作，他還想不想傷口好了？「您就是不愛惜自己的身體，也得看在天下黎民的分上保重自己一些。眼下受傷就要少動彈，仔細傷勢加重。」

朱槙聽了一笑。「妳知道是誰刺殺我嗎？」

沒想到朱槙會主動提起這個。元瑾沒有說話，而是等他往下說。

朱楨的眼神平靜而淡漠。「這天下的蒼生，怕也是不需要我守了。」
他這話的意思……
元瑾心裡隱隱一驚。「殿下，難道您是……」
「好了，妳也別想太多。」朱楨一笑，聲音仍然有些虛弱。「去幫我把李凌叫進來吧。」
元瑾替他叫了李凌進來，又去小廚房準備一桌益氣補血的飯菜。雖然朱楨說自己不餓，但他身受重傷，正是需要補身體的時候，如何能不吃。
此時，屋內只餘朱楨和李凌。
朱楨這時候似乎表現得沒這麼痛，勉強半坐起身，先問道：「找到薛讓了嗎？」
李凌低聲道：「魏永侯爺已經帶著大批人馬去追尋國公爺的下落。至於能否找到……還很難說。畢竟當時追兵人數眾多，咱們也沒料到國公爺會為您引開追兵。」
朱楨聽了又是沈默。「是我對不起他，派十足的兵力尋找，把他找出來再說。」
李凌應是，朱楨又問：「……我們這一路回來，可讓人看出端倪來了？」
「殿下放心，屬下極其小心，沒有走漏絲毫風聲。」
「那就好。」朱楨淡漠道：「『暗中』將我受傷的消息傳出去吧。」
「得知您受傷的消息，大變就會開始了。」李凌低聲道。
一旦殿下受傷，他們就會放鬆警戒，到時候勢必會輕敵，這就是殿下想要的結果。

朱楨冷笑。「怕是現在，朱楠已經開始謀劃。」

李凌一沈默，又轉換話題。「這雖是咱們的策劃，但王妃娘娘卻是真的待您極好，您沒醒之前，府中一應事宜都是王妃娘娘操持的，守在您身邊寸步不離，給您餵藥也是她親力親為。」

提到元瑾，朱楨的面上才露出一絲暖意。

「我知道。」他看了看門外，元瑾正吩咐小廚房給他做菜。

雖然受傷是有意為之，但畢竟也是真的傷到。且她是真的很關心自己。

方才他睡著那會兒，她似乎還在難受呢。

他這輩子親情涼薄，至親之人卻是滿腔的心思想要殺他。

唯她給了他關切。

朱楨閉上眼睛。

他也是一步步被逼到今天的，他一向知道自己極有天分，若真的早想要那個位置，在逼退蕭太后的時候他就要了。那時候，帝位對他來說不過探囊取物般簡單，他不過是不想罷了。

現在他已心硬如刀，這些所謂的親情血緣，已是半點都不在意了。

朱楠的確比他想的還要狠毒。他這個兄長沒別的本事，唯有對人狠毒這一點上，十個都比不過他一個。

而他如今，就是要利用這份狠毒。

他受傷這夜，元瑾依舊寸步不離地守著他。為了方便照顧他，元瑾睡在他的外側。

也許是因為傷痛，朱槙作了個夢。

他夢到孝定太后剛死的那年，他從慈寧宮出來，被還是淑貴妃的淑太后帶回去的時候。

皇兄朱楠穿著緋紅冕服，坐在小几旁看書，小几上放著一碗核桃。

那時朱槙還因孝定太后的死而傷心，站在一旁沈默著不說話，只望著槅扇外的草長鶯飛，春意融融。

朱楠喊了他兩聲呆子，見他不理會自己，就從盤中拿了一顆核桃扔向他，砸中他的腦袋。

朱槙回過頭，也是被砸痛了頭，道：「你做什麼！」

朱楠自小就是皇長子，皇后無出，他日後許是要繼承大統的，因此身邊的人自小就一應吹捧他。他一看朱槙的神情就被觸怒，道：「我是你兄長，我叫你，你必須要聽我的！」

朱槙還小，又轉過頭，根本就不理會他。

朱楠卻被徹底激怒，下了羅漢床，怒氣沖沖地朝朱槙走去，一把揪住朱槙的頭髮踹他。

因為知道朱楠是兄長，比他高大，朱槙只懂得躲閃退讓，直到朱楠一腳踹在他的心窩上，當真踹痛了他，他才猛地吸了口氣，突然捏起拳頭砸向朱楠。誰知朱楠是個虛架子，他自小養尊處優，力氣竟還比不過比自己小的弟弟，最後被朱楨按倒在地上猛揍。

朱楨把這個哥哥按在地上時，才發現他並沒有自己那麼強，他就是個色厲內荏的草包，他完全可以打敗他。

他就像對待平日同他訓練的小侍從一樣，捏著朱楠的脖子問他。「你還敢不敢了？」

朱楠面色漲得通紅，一句話都說不出來。

就在這時，淑貴妃從外面進來，一看到屋內的情景，簡直肝膽俱焚，三步併作兩步上前，一把拉起朱楨就揍他。「你做什麼打你哥哥！你個小人，還反了天了！」

朱楠被宮人扶起，哇的一聲哭出來。

「是哥哥先打我的……」朱楨不服氣地道。

「你還敢頂嘴！」淑貴妃氣得發抖。「好啊，果真是養在太后那裡，叫你學得蠻橫無理！」

朱楨震驚地看著淑貴妃，淑貴妃卻讓宮人拿藤條來，準備要打他。他滿心的不甘和委屈，明明他沒有錯，為什麼被訓斥、被打的卻是他！

他大哭、爭辯，但是沒有人理會他。

宮人終於進來了，但是托盤上放著的不是一根藤條，而是一把尖刀。

刀？怎麼會是刀呢？他倉皇無助地問：「母妃，您要殺我嗎？」

不是的，她是他的母親，人家說虎毒不食子，她怎麼會要殺他呢！

淑貴妃卻不說話，表情變得猙獰，突然一刀刺向他的腹部——

朱楨大汗淋漓地從夢中醒來，驚魂甫定，盯著頭頂的承塵，久久回不過神來。腰部的傷口還在痛，好似夢中真的被人刺中一樣。

他又閉了閉眼，怎麼會在事變前夢到這件往事？難道是想再提醒他，他那兄長有多可惡不成？

元瑾本就睡得淺，突然被這動靜驚醒，支起身看向朱楨。「殿下，怎麼了？」

朱楨轉過頭，看到了元瑾。

她穿著純白的長袍，臉如白玉般溫潤，在黑沈的夜色中有種暗瑩的柔光，目光中是對他的關切。

元瑾發現朱楨的神情有某種往常沒有的東西。

究竟怎麼了？

她看到他額頭上的虛汗，問道：「是不是傷口太疼了，要不要叫大夫來看看？」

朱楨閉上眼。「……妳能給我倒一杯水來嗎？」

倒水？

元瑾看了他片刻，才道：「那你稍等。」

她翻身下床。

朱楨看著元瑾的背影，在元瑾看不到的時候，其實他的眼神跟平時是不同的。既不是溫和，也不是冷漠，而是平靜和洞悉。

其實在此之前，他並未完全信任她。

他是個生性多疑的人，雖然元瑾認識他的時候，他只是個幕僚，但他並未完全放下戒心。他用了很多種辦法，來測試元瑾是否真心待自己。

在她不知道的時候，他還利用她去做一些事情，達到自己想要的目的。

但是最後他發現，她是真的關心他。

現在，他終於真正完全地信任她。而之前那些試探、猜忌甚至是利用，她永遠都不會知道。

槅扇外面留了燭臺，燭臺的光透過鏤雕的槅扇透進來，光線朦朧昏黃，她立在光線中，好似馬上就要幻化成光一起消失。

朱槙看著她許久，想起那日他要走的時候回頭看她。

那個時候，他就已經決定自此以後，不再試探和利用她了。他會好好愛她，將她當成自己最重要的人。

元瑾端著水過來，因他不好起身，她半跪在他身側，將水餵給他。

見他一杯飲盡，元瑾問：「你還要嗎？」

朱槙看著她並不說話，突然將她拉入懷中。元瑾一時不察，跌落在他的胸膛上，聽到他咚咚的心跳聲，以及沈默的呼吸聲。

「殿下，」元瑾努力地抬起頭。「要是傷口痛，你就跟我說。」

「……不是。」朱槙只是道。

在那些年輕的日子裡，他曾做過很多荒唐的事。但隨著時間漸長，他越來越心硬，到現在，他覺得關於那些人的事，已經沒有什麼能夠撼動他了。但是他心中總覺得少了一點東西，他也說不清楚。也許是因為這樣，才會作那個夢吧。

缺的究竟是什麼呢？是他可以完全放下戒心去擁抱的那個人。

「只是夢到少年時候的事罷了。」朱槙笑了笑。「那時候孝定太后剛死，我和母后同住，被皇兄欺負。不過那時候，母后只幫著兄長，並沒有幫我。」

元瑾也笑了笑。「原來是這樣的事。太后娘娘的確偏心皇上一些。」

元瑾覺得人在受傷時是最脆弱的時候。她知道兩人日後恐怕再難同途，那麼這僅有的時間，她便盡力對他好一些吧！

「那你好生睡吧，我會陪著你的。」元瑾道。

「妳陪我？」在曖昧不明的光線中，元瑾看不到他的表情，只聽到他的聲音。「那妳會陪我多久？」

「我已是你的妻，自然會一直陪著你。」元瑾輕輕地說。

元瑾是一個性情含蓄的人，從不會直接說這些話。

這讓朱槙覺得有些意外。她是在安慰自己吧？他又沈沈一笑。「好，我記住了。」

他略低下頭，在元瑾的耳邊說：「妳可得照做。」
她看不到他的表情，不知道他這時候的表情略帶一絲血氣。
他是真的記住了，她若不履行諾言，他會用盡辦法讓她履行的。
元瑾不再說話，將頭埋進他的胸口，放鬆身子靠著他。
而朱槙也緊緊摟著她，兩人的體溫彼此交織，像是這漫長無盡的黑夜裡，永恆不變的依偎。
元瑾的貼服讓他覺得溫暖、放鬆，很快地，朱槙又閉上眼睛，慢慢睡著了，這次好眠無夢。
元瑾卻睜開眼，就這麼靜靜地清醒了後半夜。

朱槙的傷口恢復得很快。
裴子清來看朱槙的時候，他已經可以面色紅潤地啃桃吃了。不過因為要裝得病重，才特地弄得一副血氣不足的樣子。
雖然裴子清很早就來鎮守靖王府，但擔心殿下多想，他一直不曾踏入後院，直到今天朱槙派人傳他過去。
「殿下。」他對朱槙行禮。
朱槙嗯了一聲，指了圓凳讓他坐下。「一切準備得如何？」

「都在您的計劃中。」裴子清道。
朱楨聽了一笑，略抬起頭。「所以，你現在可是被架空了？」
「應該是整個錦衣衛都被架空了。」裴子清苦笑。「現在守皇城的是金吾衛和羽林軍。」
「那很好。」朱楨又問起薛讓的事。「顧珩可把人找到了？」
裴子清搖頭。「顧珩還在繼續找，但是已經傳話回來，說怕是凶多吉少……」
朱楨輕輕地嘆口氣。「是我對不起他。」
這時，元瑾正好端著一盤鮮嫩的桃子過來，守在門口的侍從見是王妃娘娘，並沒有攔她，於是她在門口聽到了這番話。
她心中一緊。還沒有找到薛讓？
朱楨為何會說是他對不起薛讓？這事跟他有什麼關係？
她腦海瞬間轉過許多念頭。她跨了進去，將桃子放在小几上，裝作沒聽到的樣子，問朱楨。「殿下，這都兩、三天了，怎地顧侯爺還沒有把國公爺帶回來？可需要加派人手去找？」
「顧珩還在找，動作不能太大，否則也是打草驚蛇。」朱楨道。
元瑾卻摸到他的茶杯已冷，叫人進來給他換了杯熱茶。「小廚房已經備下飯菜，您和裴大人說完，便可以吃飯了。」又說：「現在定國公府唯國公爺和我弟弟在，弟弟又還不能獨當一面。國公爺若真的出事，恐怕祖母承受不住。」
「妳放心，我亦是極想找到他。妳不要著急，顧珩手底下能人不少。」朱槙道。
裴子清看到元瑾竟把靖王照顧得格外妥貼，不僅是日常的茶飯，靖王本人也收拾得整整齊齊。想起上次殿下在山西也受過一次傷，雖然也有小廝照顧，但哪裡能像元瑾這樣好。她心細如髮，知道別人在想什麼。一個眼神、一個動作，她都能領會你的索求。
殿下似乎也挺享受這種照顧的，這幾天都只待在湛堂，都不回他的院子了。
「殿下雖受了傷，日子倒是好過的。」裴子清笑了笑。
朱槙也是一笑。「也是我受了傷，才得了她的照顧，尋常時候都沒有。」
元瑾就說：「說得也是。您若想我多照顧，那總是受傷也就行了。」
朱槙聽了只是笑，沒有說什麼。他可不會在這些口角上和元瑾計較。
他已經連吃了好幾天的豬血粉絲湯，不想再吃了。
裴子清發現，元瑾和殿下都有些不一樣了。殿下從沒有待旁人這樣親近過，看來，他的確很信任元瑾。而元瑾待殿下也是真的好，不然她是不會這樣去照顧一個人的。
裴子清想，既然如此，那應該是一個好現象吧。
沒想到到了下午，顧珩就回來了，看得出幾天沒有好好休息了。
他找遍了京郊一帶，都沒有發現薛讓的絲毫蹤跡，竟不知是死是活。

朱椟聽了，面色凝重。「活要見人，死要見屍，繼續找。」

但是大家都明白，這麼久都找不到人，勢必是凶多吉少。

元瑾開始擔心老夫人聽到這消息該怎麼辦？她年事已高，如何能承受得住白髮人送黑髮人？

恐怕還要繼續隱瞞才是！

她同朱槙說了後，朱槙也認可。

「薛讓一時失蹤，的確有些事要重新安排。」朱槙沈吟片刻，便派人送信給薛聞玉，叫薛聞玉過來說話。

如今定國公失蹤，定國公府主事的自然就是薛聞玉。其實在薛讓去京衛前，他就已經有意開始讓薛聞玉歷練，所以薛聞玉現在不僅是金吾衛副指揮使，手中還掌握一些定國公府的勢力。

薛聞玉到了靖王府，跟朱槙交談一番後才出來。

元瑾在門外等他。

他現在又拔高了不少，竟超過元瑾一個頭了。

「殿下同你怎麼說？」元瑾邊走邊問。

薛聞玉道：「殿下的意思是，現在是多事之秋，暫不要告訴祖母，還是等找到確切的消息再說。不過我要擔起定國公府世子的責任了，之前父親的那些暗中勢力，都需要我暫時掌控。」

元瑾聽了便不再說話，這是在靖王府中，說話並不安全。她跟朱槙說了一聲，說要回去看看老夫人，才跟著薛聞玉一起上了回定國公府的馬車。

等到在馬車上，確認已經無人會聽到後，元瑾才直逼薛聞玉的眼睛，壓低聲音問：「聞玉，你告訴我，國公爺失蹤這事跟你有沒有關係？是不是朱詢叫你……」

薛讓失蹤以後，聞玉便是直接獲利人，元瑾不得不有此疑問。

薛聞玉搖頭。「與我無關，我也是之後才知道。這次，是皇帝陛下動手的。」

元瑾聽到這裡一怔，雖然知道問題真正的衝突根源是皇帝和朱槙，但沒想到皇帝竟這麼直接和迫不及待。

她坐了回去，輕輕吁了口氣。

「這件事有疑點。」元瑾淡淡地道：「我懷疑，朱槙是故意受傷的。」

薛聞玉嘴角一扯，柔和道：「姊姊倒是與我想的不謀而合。朱槙一向謹慎，怎會在回京時突然少帶人手，讓皇帝陛下乘虛而入？故太子殿下只讓我問一問姊姊，朱槙的傷勢可是真的，究竟傷到什麼地步？」

元瑾語氣平靜。「那你應該知道，如何回答他。」

「自然的，姊姊放心。」薛聞玉道。

他們兩姊弟的目的是把水攪渾，讓兩方鬥起來。自然不能讓太子他們知道，他們的設計不成功，否則豈不是不會輕舉妄動了？

「另外，我還有一件事想問姊姊。姊姊可知道，皇上為什麼現在決定刺殺朱槙？」

「你說。」元瑾現在非常不喜歡賣關子。

「殿下之前不曾動手，是因為顧及若朱槙出事，就沒有人能對付土默特。眼下蕭風在邊疆戰勝土默特，西寧衛沒有戰亂之虞，所以皇帝也不必再顧及土默特，決定對靖王動手。」薛聞玉道。

元瑾聽出這話的意思，眼中光芒微閃。「蕭風打退了土默特部？」

薛聞玉頷首。「對，剛傳回來的捷報。蕭風立下如此大功，因此陛下褒獎了太子殿下，殿下也讓我傳話給姊姊，說多謝姊姊的獻策，日後將重賞姊姊。而且，蕭風也暗中傳話給我們，說他想見姊姊一面。」

「他想見我？」元瑾眉頭微皺。

「是的。」薛聞玉說：「自從他看到那份名單後就堅持要見妳。我也不知道為什麼。」

元瑾卻知道為什麼，這樣機密的名單，不是誰都能拿到的。五叔恐怕是想知道她是誰，他可能在猜，她是不是還活著！

所以他才必須要見到她。

「這個再說吧。」元瑾深吸了口氣。聞玉不會平白跟她說起這樣一件事，於是她又問：「還有呢？」

薛聞玉道：「所以我想，當時朱槙的軍隊一直不出兵，就是想拖延時間，甚至我推測……蕭風上次兵敗，也和朱槙有關。」

元瑾心中思索。朱槙的軍隊那時候一直不去西寧衛，的確是想拖延時間。因為西寧衛一日無安，他就有更多時間來準備和應對。

現在五叔在西寧衛得勝，皇帝不必顧及西寧衛。同時朱槙已經準備妥當，所以他才會順水推舟地受傷。他也忍耐皇帝很久了，皇帝這次想算計他，他何嘗不想算計皇帝？

薛聞玉說到這裡，頓了頓，才開口繼續道：「姊姊，妳是否感覺到，其實靖王一直在利用妳？」

元瑾眼睛微瞇。聞玉為何突然說這個？

她淡淡道：「怎麼說？」

「當時西寧衛一事，朱槙分明拖延明顯，但是由於他那會兒正要娶妳，所以所有人都被妳和他的大婚吸走了注意力，根本沒有注意到這事。」薛聞玉說：「這是他有意要掩人耳目。

「還有上次，妳在宮中無意落水，朱槙表面上是說因為徐家害妳而生氣，其實他除去了很多和徐家有關聯，卻與此事毫無關係的旁人。只是因這些旁人，是皇帝布局的關鍵人物。因此，姊姊在朝野中，還招致了一些紅顏禍水的罵名。」

薛聞玉說到這裡，輕輕一頓。「但由於姊姊當時落水，所有人都沒有注意到朱槙的目的。若不是姊姊說，這落水是有妳的蓄意在裡面，我都會懷疑是朱槙動手的。」

元瑾沈默了。若是上一件事還是推測，第二件事卻是事實。她知道那時候朱槙殺了很多人。她也知道，的確有關於她不好的名聲傳出來。

而且，她落水那事，朱槙也許還真有可能動手。

畢竟徐貴妃殺自己，這事就是有疑點的。後面朱槙還迅速找到薛靈珊作為人證，豈不是算得很精妙？後來他對自己這麼好，難道也有愧疚的成分？

旁人以為他沈醉於美人鄉中，甚至包括皇帝和太子都這麼想。但其實他的每一步都在謹慎的計劃中。西寧衛延遲出兵、將清虛請出青城山……哪一樁哪一件，不是他頭腦清醒所為？

這次朱槙受傷，李凌說，朱槙是因為思念她才提前歸來，沒有帶足人手，但其實朱槙是想引誘皇帝來刺殺他。

讓皇帝放鬆警戒，卻拿思念她作幌子。

元瑾聽到的時候，何嘗不是內疚了一分，覺得他受傷有自己的緣故。

但是，這才是她所認識的朱槙。他所做的每一步都是經過算計的，甚至連她，也在他的局中！

經聞玉這麼一說，元瑾又想起了更多事！

比如這次受傷回來後，他對自己的態度稍微有所改變。

並不是變得對她不好，而是之前的好總有一些刻意的成分。但現在他在自己面前，會肆無忌憚地流露遲疑、冷漠和思考這些更接近人性的情緒，彷彿……現在這個才是真正的朱楨，之前那個不過是他的偽裝。

也許，他其實懷疑過自己！

比如說那一次，帶她去演武堂，特地將她引到那間房中，又突然離開，就是想看看她會做什麼。

元瑾當時出於心裡掙扎，沒有拿走部署圖，或許反而因此通過他的審核，覺得自己是真正無害的，所以他現在才在她面前流露真正的自己。

元瑾的嘴角露出一絲冷笑。「如此說來，朱楨倒的確是佈置妥當了。」

薛聞玉繼續道：「眼下的局勢其實對靖王是大好的。山西他早已佈置妥當，他的軍隊未曾出征西寧，而是留在河北接應他。同時京衛那邊，所謂的暗中訓兵，其實已經準備好兵變的軍隊。這一切還是多虧姊姊，推動了朱楨的計劃。現在我問姊姊，妳更看好誰？」

元瑾看著前方，淡淡地道：「現在自然更看好朱楨。」

「嗯，太子問我的時候，我也是這麼答的。」薛聞玉說。

元瑾道：「你如今倒是和太子走得很近？」

薛聞玉一笑。「既然要達成目的，就要好生去做，姊姊，這是妳一貫教我的，我一刻也不敢忘。妳說是不是？」

元瑾看了他一眼。「你如今倒是越發話裡藏話了。」

「怎麼會？」薛聞玉道，又說：「另外，還有我們所不知道的變數。」

元瑾眉頭微皺。「你是說……」

「靖王身邊還有另一個變數，不是我們，甚至連太子都不知道是什麼，所以皇帝他們才敢動手。因此究竟誰勝誰負，我們也不知道。」薛聞玉道：「不過這次不論成敗，姊姊都不能留在他身邊了。他若敗，自然沒有留的必要；他若勝了，姊姊在他身邊太過危險，妳不能再冒這個險了。朱槙這個人，心思真的太多。」

元瑾沈默了許久。

「我知道。」元瑾說：「我心中有數。」說完她就閉上眼睛。

朱槙身邊的變數……

元瑾將朱槙身邊的人事一一過了腦海，那究竟是什麼呢？

心裡縈繞著這個問題，從定國公府看了老夫人回來後，元瑾就一直有些心神不寧。

朱槙看她這般，就笑道：「怎麼心不在焉的？妳去我書房中，替我拿幾本書來看吧。」

元瑾抬頭看他，現在知道或許他對自己也全是利用後，她反而心緒冷靜許多。她笑了笑。「殿下要些什麼書？」

朱槙將書單開給她，元瑾便去他所住的書房中找。

她頭一次來靖王府的時候，就是到這裡的。

元瑾看著四周，她還記得曾在這裡發現那個弩機呢！

她的目光放在曾經放弩機的那個小几上。

那上面用青布蓋著一個東西，卻不知道是什麼？

元瑾緩步走上前，輕輕將它揭開，入目卻是一個弩機，且已經拆開，能看到內部的結構。

元瑾一看，手腳發涼。

這弩機……是她曾經設計的那個，當時只將圖紙給徐先生，這是哪裡來的？

她不可能認錯，畢竟是她親手繪製的。

「娘娘。」背後卻有個聲音響起。

元瑾轉過身，發現是李凌。

他笑了笑。「您看那弩機做什麼？」

「只是看個新奇。」元瑾勉強地笑了笑。「我以前似乎沒見過這樣的，這是府裡的幕僚新做的嗎？」

「不是。」李凌走過來，將那弩機收起來。「這段時間殿下突然讓我們注意，看邊疆、神機營那些地方，是否有新的弩機出現，有就帶回來看看。所以才收了這個。不過這個威力倒也不小了。」

元瑾心中轟然一聲。

朱槙……竟然讓李凌他們注意這個。

她輕輕問：「就是這七、八天內嗎？」

「正是呢。」李凌笑了笑。「娘娘，這弩機我要拿去放在機關室了，先告退。」

七、八天……正是他將原來那弩機給自己的時候。

原來，他真的一直猜疑她！

他給了她那弩機，也是在看看她會不會背叛他，給太子那邊。

他一直在等著、看著，給她機會，暗中觀察，看她會不會犯錯！

而元瑾並沒有做這樣的事，她自己做了個全新的弩機圖給聞玉，所以朱槙也沒有發現。

那她這算是陰差陽錯，反而避開了朱槙的懷疑嗎？

元瑾走出書房，陽光照在她身上，她的表情卻非常冷漠。

第六十一章

經過一天的思索，元瑾做好了謀劃。

元瑾注意到朱槙的傷其實已經好得差不多了，但他仍是一副重傷未癒的樣子在休養。眼下他正躺在羅漢床上，手裡拿著一本閒書看。

一切都顯得和平日並無不同。

元瑾端著黑漆方盤進來，上面放了一盅銀耳紅棗燕窩羹和一碗湯藥。

她走到朱槙近旁，將托盤中的東西一一拿出來。「殿下，該喝藥了。」

朱槙放下手中的書，笑道：「這樣的事交給下人就行了，何須妳親自來做？」

他在看到兩碗湯放在自己面前的時候，手卻略微猶豫了一下。

「怎麼了？」元瑾笑了笑。「殿下難道怕妾身下毒不成？」

元瑾抬起頭，真正地審視這個她已經同床共枕過的男人。他面容英俊，向來十分和氣，也不會輕易發火。他眼若深潭，一眼看去並不會覺得有什麼，但再仔細看，彷彿能看出其中偶然閃過的幽光。

她定定地看著朱槙，只見他眼中微微一閃，然後笑了笑。「我怎會懷疑妳呢？」

他的手終是伸向那碗銀耳紅棗燕窩羹，端起來後幾口喝了個乾淨，再將空碗放在桌上。

「殿下的藥不先喝嗎？」元瑾的聲音輕輕的。「仔細藥涼了傷了藥性。」

朱槙抬起頭看著元瑾。「今日怎麼了，竟這般關心我？」

「哪裡，只是殿下的傷久久不好，妾身掛心罷了。」元瑾說著坐下來，伸手拿過勺子，舀了藥後，遞到他的嘴邊，笑道：「不如我餵殿下？」

朱槙一瞬間沒有動作，而是眼睛微瞇看著元瑾。

他面無表情的時候，神色其實有種平日沒有的冷酷。自然，他並未流露出更多，只是在元瑾的注視下，張口喝了藥。

元瑾則笑著看他喉結微動，確認他真的將藥喝下去。

緊接著，第二勺、第三勺，直到藥碗見了底。

元瑾這才放下藥碗。「殿下方才先喝了銀耳羹，眼下卻沒有東西壓苦味了。」

「無妨。」朱槙端了杯茶，在嘴中含了片刻壓住苦味。

元瑾拿起他放在小几上的書。「殿下竟然還看《喻世明言》？」

《喻世明言》是三言二拍中的一本，若是在正經讀書人眼中，這必是一本花邊讀物，裡面所載皆是民間一些傳奇故事，用以在閒暇無聊時放鬆心情的。

「有時候，覺得這種善有善報、惡有惡報的書，倒也挺有意思的。」朱槙說：「元瑾，妳相信世道輪迴，報應不爽嗎？」

元瑾想了片刻。「難道殿下不信？」

朱楨笑了笑，沒有說自己信不信，只是說：「若是世道真如書中所記載一般簡單，我倒也省心省力了。」

元瑾自然是信的，因為她覺得，她就是這些人的報應。

「殿下在煩惱什麼事嗎？」她問道。

朱楨見她出落在日光中，膚色瑩白剔透，身上是淺紫色襦裙，腰上掛著他送的那塊羊脂玉的玉珮，她將它改成禁步的樣式。少女明媚清新，是這樣的身如琉璃，內外明澈，淨無瑕穢。

他輕輕搖搖頭。「倒也沒什麼。很多事也不是我所煩憂的，只是知道，它終將會來罷了。」

而她不應該知道這些事，他會將她保護得很好，這就夠了。

「殿下說得越來越神秘了。」元瑾道：「究竟是什麼事不能告訴我的？」

朱楨笑了笑，不再說什麼，叫元瑾退下後，繼續看他的書。

元瑾自屋中退出來，並沒有走遠，只是站在廊廡外一株海棠樹下，聽著屋內的動靜。

而屋內，朱楨身邊的暗衛自房梁一躍而下，走到他身邊，道：「殿下怎地就直接喝了藥呢？」

現在是特殊時期，朱楨剛遇刺，身邊的一切飲食皆要格外注意，所送來的東西只要是會入口的，就必須經過嚴格的檢查。

這人說著，就從袖中拿出一根銀針，伸向那兩個碗。

朱槙自然覺得元瑾是不會害自己的，但方才她突然這般主動，的確讓他心中有些疑慮。不知怎的，也看向暗衛手中的銀針。

那銀針將兩碗都試過，皆沒有絲毫變色，朱槙的表情才微鬆了一下。

暗衛抱拳道：「殿下莫要見怪，屬下並非信不過王妃，只是您身邊的一切飲食都得留意檢查才是。」

「我知道。」朱槙說，正要讓他退下。

元瑾雖聽不到裡面的對話，卻能聽出暗衛的動靜，她嘴角露出一絲冷笑，卻又很快收斂起來，徑直走入房門。

那暗衛一時還沒來得及翻上梁，看到王妃娘娘突然進來，表情略有一絲慌亂。

元瑾則看著他，又看了看仍放在桌上的兩個空碗，也露出些許的驚疑。「殿下，這是……？」

「沒什麼，只是方才他向我匯報一些事罷了。」朱槙卻是雷打不動的鎮定。

元瑾卻微咬嘴唇道：「我方才便在外面賞海棠花，未見有人進來，想必他一直在屋內，難道是……」她的面色瞬間變得蒼白。「殿下當真以為……我要害您不成？」

朱槙還未來得及說，就聽到她有些生氣地繼續道：「方才我看您猶豫，還不知道是為何，原來竟是怕我給您下毒……想來，我那一番好心，卻是狼心狗肺罷了！」說完眼眶一紅，深吸了一口氣，突然疾步往外走去。

朱槙也沒想到元瑾會突然進來，湛堂畢竟是她的地方，護衛們都在湛堂外，裡頭只有些丫頭伺候，所以元瑾來也沒有人通傳。

他輕輕嘆了口氣。

暗衛則立刻跪到地上。「殿下，是屬下失職！」

朱槙只是淡淡道：「無妨，你先退下吧。」

暗衛試毒不過是一件小事，主要還是他的問題。雖說檢查是必須的，但方才那一瞬間，他的確也有一絲動搖。任何人被懷疑都會不好受，何況她只是想要關心自己。

朱槙下了床，出門後直接問守在外面的丫頭。「王妃去哪裡了？」

丫頭第一次被靖王殿下問話，不敢直視他的面容，小聲道：「娘娘似乎朝著那個方向去了。」她指了指前面，那是演武堂的方向。

朱槙跟了上去。

聽說他走之後，元瑾還經常到演武場練箭，現在用她那把小弓，已經能做到十丈內箭無虛發了。

朱槙走到演武堂外，眾位守在門口的侍衛皆行禮。「殿下！」

他擺手讓他們起身，徑直往裡走。一眼看去，只見元瑾並沒有在練箭……那她去哪裡了？

朱槙目光一掃演武場，立刻聽到右邊廊廡的房中傳來響動。他緩步朝這間房走過去，推開房門。這是放普通弓箭的房間，他一眼就看到她果然在此處，正沈默地擦拭她手中的弓箭。

元瑾聽到聲音，徑直轉身準備出去，卻瞬間被朱槙攔住。

他低聲問：「妳在生我的氣？」

元瑾身子略一僵硬，隨之淡淡說：「我怎敢生殿下的氣？」

「妳方才分明就是在生氣。」朱槙說：「不是我懷疑妳，只是我日常飲食都必須慎重，他也只是例行公事罷了。我不妨告訴妳，如今我將妳當作我最信任之人，又怎會擔心妳害我呢……」

元瑾卻是不聽，想要突圍出去，卻被他抱住按在牆上。她扭動身體想要掙脫，但他的手臂如銅牆鐵壁，又怎麼能掙脫？

他的聲音略帶笑意。「妳可是在使性子？」

「我還要問殿下。」元瑾卻說：「您不是傷重得臥病在床動不了，怎麼會追上來？想來，您的傷勢已經好得差不多了，但您卻一直沒有告訴我，是吧？」

「我隱瞞妳都是有原因的。」朱槙繼續說：「妳不要生氣了。妳想要什麼，盡可告訴我，我作為賠罪如何？」

元瑾又看到他如潭水般深邃的眼眸，一如往常般讓人深陷，且神情溫柔，看不出絲毫偽裝。

不，他是偽裝的，她不可再被他迷惑了。

「您若是這事瞞著我，那還有多少事瞞著我呢？」元瑾卻說：「或者有什麼與我相關的事？」

朱槙一笑。「沒有的事，莫要胡思亂想。」

元瑾卻繼續掙脫，終於將他甩開，本準備立刻跨出去，卻突然又被他按在牆上。「妳若不好，我便不會放妳出這扇門了。」

元瑾瞪他。「你這可是無賴行徑！」

朱槙並不否認，一笑。「嗯，那又如何？」

「那我自然是不再理會你這……」

元瑾還要說話，他卻看著她紅潤而緊抿的嘴唇，突然吻了下來。

元瑾被他緊緊桎梏，密不透風地圍繞著。他的動作極為強勢，一手按著她的腰，一手抬高她的下巴。一開始是不想讓她說接下來的話，緊接著就是被她唇齒間的甜蜜所徹底引誘。多次都是淺嘗輒止，想等到她及笄，但似乎現在有些不想等了。

反正她也沒多久就要及笄，不如在了結這事後，便真正地要了她吧。

朱槙放開她的時候，元瑾依舊腿軟，靠著他的手臂站著。他問：「可想好了，要些什麼東西，從此便不能生氣了？」

「那我有一個條件。」元瑾頓了頓，終於說：「殿下的弩機室，要允我隨時參觀。」

演武堂的內院是朱槙真正的書房，書房旁邊就是弩機室。

上次朱槙帶她進去，一方面是她喜歡，另一方面的確有一些試探的成分。元瑾要隨時進出弩機室，豈不就是自由進入核心地帶，甚至是他的書房。

朱槙雖並不懷疑她，但他不喜歡凡事超脫他掌控的感覺。

「自由進出恐怕有些麻煩。」朱槙道：「不如妳想去的話，我便抽空陪妳去如何？」

元瑾道：「那殿下若是太忙呢？」

朱槙想了想。「卻也是怕刀劍無眼，傷著了妳。若我沒空，就叫李凌陪妳去？」

李凌其實才是朱槙真正的心腹，朱槙有什麼莫測的心思，他是最清楚的那個人。

元瑾才答應下來。

朱槙笑了笑，從房中選了把弓，又將她的小弓拿起。「走吧，再繼續教妳射箭。」

元瑾問道：「殿下的傷當真好了？」

朱槙嘴角一勾，什麼也沒說，牽著她往外走。

在朱槙看不到的地方，元瑾看著他的背影許久，似乎想到什麼，聲音卻依舊如常。「過幾日我要回一趟國公府。」

「好。」

元瑾在靖王府中無聊，時常回定國公府。朱槙不會在這點上限制她。

元瑾準備了一些送給老夫人的補品和崔氏的點心，才往定國公府去。

誰知她剛一下馬車，老夫人身邊的拂雲就匆匆跑過來。「二小姐……國公爺出事的事，薛夫人一不小心說溜嘴，讓老夫人知道了！」

元瑾聽了立刻皺起眉頭，往老夫人的住處趕，又問：「母親是怎麼知道的？」這樣重要的事，她和聞玉是斷不會告訴崔氏的，不然就崔氏那個大嘴巴，絕對叫所有人都知道了去。

拂雲道：「……是薛老爺跟薛夫人說了靖王殿下受傷的事，連帶著說出口的。」

元瑾揉了揉眉心，對這對夫妻很沒有辦法。眼下糾結是誰說的已經沒有必要，要緊的是怎麼安慰老夫人。

這麼多天了，薛讓是死是活都沒有線索，誰都知道恐怕已是凶多吉少。雖然朱楨還在派人繼續尋找，但是希望的確渺茫。

「老夫人現在如何了？」元瑾問。

「哭得昏過去兩次了，奴婢本來也是準備差人去請您回來的。」

兩人說著，前面已經到了老夫人的住處，還沒有走近，元瑾就聽到一陣哭聲。那聲音撕心裂肺，是老夫人的聲音。

她聽得一陣難受。

元瑾對薛讓的感情自然沒有對老夫人的深，薛讓出事時她雖然也為此焦急，卻只有在聽到老夫人哭嚎的時候，才感覺到難受。

她三步併作兩步跨入正房，見老夫人正躺在羅漢床上，哭得差點要撲在地上。崔氏和薛元珍在一旁又勸又拉，卻也無濟於事。

元瑾幾步上前，連忙將老夫人扶住。

老夫人哭得老眼昏花，都沒注意到人進來，直到元瑾把她扶起來，才知道是元瑾來了。一下子又哭起來，緊緊抓著元瑾的衣袖。「你……你們為什麼瞞著我，為什麼瞞著我啊！」

「祖母……」

元瑾也說不出安慰她的話來。

薛讓是為政治犧牲的，皇帝和朱槙博弈，他卻成了犧牲品。

她只能緊緊抱著老夫人，安慰道：「祖母，您別傷心壞了身子，國公爺只是失蹤，未必回不來。您若傷心壞了，國公爺回來也是會心疼的。您得保重身體，好好等他回來才是啊！」

這話旁人已經說過，老夫人卻活得太清醒，知道十有八九是再也不會回來，因此根本勸不住，依舊哭得天昏地暗。「我就……就這麼一個兒子，就……這麼一個！」

旁邊的薛青山立刻跪下來，抓著老夫人的手。「您若不嫌棄，我便給您做乾兒子，我們一家子都是您的親人，只求您保重身體，不要再這般傷身了啊！」

老夫人緊緊地反握住薛青山的手，這個時候，她也唯有他們可以依靠。而國公府，也唯有他們可以支撐了。

元瑾也跪到老夫人面前。「祖母，您還有我們，還有聞玉呢！我和聞玉一定會竭力把國公爺找回來的，您可一定要等著他回來！聞玉也還小，國公府的許多人事他還不懂，您不幫襯他，他又怎麼過得去！」

為今之計是給老夫人一個精神支柱，給她一個活著的理由。

定國公府本就人丁凋零，老夫人只有薛讓一個兒子，他去了，老夫人哪裡還有什麼活著的盼頭。若說還有聞玉等著她扶持、等著她幫助，老夫人說不定還能有幾分活下去的意念。

這樣一說，老夫人抓緊元瑾的手，問道：「聞玉……聞玉呢……」

拂雲趕緊道：「世子爺去了禮部，應當很快就回來了。」

正說著，外面喧譁聲起，薛聞玉大步進來，徑直走到老夫人面前半跪下。「祖母。」

老夫人抱著他和元瑾，又大哭起來。

元瑾陷入她老人家充滿佛香的懷抱，心裡輕輕地嘆了口氣。這哭和方才的哭是不一樣的，她終於還是有活下去的意志了，不管是為了等國公爺回來，還是為了支應門庭。

哭了一會兒後，老夫人才放開兩人，定了定心神，對薛聞玉道：「這樣不行……讓兒若是一直失蹤，你便不能這樣下去。」她咬咬牙。「祖母要你上書，為自己請封國公爺。」

「祖母！」薛聞玉喃喃說：「您別……父親說不定還會回來的！」

「現在不是婦人之仁的時候。」老夫人卻搖搖頭，雖仍悲痛欲絕，卻開始謀劃。「你要管理你父親留下的那些人手和勢力……只有你強大了，才護得住定國公府……以後等你父親回來，這些東西才不會消失！」

老夫人的確是個頭腦清醒之人，若薛讓出事的消息傳出去，這些原本的勢力說散也就散了。現在就讓薛聞玉繼承定國公之位，還能保得住這些。等薛讓回來後，定國公府不至於沒落。

雖然老夫人不知道的是，薛聞玉背後所代表的勢力，已經比定國公府龐大多了。但這件事後，他就可以站到明面上，運用自己真正的實力，成為獨當一面的人物。

薛聞玉沈默片刻，才應承下來。

他這個人雖然薄情，但是旁人對他好，他便會記在心上。他答應了那就是一份責任，一份絕不會讓定國公府沒落的責任。

元瑾留他在老夫人身邊安慰，她則去了自己的書房，叫徐先生過來見她。

她雖然出嫁了，但她的住處仍然保留著，且老夫人還派人時時打掃，弄得嶄新無塵。

徐先生匆匆趕到，給元瑾行禮。「二小姐。」

自蕭風一事後，徐先生等人就對元瑾畢恭畢敬，將她當作主心骨一般對待。

「我有樣東西要交給你。」元瑾把玩著手上盤的青琉璃珠串，淡淡地道。

「您有東西交代給趙壁轉交便是，又何必親自跑一趟呢。」徐先生笑道。

趙壁便是元瑾身邊的趙管事。

元瑾卻沒說話，只緩緩從袖中拿出一張圖紙，展開後遞給徐先生。

徐先生一看就驚訝了，隨即立刻合上，對元瑾拱手，激動之情都有些按捺不住。

竟然是朱楨的軍事部署圖！

「多謝二小姐！老朽本還沒報什麼希望……只是您……究竟是怎麼取到的？」徐先生有些疑惑，雖然他之前有所請求，但並未想到元瑾能弄到手。畢竟她身邊的人可是靖王朱楨。偷他這樣機密的東西，絕非易事。

「說取到的倒也不盡然。」元瑾道。

她其實有非常周全的計劃。

朱楨既是心思極多的人，那她利用的便是這點。

她給朱楨送藥，致使他心存疑慮，而她怎麼會蠢到真的給朱楨下藥？由此他便心存愧疚。在朱楨追過來時，她便藉此提出要求。

朱楨雖然愧疚，卻也果然不會同意她單獨進入書房。但這不要緊，李凌畢竟是個下人，元瑾去哪裡，他不敢寸步跟著。

自然，元瑾並沒有冒險到去偷，她恰好對圖像也有過目不忘之能，雖然沒有聞玉記得那樣快。

第一次拿到部署圖時，元瑾便記了一半，當時猶豫，沒有記完另一半。

而她上次趁著李凌不注意時，已經將另一半記完。她並沒有將圖取走，那麼朱槙也就發現不了。

「這份是我默下來的。」元瑾道：「不過只有一半，你們將就著用。」

這不是輕易得來的東西，元瑾也沒有全然交給徐先生，完整的部署圖就在她腦海中，誰也不會告訴。

「已經是極難得了！」徐先生道。

「另外，我還要你們幫我做一件事。」元瑾淡淡道。

「二小姐儘管吩咐。」徐先生拱手。

「這事，說來可有一點冒險啊……」元瑾笑著，眼中閃過暗芒。

那些對不起她、對不起太后的人，現在，她要一步步地報復他們了。

徐先生笑了起來。「瞧二小姐說的……咱們做的本來就是腦袋別在褲腰帶上的事，您儘管吩咐就是。老朽赴湯蹈火，在所不辭！」

「那便好。」元瑾道：「如今我們可有人能接近皇上？」

她把玩著琉璃珠子，看到徐先生似乎在沈思，隨後告訴她。「倒是有，不過是個宮女。」

「那無妨。」元瑾笑道：「不過眼下我要見一見太子，徐先生先去安排吧。」

半個時辰後，元瑾已經坐在上次來過的那個院子裡。

院子裡依舊在煮茶，茶香四溢。

這次卻有個女子跪地服侍元瑾吃茶，片刻後，元瑾又聽到腳步聲響起。

她微微嘆氣，問那女子。「姑娘，有茶點嗎？」

很快地，朱詢就跨門進來，他穿著太子燕服，坐在元瑾對面。

「王妃娘娘今日又找我，想必是有什麼重要的事吧？」朱詢笑道，眉眼間有種年輕的凌厲。

這和朱槙是不同的，朱槙的冷酷凌厲，是藏在溫和面具下的。

否則，她也不會被騙這麼久了。

元瑾只是喝茶。

面前坐著的是她不共戴天的仇人，而不遠處他的對手也是她的仇人，且是她有著更多複雜情緒的敵人。眼下她需要同弱小者結盟，否則等強勢者將弱小者吞沒，就沒她什麼事了。

她將利用兩邊的矛盾，將弟弟扶持上位。

說真的，若朱槙只是利用她作為遮掩、作為藉口，元瑾倒也覺得沒什麼。只是上次宮中落水一事，現在想來的確疑點頗多。徐貴妃為何要殺她？莫非真是朱槙動的手腳？否則他何以將那些人處置得這麼快，幾乎一個活口都沒留。

只要這樣一想，她心中仍然莫名地鈍痛。

現在，不是該留情面的時候。

「殿下不急。」元瑾道：「殿下匆匆自宮中趕來，想必還沒吃午膳吧？」

說著，方才煮茶的姑娘已經端著托盤走進，跪在兩人身側，將裡面的素餅、豌豆黃、煮花生和滷牛肉放下，才屈身退了出去。

「妳怎知我沒吃午膳？」朱詢拿起筷箸。

元瑾心道卻也不難，她叫得匆忙，正是要進午膳的時候，朱詢現在不敢輕慢她，自然是很快就趕過來了。

「凡事何必刨根問底呢？」元瑾淡笑道。

朱詢越來越覺得這個靖王妃神秘莫測。她給的意見的確不錯，所以他才趕緊來見她。他一邊吃一邊道：「王妃娘娘有什麼事盡可說。現在時局緊張，妳不能在此久留。」

元瑾只是一笑。「那我要的東西，殿下可帶了？」

朱詢從袖中拿出一張圖。

他看著元瑾，只見她低頭凝視著圖，看了許久後，卻無端地笑起來，抬起頭說：「殿下莫不是誆我？

「有些地方分明就是兵力虛弱點，殿下卻毫不設防。」元瑾喝了口茶。「給我看假的兵力部署圖，殿下合作之心怕是不誠吧！」

朱詢才一笑。「二小姐哪裡的話，我只是拿錯罷了。」他從另一袖再拿出一張紙鋪展開。

元瑾這才眼睛一瞇。

這份果然是真的！

並且他的稱呼也變了。

朱詢倒也明白事不過三的道理，他倘若再表現出懷疑，恐怕就會寒了旁人的心。

在重生後的這一年中，元瑾同聞玉一起學行軍布陣，加上還有太后為她打下的基礎，更有朱槙的親身指導，眼下比之一個幕僚也不相讓了。但她和普通幕僚的不同之處在於，她無比了解朱槙。

她在前世就已經同朱槙交手數次，眼下又得他親身指導許久，對他的用兵、陣法和布局都非常熟悉。

「殿下對自己的部署圖有何想法？」元瑾先問。

朱詢實在覺得新鮮，竟和一個姑娘討論這些，這讓他想起姑姑。當年，他也是這樣和姑姑一起討論的，且姑姑也很強勢，說起來，比現在的薛二姑娘還要強勢。

「想法什麼的，卻也不好說。」朱詢嘴角一扯。「二小姐先說？」

「西北兵力太弱，靖王是個喜歡側面突圍的人。」元瑾懶得跟他賣關子。「殿下不應把兵力放在主場。另外，到了開戰的時候，京衛勢必會接應靖王，殿下手中不過是金吾衛、羽林軍、神機營和保真衛，靖王手裡是錦衣衛、千軍營、京衛以及山西八萬親兵，還有顧珩手中的宣府衛兵。殿下雖防禦了錦衣衛、千軍營等，可防衛了京衛？」

朱詢眼中微閃，那一瞬間的眼神，元瑾並沒有看見。

他緩緩說：「說得不錯，不過薛二小姐出自普通官家，本宮能否一問，這些事薛二小姐是從何處習得？」

像，實在是太像了。

就連行軍布陣都這麼像！

這讓朱詢的心蠢蠢欲動起來。他太過思念她，太想要得到她了，而以前那些所謂像她的人，不過是容貌或氣質有幾分相似，但面前的女子不同，她雖然容貌上絲毫不似，但內裡卻相像得讓他感覺是同一個人。

「殿下問這麼多，可是不想聽了？」元瑾淡淡道。

「哪裡的話。」朱詢一笑。「只是好奇二小姐在這上面的精通罷了。不過二小姐能否再仔細同我說說，該如何防禦京衛呢？」

元瑾看他一眼，能感覺到一絲他的變化。

但眼下大敵當前，他只能專注於局面，不會真的去在意或查探，這點元瑾是明白的。

而她需要做這些事，無可避免，那便不掩藏了，不然反而是此地無銀三百兩。

元瑾將自己的戰略布局說了一遍。其實並非她比朱詢他們的幕僚更優秀，而是她比那些人更懂朱詢和靖王。

朱詢聽完後也慎重起來，他不得不承認，元瑾的確聰明，且極有軍事素養，她所說的法子正是可行的。他們雖已重傷朱槙，但兵力上仍然不好制衡。有了這個布局，便足以對敵了。

「殿下的動作，是否也要加快了？」元瑾笑道：「需知夜長夢多之理。」

「二小姐說得極是，我們也是這般考量。」朱詢道：「後日就是先帝的生辰，不過今年皇上並不打算操辦，只說邀自家人聚聚便罷了。不知到時候二小姐來不來？」

「殿下這般一說，那我那日恐怕是不得空了。」元瑾站起來。「如此，殿下既已全知曉，我便告辭了。」

元瑾站起來往外走，不知朱詢在背後看她的目光，變得深沈似海。

第六十二章

夜色漸起，天邊浮出淡淡的星子。

靖王府的大廚房裡，一干的廚子、老媽子們正在忙碌。因為下午湛堂突然傳話，說王妃娘娘要親自下廚，做飯給靖王殿下吃。

他們哪裡能不慎重，王妃娘娘要親自來做飯，這簡直比做飯給娘娘吃還要麻煩。廚房被收整一新，王妃娘娘可能要用的配菜俱洗得乾乾淨淨，切得整整齊齊擺好，而他們則嚴陣以待地站在一旁，等著王妃娘娘吩咐。

其實元瑾也不是突發奇想，是今兒朱槙說：「我教妳箭法，還教妳讀書，怎沒見妳回報我一點什麼？」

元瑾的確在學射箭，所謂的教元瑾讀書，卻是他屋中的一些閒書，元瑾偶爾無聊看看，有不懂的問題會去問他。

元瑾想了想，問道：「那殿下想如何回報？」

朱槙道：「……妳有什麼擅長的？」

元瑾道：「也沒什麼特別擅長的，不如我親自下廚，做兩道小菜給殿下吃？」

朱槙聽了笑容微有些僵硬，頗有種搬石頭砸自己腳的感覺。見元瑾等他回答般地看著他，只能說：「……那，自然好。」

元瑾便挽起袖子洗了手，進了廚房。

身後的紫蘇和柳兒則對視一眼，暗道不好。其實元瑾平日在家中，還挺喜歡做飯的，但在家中根本不是她動手，所以她對自己的廚藝沒有明確的認知。但這手藝，可不能讓靖王殿下嚐了去。

兩人趕緊跟上去，屏退廚房中的眾人，說王妃娘娘身邊有她們幫忙就好。

元瑾將魚片下鍋煮了一鍋魚片湯，上頭撒了點香菜作為點綴。她再另用一灶，炒了一道溜肝尖兒，以及一盤茭白炒蛋，模樣倒也不錯，畢竟菜什麼的都是大廚們早就切好的，火候也是專門的燒火丫頭管著，還有紫蘇和柳兒幫忙看著。

這樣裝了一托盤，元瑾才叫下人端著，浩浩蕩蕩地往湛堂去了。

屋中，朱槙正在看書，聽到元瑾的動靜才抬起頭。

只見元瑾跨門而入，身後帶著的丫頭將幾盤菜一一放在桌上，並兩碗上好的竹溪貢米所蒸的香噴噴米飯。

朱槙看著元瑾做好的菜，慎重地審視一番。

元瑾則面帶微笑。「殿下怎麼了？」

難道他又在疑心她會動手腳？

「沒什麼。」朱楨笑了笑。「坐下一起吃吧。」

他不是懷疑元瑾下毒，而是在娶元瑾前，老丈人特地交代過他，別的都好，唯一一點是千萬別讓元瑾做飯。她不光做得難以入口，還不許別人說她做得難吃，所以內心隱隱有所擔憂。

元瑾依言坐下來，先挾了一筷子魚片吃了。

朱楨也挾了茭白炒蛋，定神許久才放入口中，發現並未像老丈人說的那樣要命，也還是不錯的，才鬆了口氣，十足地誇了元瑾兩句。

元瑾笑了笑。「殿下若喜歡，我日後常給您做。」

兩人如市井的普通夫妻般相對而坐，桌上擺的是再平凡不過的小菜。食不言，寢不語，兩人都安靜地吃飯，朱楨不時給她挾魚片，屋內有種淡淡的溫馨。

元瑾一邊吃飯，一邊抬頭看朱楨。

他的食量頂得上三個她，菜其實幾乎都是他在吃。他穿著家常的長袍，面容英俊，濃眉如刀，卻是同她對坐吃飯，吃的還是她做的小菜。

輕輕的咀嚼聲、筷箸相碰的聲音，讓他顯得無比真實、無比貼近。

若是在五年前有人告訴她，她會嫁給靖王朱楨，並且與他同桌共食，元瑾只會以為那人瘋了。

而現在，這個殺神就坐在她對面，吃她做的飯，還時不時給她挾菜。

元瑾微垂下眼，眼中波瀾微起。

不久後，李凌再度進來匯報事情，朱槙就先出去了。

他似乎不願意讓元瑾聽見這些權力鬥爭的骯髒事情，在外面的廳堂同李凌說話。而元瑾在他走後也沒挪動，她耳力極好，朱槙也沒刻意戒備她，因此隱約能聽見兩人的對話。

「屬下查過了，不管是太子還是蕭風的軍隊，最近都沒有出現新的兵械，那弩機出自何人之手，不得而知……倒是太子有些反常，將原本防守咱們山西親兵的保真兩衛人馬撤回，停留在城外的山丘上。」

朱槙平靜道：「怕是朱詢手裡有個高手。」

李凌的語氣有些遲疑。「那能是誰？他們的幕僚並無什麼變動。」

朱槙低低一笑。「既是高手，自然要做足神秘之態，豈會輕易現身？且等著吧，等他浮出水面再說。」

元瑾聽到這裡，用筷子輕輕撥了兩下飯。

緊接著他們說話的聲音就聽不見了，元瑾見菜也吃得差不多了，就叫紫蘇把菜撤下去，將她的笸籮拿上來。

前些日子，她打算給朱槙做一雙鞋。也不知道為什麼，突然想給朱槙做鞋，第一雙，也可能是最後一雙了。

她拿石青絨面的料子做面，千層布的軟鞋底，已經做了大半。加緊些做，想來這兩天應該能做完。

她出嫁前被崔氏突擊過針線，繡花也許還不行，鞋卻是能做得很好的。崔氏叮囑過她許多次。「妳嫁了人，一針一線都不給夫君做，只會顯得你們夫妻不親密，會做雙鞋總是好的。靖王殿下長年行軍打仗，也是費鞋。」

朱楨從外面進來時，就看到元瑾在做鞋。

尋常人家裡，妻子做這些是理所應當的，只是他從未見元瑾做過，倒也覺得新鮮。蠟燭的光芒朦朧，元瑾的頭髮只綰了個簡單的髮髻，側臉溫柔。微鬈的睫毛低垂，眼瞳明亮而清澈，仔細地看著走針，不時用針撥兩下頭髮，讓朱楨想起小時候，孝定太后就常為皇祖父做鞋。

他一看，就滿心溢著柔和。

他走上前，在她身邊坐下。「妳在給誰做鞋呢？」

元瑾道：「殿下看不出大小？」

這樣大的腳，不是他的還能是誰的？

朱楨笑了笑，原來真是做給他的。

他又問：「妳知道我穿多大的鞋？」

「不知道。」元瑾道。

「那做來我如何穿得？」

元瑾抬頭，似乎有些莫名其妙地看他一眼。「我拿您的鞋來比照著做的，您怎麼會穿不得？」

說完倒是嫌棄他礙著她的事一樣。朱槙不再說話。

朱槙坐在她的身側，他身材偉岸，頓時就擋住她大半的燭光。

既沒有看書，也沒有去演武堂見幕僚，元瑾覺得有些奇怪，就抬起頭，發現朱槙正看著她。

她問道：「怎麼了？」

「沒什麼。」朱槙輕描淡寫地說：「明日的先帝忌辰，妳就不去了吧。」

元瑾道：「那……皇上難道不會怪罪？」

「他不會的。」朱槙似乎是一語雙關，隨後又說：「明日我會派五百精兵秘密送妳回定國公府。妳就留在定國公府，暫時不要回來。」

元瑾聽到這裡，面上更露出幾分忐忑，抓住朱槙的手。「殿下，究竟怎麼了？」

他的手極寬厚，是練家子的手，剛勁有力。但在她手中，他的手非常放鬆。

朱槙只是笑了笑。「先帝忌辰很是枯燥，妳去了也沒什麼好玩的。」

元瑾沒有再問下去。

朱槙靠著迎枕，開始閉目養神，或是在沈思什麼，只是元瑾是不會知道的。

她看著朱槙英俊的面容，表情平淡，眼底卻微有波瀾。

朱槙防備、利用自己，為何最後還會讓她回定國公府？她若是跟著一起進宮，分明對他更有利。

他莫不是……在意她的生死？

元瑾想了很久，最後還是垂下眼眸，繼續做她的鞋面。

第二日晨起，朱槙換上正式的親王冕服，鄭重地穿著一新。他不知道用了什麼法子，讓自己的面色顯得有些蠟黃，嘴唇發乾，一副久病未癒的樣子。

元瑾給他整理革帶，將當初他送給她的那枚玉珮，繫在他的腰間。

朱槙也看到了，笑道：「這是做什麼？」

元瑾摩挲著那枚普通的青玉玉珮，道：「您身為靖王，身邊之物必定都是價值不菲，卻將這塊普通的玉珮一直留在身邊，代表它對您定有不一樣的意義，所以給您繫著祈福。它究竟是什麼來歷啊？」

朱槙沈默片刻，才道：「不過是個普通之物罷了。」

元瑾笑了笑也沒有多問，站起身。

這時，外面有人隔著房門通傳。「殿下，太子殿下來了。」

朱詢怎麼會這時候來了？

朱槙聽了面色不變，淡淡道：「叫他先在前廳等著吧。」他看了元瑾一眼。「妳現在立刻從偏門出府。」

「殿下……」元瑾微咬了咬唇。「怎麼了，我還是送您離開吧？」

「現在就走。」朱槙再重複一遍，帶著毋庸置疑的堅決。「立刻！」

元瑾後退一步，讓紫蘇趕緊收拾要帶回定國公府的東西。

「不要收拾了。」朱槙向外喊了一聲。「宋謙！」

宋謙進來，朝朱槙拱手。

「立刻帶娘娘回定國公府，你親自護送。」朱槙吩咐道。

宋謙拱手應諾，虛手一請，看來很早就做好了萬全的準備。「娘娘，您請。」

元瑾最後再看朱槙一眼，朱槙看她惶惶不知發生什麼事的樣子，又安慰般地對她笑了笑。「我無妨的，妳去吧。」

元瑾才帶著紫桐幾人出了湛堂，坐上馬車，一路從靖王府的偏門出去。

等她走後，朱槙才整理衣裳，表情變得淡然，對身側的李凌道：「走吧。」

朱詢正在前廳外等著，既沒有進去喝茶，也沒有坐下，身後還站著大批羽林軍。

這像是請人？押送還差不多。

朱槙眼中平靜而冷酷，嘴角卻揚起一絲淡淡的笑容。「姪兒怎麼親自來了？這皇宮怎麼走，叔叔也不是不知道路。」

「叔叔此言差矣，是父皇惦念著皇叔身上有傷，才叫姪兒來護送，免得路上出了差池。」朱詢也和煦地笑道。

朱稹看著朱詢，突然想起第一次看到朱詢時的情景。

他站在蕭太后身邊，微低著頭，顯得謙卑又恭敬。一個庶出身分低微的皇子，若不是被丹陽縣主扶持，進而入了太后的眼，便連今天的地位也沒有。而後朱楠告訴他，朱詢因為太后不將他議儲，已經同他站在一列。

朱楠許了他太子之位的時候，朱稹問了他一句。「那蕭太后為什麼不將他議儲，反而選了德妃所出的六皇子？」

朱楠愣了片刻，他從未仔細思考過這個問題。但太后的心思誰能說透呢？左不過是覺得三皇子的天資不如六皇子罷了。

但朱詢的天資真的不如那個當年還不足十歲的六皇子嗎？這怎麼可能！朱詢後來幹的一樁樁、一件件事情，無不證明他是個聰明絕頂，且善於隱忍，也能十分心狠手辣的人。

導致朱詢背叛蕭太后的直接原因，是因為蕭太后沒有將朱詢選為太子。

但是，朱詢幾乎是她從小看到大的，與她的親姪女丹陽又無比親近，又有這般的野心和才華，為何蕭太后會不選他作為太子，反而讓朱楠鑽了這個空子，推翻了蕭太后的統治。

朱楠並不知道為什麼。

朱稹幾乎也沒有想透，無論他幾次把自己放在蕭太后的位置上，都覺得應該要立朱詢才是。

蕭太后既然不肯用朱詢，那勢必有她的道理。

朱楠若是使用不當，小心會被毒蛇反噬。

「何必麻煩姪兒，」朱楨笑道：「我也沒有傷到連自己去皇宮都不行的地步。姪兒先回吧，我隨後就到。」

朱詢仍然笑著。「叔叔莫要強我所難，我是奉了父皇的命令來接叔叔的，叔叔若不跟我去，我怎好跟父皇交差，豈不就是抗旨不遵了？」

他這抗旨不遵卻是兩種涵義。一種是說自己，另一種卻是在說朱楨。

朱楨輕輕一嘆，似乎不想再同他爭辯，只無奈道：「既然如此，姪兒前方帶路吧。」

朱詢同朱楨的人馬很快就上路了。

另一頭，元瑾在馬車上睜開眼睛，淡淡地道：「他出府了？」

同在馬車上的趙管事嗯了一聲，恭敬地問道：「二小姐，那咱們現在怎麼辦？」

「靜觀其變。」元瑾說完就閉上眼睛。

到了定國公府，元瑾被人扶下馬車，她看到身後跟著她的五百精兵，低聲吩咐宋謙。

「你帶他們去前院歇歇吧，不必跟著我。」

宋謙遲疑。「娘娘，可是這……」靖王殿下早已囑咐必要親身跟隨的。

「去吧，後院不能進人，也別驚擾了老夫人。」元瑾說著，徑直走入院中。宋謙有些不知所措，本來殿下的意思是他自此後就完全跟著娘娘，只聽娘娘一個人的吩咐，可現在娘娘的吩咐和殿下衝突，他不知道該怎麼辦？

他招手示意，讓大家分列前院，嚴陣以待便可。

隨著元瑾踏入內院，徐先生幾人立刻迎上來。

「二小姐。」徐先生十分畢恭畢敬。

這不僅是因為元瑾的確幫了他們許多，更有的是對元瑾實力的尊重。一個普通的閨閣女子，是決計做不到，也不可能做到那些事的。

其實徐先生也曾有過疑慮，他也問過薛聞玉，但薛聞玉半個字都沒有說。最後他決定不去管這些了，只要二小姐是幫著他們的，她是什麼來頭並不重要。

元瑾卻一直不語，直到進了書房，才問：「聞玉現在在宮中？」

「正是，計劃終於要開始了。」徐先生道。

元瑾深吸了一口氣。「府中各處的佈置可都到位了？」

「二小姐儘管放心，就連老夫人、夫人等幾人，我們都是嚴密保護，絕不會讓人有空隙可鑽。」徐先生低聲道：「就是您帶回的五百精銳，是不是要……」

元瑾搖頭。「不必打草驚蛇，先將他們暫時安置吧。」

徐先生眉頭微皺，但是元瑾已經吩咐，他也只能言聽計從。

宮中已擺起了祭祀臺，上了三牲祭品、瓜果點心，鴻臚寺佈置好一切禮儀，由穿著袞冕服的天子、皇后先給先帝上了頭香，再是太子和朱楨相繼上香。

一早還不覺得熱，不過一會兒就烈日炎炎起來。

大家都穿厚重的正式禮服，不一會兒就曬得汗流浹背。朱楠和朱詢還好說，朱楨卻一副大病未癒的樣子，額頭竟還曬出了汗，嘴唇更白了一些。

「朕看皇弟似乎有些不好。」朱楠道：「不妨隨朕回乾清宮稍坐吧。」

「無妨。」朱楨卻道：「自然是孝道要盡全。先帝在時我還小，未曾盡孝床前，現在更要做足才是。」

等撐過了全部禮儀，朱楨才由李凌攙扶著，前往乾清宮小坐。

「其實今兒先帝生辰祭祀，除了想與弟弟盡盡孝心外，還有一事，要同弟弟商量。」朱楠在為首的龍椅上坐下，皇后緊隨著坐在左下的椅子上。

朱楠說話的語氣一派和煦，宛如一個真正關心弟弟的兄長。

朱楨則抿了口茶，似乎因此嗆水又犯了咳嗽，用手巾捂著嘴，好一會兒才過了咳勁，叮囑李凌。「我看我這病，茶水如今也喝不得了，叫人端杯白水來吧！」

朱楠笑容微僵。

茶水有味，可以掩蓋一些東西。但是白水無味，想動手腳是不可能的。

等白水上來，朱槙才喝了口，笑道：「方才皇兄說有一事要同弟弟商量，儘管說就是了，皇兄和我之間何必講究這些。」

「其實這事……唉！」朱楠突然重重地嘆了口氣，對外面招手。「來人，宣太子上來。」

朱槙眉毛微微一動，不知道朱楠究竟在耍什麼花招。

片刻後，太子朱詢進來了，跟在他身後的……朱槙眼睛微瞇，卻是一個被打得鼻青臉腫、手被綁縛在身後的人，那人被人押著進來，他未曾見過。

幾個人都給朱楠行過禮，朱詢才對朱槙道：「不知皇叔是否還記得，年前皇祖母壽辰時，母后宮中起火一事？」

朱槙淡淡道：「過去幾個月了，一時竟記不大清楚了。」

「皇叔是貴人多忘事，」朱詢卻繼續道：「前兩天，我們審查錦衣衛，從巡守的錦衣衛中抓了個人出來，發現此人手中有母后宮中之物，形跡可疑。於是仔細審問，才知道他當真是景仁宮縱火之人！只是他一個小小人物，即便想偷些零碎，又怎會去燒宮宇。如此再問，他卻說是皇叔您叫他動手的！姪兒聽了也是震驚不已。」

朱槙終於明白朱詢要做什麼。

他看向朱楠。「難不成皇兄相信這無稽之談？」

他一個藩王，與皇后遠日無怨、近日無仇的，為何要平白燒她宮殿，和一個婦人別苗頭？他們這理由找的，未免也太荒唐滑稽了。

「朕自是不信的。」朱楠道：「所以才找你來說個清楚，免得我們兄弟間留了什麼嫌隙。畢竟你皇嫂待你一向和善，你怎會因為存有謀逆的心思，而燒毀她的宮宇呢！」

朱楨聽到這裡，嘴角泛起一絲冷笑。

朱楠這話看似在與他分辯，其實句句指向這事就是他做的。

他沒有說話，那被五花大綁的錦衣衛卻迫不及待地申辯起來。

「陛下，您可一定要聽我一言啊！是靖王殿下存有謀逆的心思，否則小的怎敢去害皇后娘娘！橫豎小的都是一死，爛命一條的，我也不怕了！殿下知道，皇后娘娘是您的左膀右臂，您若沒了皇后娘娘，那他收拾您就方便了，所以才下手的啊！」

皇后聽到這裡，面色也蒼白起來，有些不可置信地看向朱楨。「靖王，本宮一向待你不薄，難道你真的……」

朱楨身後帶了三人，除了兩個人高馬大的侍衛，還有便是李凌。這時候李凌半跪下開口。「請陛下切勿相信奸人所言，誣衊了我們殿下。我們殿下想來對陛下都是盡心盡力的，不會害皇后娘娘！」

那人又忙道：「陛下若是不信，將錦衣衛錢副指揮使抓來詢問便可知，靖王殿下是直接吩咐他的！」

「行了。」朱楨不想再聽這齣拙劣的鬧劇，他抬頭淡淡地道：「皇兄，讓他們退下吧，我單獨同皇兄和皇嫂說。」

朱楠面色微動，想了想，示意朱詢先把人帶出去。

他仗著朱楨有傷在身，並不能做什麼，所以才敢與他共處一室。而朱楨說的有些話，可是旁人不能聽到的。

皇后卻是手指發抖。「怎麼，靖王可是心虛了？本宮是當真沒想到，你竟然存著想害本宮的心思……」

「皇后娘娘，能否請您現在先閉嘴片刻。」朱楨笑了笑，轉向朱楠。「皇兄，臣弟做了您二十多年的弟弟，可以說沒有對不起您的時候吧？」

「弟弟這話怎麼說？」朱楠的表情有一絲僵硬。

朱楨卻不管不顧，繼續往下說：「我十幾歲時，您已初登帝位，西寧戰局不穩，我為您征戰西寧，落了一身傷病。母后讓我輔佐您，這些年我未有半點反心，一心一意地幫您穩固邊疆，亦沒有絲毫抱怨。您的皇權被蕭太后和蕭家所挾制，您想除去她做一個真正的皇帝，我辛苦替您謀劃、布局，除掉蕭太后，使您能坐穩這天下，更使母后能安心。現在——我問您，這些事對您來說，是沒有絲毫情分可言的，對嗎？」

「弟弟言重，你為朕做了這些事，朕亦沒有虧待你。」朱楠的面色也漸漸冷淡下來。

「這天下，你就是一等一的藩王，山西、西北的軍權盡收你手，你說一，無人敢說二，你榮華富貴享盡，想要什麼就有什麼。難道朕——虧待你了嗎？」

朱楨聽了笑了笑，神情無比戲謔。

「沒有虧待我？我的好哥哥，我十幾歲那年，初征西寧得勝歸來，您就給我賜了一樁婚事，我本不喜歡那女子，不過您賜婚我也無從反對。結果卻讓我發現，她暗中給我下藥，竟然想叫我斷子絕孫！而這一切，其實都是您吩咐的，因為我若沒有子嗣，自此後便對您的皇位沒有威脅了。我說的可對？」

「你……」朱楠面色頓時一白，他不知道朱楨竟然知曉此事！

「皇兄看上去似乎很驚訝的樣子啊，大概沒有料到我知道吧。」朱楨淡淡道：「您知道我第一次發現的時候，有多寒心嗎？我想不到我至親的哥哥，竟然這般未雨綢繆，對自己不到及冠之年的弟弟下這種死手！」

皇后的嘴唇也發抖起來，因為當時賜婚給朱楨的王嬙是她的表妹，兩人間的關係很近。如果朱楨知道，這個本來就是勉強娶回來的女子還給他下毒，他會是什麼反應？

「所以她根本不是害病而亡的……」她喃喃道，目中閃過一縷精光，抓緊扶手。「是你……是你殺了她！」

「皇后娘娘為何如此激動？」朱楨平靜道：「該激動的應該是我才對，我的親兄弟想殺我，我應該怎麼做？不如皇后娘娘教教我？」

朱楠目光凝重地掃過朱楨。「此事已經過去快十年，你有何證據，能證明是朕授意的？」

朱楨幾乎要笑起來，又繼續說：「這還沒完呢，我繼續替您守衛邊疆、鏟除異己、背盡黑鍋。而皇兄呢，現在對手已除盡，邊疆穩固，就想要除去最後一個隱藏對手——那便是我，我說的對吧？暗中派人將我刺殺成重傷，誣衊我妄想謀反，設下了這場鴻門宴，以便將我一舉拿下。」

「你……」朱楠本來就無能，目光陰沈，卻說不出什麼來。「你那都是信口雌黃……是胡說！你本就在暗中謀劃要奪取我的帝位，朕這一切都是反擊！」

皇后卻更清醒，皇帝這時候跟朱楨爭這些有什麼意義？朱楨身受重傷，外面都是他們的人，趁此機會一舉將朱楨拿下，那豈不是更省事？

她霍地站起來，冷笑道：「好你個朱楨，你巧舌如簧，不就是想逃脫你謀逆篡位的罪責嗎？你火燒本宮的宮殿是真，想謀害本宮是真，這一切皆有見證。如今這時候，你還想狡辯，還想將罪責推到皇上和本宮頭上？來人啊！」

朱楨卻站起來，淡淡道：「皇嫂，妳怕是說得不真啊！」

「哼！」皇后冷笑。「你早已覬覦帝位已久，還想謀害本宮，這是謀逆的死罪，你是死不足惜，有什麼地方不真的！」

朱楨走到她面前，露出一抹絕對冷酷的笑容。

皇后突然覺得心中一慌，彷彿有什麼地方不對，但是沒等她反應過來，眼前突然白光一閃——

她的眼睛瞪得老大，似乎是不可置信，但是已經半個字都說不出來。
瞬間，一顆帶血的、眼睛睜得老大的頭顱，已經從皇后的身子上落下，骨碌碌地滾到朱楠的腳下。
「啊！」朱楠慘叫一聲，嗖地從龍椅上躥起來。
朱楨將自己刀上的血擦乾淨，對朱楠露出一個冰冷的笑容。
「皇兄，方才您說我謀害皇后，我還覺得不服氣。不過眼下，您可以這麼說了。大家都親眼所見，我似乎也沒有什麼要反駁的地方。」
朱楨瞥了一眼地上皇后的頭顱。
「你……你這個瘋子！」朱楠渾身都在顫抖。
他哪裡拔出來的刀！方才不是搜過身的嗎？
而且朱楨這樣哪裡像重傷了，他仍然身手矯捷，單手能砍斷一個人的頭！他根本就沒病，不過是一直在裝病等他上當罷了！
這個瘋子，他竟然真的當面砍下皇后的頭！他根本就沒想過跟他這皇兄來軟的，他這個人的性格就是如此邪性，從不回頭。一旦是他認可的事，用盡手段都會去完成。
這才是一直讓朱楠害怕的地方。
而守在外面的朱詢面色一變，暗道一聲「不好」，道：「衝進去！」
外面早有金吾衛嚴陣以待了。

金吾衛撞開大門，湧入大殿中，但是上方已經傳來朱楨冷酷的聲音。

「都不許動！」

只見朱楨單手箝制著朱楠，另一手拿著把寸長的刀，架在朱楠的脖子上。那意思很明顯，若是金吾衛要準備上前，他手底下的刀就不會留情面。

金吾衛投鼠忌器，自然一時半會兒不敢動。

朱楠面色發白，這時候的他無比怕死，顫抖道：「都別動……」

他能感覺到，弟弟的手臂如鐵一般制住自己，那把刀的涼意逼人，讓他想起方才這把不起眼的刀，是怎麼一瞬間砍斷皇后的脖子。

「朱楨，你這可是大逆不道的死罪！」朱詢冷著臉大喝，目光也迅速將殿內打量一遍，立刻就看到皇后的屍首分離。雖然他一開始也預料到這個情況，卻仍然覺得一股寒意席捲上來。

朱楨果然不是一般人！

他的確有當年一刀斬了寧夏總兵的頭的風範。

「你趕緊放開皇上，若是皇上開恩，還可以饒你不死！」朱詢道。

「對，皇弟！」朱楠連忙道：「你放開我，我不僅饒你不死，還赦你無罪，賜給你十萬金！」

朱楨露出冰冷的笑容。

他之所以對這個計劃有把握，那就是他深刻了解朱楠這個人，是多麼陰狠，又是多麼貪生怕死、懦弱無能。不就是死了個皇后，也能將他嚇得屁滾尿流。這天下若不是他身邊的能人，早就換人坐了！

「皇兄，現在讓我放開你也可以。」朱楨說：「不過，你得親自寫個退位書。這皇位，你怕是坐不得了！」

「這怎麼行！」聽到朱楨最後還是瞄準了他的皇位，朱楠脹紅了臉。「朕別的……別的條件都能答應你，唯獨這個，皇弟，這是大逆不道的！」

朱楠說完這句話後，明顯感覺到朱楨的刀逼近自己的脖頸。

他頓時把剩下的話嚥了回去。

而朱詢似乎不能再等下去了。「來人，朱楨這個逆賊死不足惜，要先把皇上救下來再說！大家先殺反賊，誰若是殺了朱楨，本宮便許他侯位，榮華富貴享用不盡！」

重賞之下必有勇夫，很多人一聽侯位，腦子就熱了，立刻就要上前。

朱楠分明感覺到，朱楨的刀離自己的脖頸更近了，彷彿立刻就要割斷他的喉嚨！

他大喊道：「都給朕站住！誰也不許上來！否則朕誅他九族！」

「父皇，現在不是逞勇的時候！」朱詢卻道：「您一個人對付不了朱楨，兒臣等才能幫您對付他！您莫管，我們必能護您周全！」

朱楠似乎覺得有一絲不對勁，但又說不出來，只陰沈地道：「混帳東西，都……都不許上來！」

朱楨卻看明白了，朱詢恐怕早就看穿他的傷勢已經好了。他不是想救朱楠，他是想乘機把朱楠和自己全部除掉，這樣他便能直接登上帝位，也再沒有任何人能阻止他！

這撿來的狗，的確養不熟。他心腸的確狠毒，誰也不想留！

朱楨笑道：「太子殿下，你心細如髮，想必我這病重的拙劣演技，你早也看穿了。你一直不言，怕就是等著這一刻吧！」

朱詢根本不為所動。「你這亂臣賊子的挑撥離間，無人會信的！」

朱楨也根本不和他爭，只道：「太子殿下，你回頭看看。」

朱詢回過頭，發現不知什麼時候，他帶領的金吾衛外，竟已圍了一圈錦衣衛，個個手中持有弩機，正瞄準他和金吾衛。

他的面色才真正變了。

「現在，還請太子殿下束手就擒吧。」朱楨平靜道。

朱詢面色轉了又轉，錦衣衛早已調離宮中，朱楨是怎麼讓他們潛伏進來的？這人實在心思詭異！

這時，不遠處快步走來一個太監，他也沒走近，就在人牆外跪下來。「靖王殿下，太后娘娘有請。」

這宮裡的事鬧得這麼大，淑太后肯定聽到了，兩個兒子自相殘殺，她能不管嗎！

朱楨自然不會這時候走，只道：「母后有話不妨來這裡說，我卻是走不開的。」

那太監卻繼續道：「靖王殿下，太后娘娘說了，她三尺白綾已經繫好，您若不去，她便自盡了斷。料想您有親生母親的屍骨鋪路，這登基之事，走得也算平坦吧！」

淑太后在威脅他！

朱楨知道，淑太后之所以沒有前來，就是想以死相逼，讓他放過朱楠。

太監似乎看出朱楨的心思，加了一句。「太后娘娘說了，這絕非恐嚇。奴才也說一句，太后娘娘的三尺白綾，的確已經繫好了。」

李凌心中瞬間有些波動，低聲道：「殿下，這恐怕真的不妥。」

儒家歷來以孝治天下，倘若太后真的因此而死，殿下就算登基，也要花費大量心力清理文官和言官，他們這些人是不怕被殺的。而且他日史書工筆，在殿下身上留下來的，必然就是千古罵名。更何況，殿下本來就是篡位上位，歷朝歷代以來，憑篡位登基的，哪個有不被罵的？

李凌不想，也絕對不忍心讓殿下背負如此罵名。

更何況，就算不說這些，那也是殿下的親生母親。殿下平日就算不理會她、無視她，但逢年過節，還不是搜羅東西哄她高興，又怎會真的不在意淑太后？

朱楨閉了閉眼睛。

他不想發兵逼宮，就是想出其不意，讓淑太后在沒有察覺的時候就定下乾坤。

但是眼下早就有人算到這一環，否則單憑淑太后本身，是沒有這樣的智慧。

就算別人早就算好，他也不能真的讓淑太后去死。

朱槙看了李凌一眼，李凌跟了他十年，對他的一言一行都能體會，眼下錦衣衛包圍金吾衛，是絕對占優勢的。只要李凌替他制住朱楠，等他回來即可。

雖李凌雖略弱於朱槙，卻也是一流的身手。

李凌立刻從大腿間抽出一把刀，在朱槙離開的瞬間，又挾持住朱楠。

朱槙看了眼朱詢，示意其他兩個人，後者立刻大步上前。朱詢本立刻想跑，但看到錦衣衛森森的箭鏃，知道自己真的跑了恐怕就是個死字，還是慢下了腳步。

朱詢瞬間就被兩個大漢制住了。

朱槙才帶著兩列軍隊，大步朝坤寧宮走去。

坤寧宮內，一切都十分寂靜。

朱槙帶來的人很快將坤寧宮包圍。

他跨步走進去，還沒反應過來，突然劈頭蓋臉就是兩巴掌。

朱槙被打得歪過頭去，沈默了一下，摸了摸嘴角，才慢慢地轉過頭。

淑太后正站在他面前，她眼眶發紅，渾身顫抖，彷彿隨時都會再撲上來，再給朱槙兩巴掌。

「你……你長出息了！」淑太后身子顫抖。「你這孽畜，竟然要篡你哥哥的位，你心裡還有沒有先帝，有沒有我，有沒有祖宗禮法！」

朱槙聽了平靜片刻，隨後才重複一遍淑太后的話。「孽畜？」

「你不是孽畜是什麼！」淑太后對大兒子向來維護，十分激動地道：「你當我不知道嗎？你方才在殿中，殺了皇后，又脅迫你哥哥退位。你怎麼會有這麼狠毒的心腸！我早知道你看你哥哥不順眼，你誰都敢殺，連你哥哥指給你的王妃都能殺，你還有什麼是做不出來的！如今這樣，你還不是孽畜，那就是你連畜生都不如！」

朱槙分明面容平靜，但那腰間受傷的痛，卻不知怎的突然泛了起來。

不知道是不是傷口裂開了，但是在這瞬間，他受到的誣衊和傷害，遠比這傷口更痛！如何不痛？這可是自己的親娘，是這二十多年來，他雖然心中有所抱怨，卻也是在孝順著的親娘啊！

但是她卻這樣不分青紅皂白地指責他。

「你還有臉站著，你給我跪下！」

淑太后只當兒子是油鹽不進，她手中不知何時拿了戒尺，狠狠地揮向朱槙的膝蓋。

其實這點痛，對朱槙來說不算什麼，但他還是跪了下來，隨後才開口。「母親知道王嫱是我殺的？」

「我怎麼不知道？我、我還替你隱瞞呢！」淑太后說到當初那位靖王妃，更是氣得渾身發疼。「就怕你哥哥聽了會多心，會以為你不喜歡他給你賜的婚。但你怎麼能、怎麼能死不悔改，怎麼能如此混帳、如此冷血？你哥哥對你還不夠好嗎？你為何就是不善罷甘休，非要篡位不可！你哥哥的身體可是才好不久的！」

朱楨聽著，面色越來越冰冷，眼中幾乎如寒冰一般。

他突然笑了笑，道：「母親既然知道皇兄的病才好不久，可又知道我遇到了什麼，皇兄又對我做了什麼？」

「你皇兄能做什麼？他還能殺你不成！」淑太后毫不遲疑地道，眼淚滾滾而下。「他自小就文弱，也不如你機敏，待你一向又好，你為了你的帝位，就能這麼誣衊他不成？你……我沒你這個兒子，你這個冷血無情的畜生，誰都能下手去殺、去誣衊！要是早知道有今天，你出生那會兒，我就……就該一把掐死你！」

她最後說的話已經不是一個母親會說出口的話，那簡直是誅心了！

淑太后因為朱楨謀逆的事氣急了，他竟然敢殺皇后，她覺得朱楨下一步就是殺朱楠。畢竟皇后都殺了，他還有什麼不敢的！

朱楨聽到這裡，心中冷得麻木，卻是終於笑了。

「當初要我鎮守邊疆的時候，母后怎麼不說我冷血無情！要我除去蕭太后、為皇兄奪取皇權的時候，怎麼就不覺得我心狠手辣！現在用不到我了，就開始罵我是畜生！」

他一句比一句厲聲，語氣一句比一句冷。

最後道：「要是沒我這個畜生，朱楠如何能好生坐在他的帝位上？而您，又怎麼能坐在太后這個位置上？你們說我是畜生，那你們又算什麼？」

淑太后被兒子突然的氣勢嚇到，抿了抿嘴唇，竟一時沒有往下說。

「你……你竟還有這麼多鬼話……你對你家人，也能這般冷血嗎！」

朱楨聽後不再說什麼，而是大笑起來，接著從腰間取下匕首，突然扔在淑太后面前。他要做什麼？淑太后一時猜不到，隨著兒子越走越近，她嚇得摔倒在地上。「你……你要弒母不成！」

朱楨蹲了下來，告訴她。「這是剛才我殺皇后的刀。給母親看，只有一個意思——從此以後，我與妳恩斷義絕。以後不管生老病死，都與我無關！生養之恩我也報完了，從現在開始，我再也不欠妳。而下次妳若再阻攔我，我也會毫不猶豫地，殺了妳。」

說完他站起身，看也不看地上的淑太后一眼，頭也不回地離開坤寧宮。

第六十三章

門外守著的朱槙親兵方才已經聽到門內的動靜，見殿下面無表情地走出來，連忙迎上去。

「靖王殿下……」

朱槙淡淡道：「派人將坤寧宮包圍起來，不許任何人出入。」

那人應諾，立刻吩咐手下，又快步跟上。「殿下，方才屬下聽到裡頭您和太后……您可還好？」

朱槙卻沒說話。

這麼多年來，淑太后在他生命中的角色很複雜。她是他的母親，但同時給他帶來傷痛。生養之恩一直制約著他，讓他無法真正當斷即斷。

直到方才淑太后那一番話，終於徹底讓他醒悟，對這個母親失去最後一點敬重和憐憫。

剛才的憤怒、激動在煙消雲散後，反而沈澱為真正的平靜。

他大步往前走，乾清宮周圍站著的已經是他的人，一個個的士兵分列兩側，恭敬地等著他過去。

他走在高處，將一切盡收眼前。

天際陰沈，浮雲如捲如疊，唯夕陽滿天的金光透過厚厚的雲層，萬千束地灑向蒼茫無垠的大地，鋪滿整個廣場。

這個他出生長大、醞釀一切黑暗和骯髒的地方。

但是在夕陽下，它們顯得如此沈靜、肅穆。

午門外，他的軍隊和朱詢的軍隊排列森嚴，正在對峙。但沒有人開戰，大家也只是緊張地等待著。

不遠的前方，錦衣衛仍對金吾衛呈包圍之態。

緊接著，朱楨眼睛一瞇，發現了一絲異樣。

不對！

雖包圍和陣形沒有變，但方才他走時，李凌挾持朱楠立於廊廡外，現在卻看不到李凌的蹤影，朱楠也不見了。

李凌與他已有多年默契，他是絕不會在這種時候挪動的，必會等他回來。

親兵已經發現朱楨的神情瞬間變得嚴肅，低聲問道：「殿下，咱們怎麼不過去？」

朱楨沒有說話，嘴角露出一絲冷笑。

而朱詢被兩個大漢押著，看到朱楨前來，他笑了笑。「叔叔皇位在握，怎地反倒不敢上前了呢？」

朱楨淡淡道：「這不是看到姪兒還好好地站著，心裡不安嗎？」他手一揮，大批錦衣衛自他身後傾巢而出，將朱詢等人再度團團圍住。「不如我先送姪兒上路再說吧！」

「靖王殿下且慢！」

乾清宮內果然傳來一個聲音，只見一面容秀麗的少年走出來，身著金吾衛的飛魚服。他身後的大漢正拿著一把雪亮的匕首放在李凌的喉嚨處，同時從他身後出來一隊金吾衛，皆也是以弩機裝備，正對著抓著朱詢的兩個大漢以及周圍的錦衣衛。

他們本是準備攻朱楨個趁其不備，沒想到他竟這般機敏，並不入圈套，只能他們先出來了。

竟然是薛聞玉……薛聞玉竟然是太子的人！

朱楨眼神一冷，注意到李凌的手受了傷。

薛聞玉是元瑾的弟弟，且是薛讓的繼子，所以之前朱楨對他沒有戒備。宮變時他仍被安排在乾清宮旁守衛，方才恐怕是早就潛伏在乾清宮中，一箭射傷李凌的手，將他制住。

而他帶來的人因為李凌被制住，自然投鼠忌器，不敢上前。

「叔叔，您現在覺得，讓您的錦衣衛撤退如何？」朱詢笑道：「否則刀劍無眼，我也怕傷了李副將。」

「怎麼，姪兒該不會以為，抓住李凌就能夠要挾我了吧？」朱楨的嘴角卻帶著笑。

「叔叔一向是重情義的人，您對您這些手下，那是如對兄弟一般啊。」朱詢悠悠道：「李副將陪您出生入死這麼多年，您怎麼可能不在意他的生死呢？」

「殿下，您不用管卑職，眼下大局要緊！」李凌也大聲道：「卑職一條小命，本也是殿下救回來的，為殿下死也無妨！」

金吾衛的弩機對準押著朱詢的大漢，兩名大漢不敢再押他，朱詢就背著手走到李凌旁邊。

「叔叔倒是有一群忠心耿耿的手下，只是不知道，您是否真的忍心，讓他做您成功路上的墊腳石？」朱詢抓住李凌受傷的手，突然用力按住傷口，李凌一時沒有防備，疼得慘叫一聲，瞬間臉色就白了。

朱楨一步一步地緩緩走近，表情仍然沒有絲毫波動，只是笑容更加冰冷。「朱詢，你該不會真的天真到如此地步吧？你們仍然被我包圍，大不了，我將你們全部射殺，亦算是給李凌陪葬了！」

朱詢和薛聞玉都僵硬了一下。

饒是心中有十足把握，朱楨絕不會不顧及李凌，可朱楨究竟有多邪妄，大家心裡都沒底。萬一朱楨真不管跟了自己十年，幾乎同兄弟般出生入死的李凌呢？他剛才還親手殺了跟自己無冤無仇的皇后呢！

而就在這電光石火之間，朱楨眼眸一冷，突然上前以極其刁鑽的角度一腳踢飛了匕首！他的腳力極其霸道凌厲，將那大漢都踢飛了幾步，接著迅速拉過李凌扔到包圍圈外，動作又快又急。

這一串動作發生得太快，旁人都還來不及反應，朱楨就已經退了回去。

「姪兒，我看你這身手，還需要好好練練才是！」

方才突然爆發，如果是常人，自然不敢冒險。朱楨仗著自己行軍作戰多年良好的體魄，才敢如此大膽。

李凌更是感動不已，知道殿下這是為自己冒大險了。

殿下若剛才稍微慢點，極可能已經陷入包圍！

朱詢他們雖然搶占先機，但畢竟身手遠不如朱楨，竟被朱楨搶了先機！

朱詢臉色一青，他亦沒想到會是這般。

「叔叔，您雖是救下了他，不過，恐怕是救得了一時，救不了一世啊！」朱詢強忍著怒氣，笑道。

朱楨頓時有種不祥的預感，他看向李凌。而李凌則苦笑兩聲。「您方才……真的不應該救我。」

他們在李凌身上動了手腳！

朱楨冰冷的目光看向薛聞玉。「你做了什麼？」

「倒也沒什麼，只是剛才擒住李副將後，聞玉逼他喝了一杯有毒的茶罷了。一刻鐘內，李副將就會毒發，七竅流血而亡。」朱詢道：「不過我們也不是想要李副將的性命，那毒是有解藥的，只是現在不能告訴叔叔解藥在何處。當然，看在我與叔叔往日的情分上，解藥自然可以給您，只需您帶兵撤……」

「殿下不可！」李凌立刻大聲打斷他的話。「您已經走到了今天，是無論如何也不能退的！」

朱楨一時沒有說話。

他大軍壓城，勝利的確只在一瞬間。只需要他不顧及李凌的性命，就可以贏下這場戰役。

天邊夕陽的橘光變得血紅，將宮宇、漢白玉石階都鍍上一層濃重的顏色。

朱楨並沒有沈思多久，就突然看到飛簷昂起的背後，層巒疊嶂的宮宇中，有寒森森箭光冒起。

他的瞳孔迅速收攏，敏銳地察覺到這件事沒有這麼簡單！

他的人事先並沒有潛入宮中太多，否則就會打草驚蛇，故只夠包圍乾清宮。而這宮中彷佛還另有包圍，且人數不少。但看朱詢剛才的表現，他分明就不知道這包圍的存在，否則不會劫持李凌同他叫板。

那麼究竟是誰做的，又有什麼目的？

朱楨突然看向站在廊廡陰影下的薛聞玉一眼。

如果是這般的話，那他整個計劃就變了，說不定他的關鍵訊息已經被人洩漏。那他們反而有危險，不能在此久留。

「好。」朱楨嘴角忽然露出笑容，卻是看向朱詢，神色有些詭異。「我答應你，我們撤退。不過你須得現在就把解藥給我。」

「這可不行，萬一叔叔言而無信，我該怎麼辦！」朱詢眉頭輕微一皺。他好像也感覺到了一絲不對勁，本以為會和朱楨有一場纏鬥和惡戰，但他怎會如此輕易答應撤兵？

難道，他真在意李凌的性命到了如此地步？

朱楨卻淡淡道：「你若是不答應，我現在便射殺你們，我看這麼多人給他陪葬，倒也不虧了！」

「既然如此，」旁邊的薛聞玉突然道：「我們給殿下就是了。」

朱詢突然回過頭，看著薛聞玉的目光一寒。

薛聞玉卻繼續道：「解藥就留在午門牆上的石槽中，殿下退出時便可自取，如此一來，我們也不必擔心殿下出爾反爾，而殿下亦可全身而退，如何？」

「殿下，您何必如此！」李凌的臉色已經隱隱發青，肺腑間傳來一股劇痛。他強忍著疼痛，又是後悔又是自責，更是要阻止殿下做出如此荒謬的舉動！

朱楨卻不再管他，伸手一揚，沈聲道：「退！」

包圍乾清宮的都是精銳，完全以朱楨馬首是瞻，他一聲令下，錦衣衛便立刻往外退。

「殿下恐怕要快些，否則，李凌的傷怕是挺不住了。」薛聞玉站在原地說。

朱楨撤退的速度極快，不過片刻工夫，朱楨就帶著人馬退出乾清門。

恢弘的軍隊如潮退去，而作為防禦方的金吾衛、羽林軍本是嚴陣以待，抵禦他們的進攻，看到他們的動作，也不敢鬆一口氣，眼睛更是緊盯著，生怕他們會突然反撲。

門外早有八匹戰馬的馬車接應，李凌被人扶上車，緊接著朱楨也上來了，手裡拿著一個瓷瓶，打開後立刻灌李凌服下。

李凌被嗆得咳嗽兩聲，吐出一口污血。

「殿下，您這般為我，我就是活下來，又有何顏面！」李凌恢復了些力氣，立刻在朱楨面前跪下來。「屬下情願死在乾清宮外，也不願意您被我牽累！」

看到李凌還有力氣說話，朱楨就放心了。看來薛聞玉他們給的是真藥，畢竟這時候沒必要再惹他。

朱楨扔了瓷瓶，搖搖頭。「不要自責，我亦不全是為了你。」

他攤開掌心，只見掌中竟是數道縱橫交錯的劃痕。有些血跡已經乾涸，有的卻還在流血。

李凌看得一驚，立刻問：「殿下，這是怎麼了？這是……」殿下怎麼可能會受傷，且看這劃痕，好像是他自己劃的！

朱楨平靜道：「方才我去淑太后那裡，與她發生爭執，一時不察她殿中竟點了安神香，我便一直傷自己克制藥性。若非如此，剛才是決計救不下你的。」

「可是……太后娘娘是您的親生母親，怎麼就忍心給您下這樣的圈套！」李凌聽得憤怒。

朱楨心道她有什麼不忍的？

「未必是她，她一向愚蠢，沒有這樣的心機，這應該是朱詢動的手腳。」

「但您……」李凌仍然不理解，方才殿下竟一直沒讓他們看出異樣，那就是能勉強克制這藥性才是。「您當時再忍耐半個時辰，我們便能拿下帝位了，到時候您就是這天下至主，何必因此而中途放棄？」

「沒這麼簡單。」朱楨道：「我決定撤退的真正原因，是因為薛聞玉。」

「什麼？」李凌完全不能理解，這和薛聞玉有什麼關係？

「你無法理解吧。」朱楨嘴角露出一絲冷笑，同時心中翻騰著一股說不出來的感覺。大概是既帶著一種被背叛的憤怒，又是一種刺激和衝動。但無論是什麼情緒，都讓他無比地想要把那個人抓住。「先去定國公府再說！」

此時，馬車突然停了。

外面有人跪下。「殿下，我們中了埋伏！」

朱楨面色一沈，果然如他所料，薛聞玉恐怕得到了他的兵力部署圖！

剛才他也是出於這個原因不敢硬抗，這次變數太多，他和李凌又都身受傷害，留下來會不會被人甕中捉鱉很難說。而顧珩帶著京衛用以防守保真衛，裴子清早已趕赴山西幫助清虛，他們二人不能接應，所以當時並不宜戀戰。

他走出馬車，抽出長刀，面色陰沈地一掃四方。
軍隊從四面撤退，真正跟著他的是三千兵力，看這埋伏，五、六千怕是有的。
他臉上露出些許冷酷，厲聲道：「都給我殺！」

另一頭，留在定國公府的元瑾，不知怎的，心中莫名地不安起來。
她總覺得有什麼地方不對勁。
丫頭送進來一盤香瓜，元瑾吃了兩塊，卻是毫無胃口，只覺味同嚼蠟。
「聞玉去宮中做什麼？」她突然抬起頭，問徐先生。
徐先生道：「世子爺許是去幫太子殿下的。」
「不對。」元瑾皺了皺眉。「他雖是金吾衛副指揮使，卻未曾上陣帶過兵，為什麼會讓他去？」
「這……老朽也不知！」徐先生道：「應該是太子殿下要求的吧！」
元瑾更覺得可疑。朱詢做事向來都是兩手準備，若是他勝了還好，若是他敗了，那她和薛聞玉還沒暴露，就是最大的一枚棋子。他為什麼會讓薛聞玉去？
徐先生一時說不出個所以然來，薛元瑾見他不答，立刻起身開門走出去，卻發現門外竟是極其訓練有素的侍衛，身著重甲，以長刀擋住她的去路。
「二小姐，請您回去吧，世子爺說了，要屬下們必須保您的平安。」

元瑾注意到，他們分明就是金吾衛的人。
薛聞玉竟堂而皇之地讓金吾衛的人來看押她！
那必是防著她要做什麼事！
元瑾突然回過頭看著徐先生。
「你們究竟在做什麼！」
徐先生看實在瞞不下去了，才道：「二小姐，我們不能在這時候功虧一簣……請您回房中去，老朽定將事情給您講清楚，可好？」
話說到這個地步，元瑾都不用他解釋，就知道他們想幹什麼了。
薛聞玉的膽子竟然這麼大，竟想趁著鷸蚌相爭，漁翁得利！
她最後還是先走回屋中，簡直是氣急了。現在時機還不成熟，各方勢力都不夠到位，薛聞玉怎麼能做這麼冒險的事，他有什麼等不及的！
元瑾深吸了口氣，平靜了一會兒，才問：「你們究竟有什麼把握，敢做如此大膽之事？」
徐先生不敢繼續瞞她，反正到了這一步，二小姐就算知道也阻止不了。
「其實之前只是時機未到。眼下靖王和太子對峙，太子全心放在對付靖王身上，沒有注意到我們的動作。我們將金吾衛的人換成我們的精銳，且有兵部侍郎李如康坐鎮紫禁城。再加上我們手中有了您得來的靖王的兵力部署圖，對付靖王也不是不可能的事。」

徐先生頓了頓。

「這一年來，皇帝殘暴無度，時常無故苛殺言官，已有許多文臣對此不滿。而世子爺因是最正統的血脈、先太子爺的遺孤，因此得到不少文官支持。您放心，只要世子爺這裡成功了，便再無阻礙。」

元瑾沈默許久。

不管徐先生怎麼說，他們的行為還是非常冒險。

他們的兵力比不過朱詢和朱槙，他想取朱詢而代之，定要經過非常精密、一環都不能少的算計。他一個人根本完成不了。

「我必須要去看看。」元瑾深吸一口氣。

她說完仍要往外走，徐先生立刻站起來要阻止她。「二小姐，您不可！」

但元瑾打開門後，卻沒有任何動作，而是僵在原地。

徐先生緊跟在她身後，看到門外之人，也是倒吸了一口冷氣。

一個身著冕服的高大男子站在門外，緋紅衣裳卻被血染成暗紅色，他英俊的面容平日溫和，眼下沾了血跡，卻顯得十分邪妄。

他淡淡地開口。「我的靖王妃，妳究竟想去哪裡？」

元瑾震驚得眼睛微張，後退了一步。

朱槙來了，為何還渾身是血！

她看向兩側的金吾衛，連人影都沒有，難怪一點聲音都聽不到，不知是不是被他殺了。

「殿下怎麼從宮裡回來了？」元瑾笑了笑。

「自是來看看我的靖王妃。」朱槙笑道：「這裡是待不下去了，跟我一起走吧。」

元瑾心跳如擂鼓，反而笑了笑。「離開此處去哪裡？」

朱槙卻是不答，而是說：「怎麼，難道王妃不願意跟我走嗎？」

「殿下哪裡話，只是不知道殿下怎麼會突然讓我離開？這定國公府裡，怎麼就待不下去了？」

元瑾在說話的同時，暗中給徐先生比了個手勢，示意他趕緊從側門出去。

朱槙聽得笑了起來。

他平日的溫和已經完全不見蹤影，現在的他滿是邪妄，笑容也變得冰冷。

他一步步地朝她走過來。

元瑾終究還是變了臉色，知道他要撕去那層偽裝了！

她後退，轉身就想逃跑，但在元瑾要逃跑的時候，早已有準備的朱槙已經跨出一步，一掌打在元瑾的頸側。她的身子一軟，頓時暈倒在他懷中。

朱槙將她打橫抱起，看著她細嫩的臉蛋，淡淡道：「都把我弄成這樣了，還想跑？」

既然已經是他的妻、他的人，那他離開京城自然要帶她走，怎會再留給旁人！

雖然還不知道她為什麼會背叛他，但是他會把她關起來，好好審問。

朱楨抱著她走出房門，已經有人在接應，恭敬地喊了聲。「殿下。」隨後撩開車簾。

朱楨把人抱進去，讓她枕著自己的腿昏睡著，道：「連夜出城。」

屬下應諾，車簾放下，馬車立刻飛馳在道路上。

——未完，待續，請看文創風733《嫡女大業》4（完）

模仿謎蹤

Portrain In Death

作者◎J.D.Robb J.D.羅勃（Nora Roberts 娜拉·羅勃特）
譯者◎康學慧

他不需要提醒就知道要溫柔，
不需要她的低聲長嘆就知道，
此刻最能滋養她的就是愛。

凶案現場血腥得宛如開膛手傑克再現，還留下一紙指名送給依芙的高雅短箋，凶手耀武揚威，笑看警方探尋無果。隨著下一起命案發生，依芙發現這名罪犯並非任意行凶，手法皆是在模仿歷史上惡名昭彰的連環殺手，他期待自己登上新聞頭條。

依芙追查的嫌犯個個有錢有勢，規章教條讓她綁手綁腳，可靠的助手又忙著準備警探考試。這一次依芙必須照規矩來，追查人心之間建構起的聯繫與結合——就像她與若奇彼此不言而喻的愛意，以及與畢博迪亦師亦友的交情。

凶手的最終目標肯定是她，但在那之前，依芙誓言要阻止下一個受害者出現……

果樹出版社　台北市104龍江路71巷15號　郵撥帳號：19341370
2019年2月出版　電話：(02)2776-5889　傳真：(02)2771-2568　網址：love.doghouse.com.tw

脈脈柔情 寫下生死相許／三石

2019年2月出版

紅妝攻略

前世她嫁得看似風光，卻落得夫妻不睦，最後被丈夫與小三陷害，

這一世她定要避得遠遠的，重新為自己找個出路！

文創風 716 1

從侯夫人淪落為流民，又遭夫君與小三聯手害死，
她想，大約是自己的不甘和委屈太深，才換得一個重生機會——
只是怎麼卻回到了六歲那年，母親剛逝，父親一蹶不振，
誰會聽個六歲小孩的話呢 ?! 唉，只得硬著頭皮試試，
總之先弄走吞了母親嫁妝的嬤嬤，再順勢清理父親身邊的通房；
沒想到自己頭一次清內宅就上手，卻也引來父親的關注，
決定把喪母的女兒送回京城的岳家……

文創風 717 2

母親原是國公府么女，後來私奔離家，她忐忑不安地返回了京城，
沒想到外祖母紀老夫人心疼么女早逝，格外疼她，
國公府裡人少又清靜，她在京城的日子倒也自在；
不過再怎麼裝笨也躲不過貴女們的心眼，幸好有七皇子趙卓相幫，
而太后明面上待她恩寵，她卻知這一手捧殺是把自己推上風尖浪口，
可她只是貴妃的外甥女、國公府的小姐，哪裡能惹上當朝太后？
究竟她的出身、母親當年私奔，又有什麼不可說的秘密……

文創風 718 3

趙卓從小便知道，早逝的生母在宮中是個不能提及的秘密，
而他若不是被紀貴妃討來養在名下，恐怕已是冷宮一縷冤魂……
長在皇宮，他看盡人情冷暖與險惡，性子因此養得堅韌冷漠，
怎知道一次微服外出，遇上一個小丫頭，被軟軟喚著「小哥哥」，
央他幫著她上樹取風箏，他這個皇子竟當真聽話爬上樹 ?!
從此他就懂了，這天下能令自己心軟的，只有一個沈君兮了……

文創風 719 4

上一世嫁與延平侯，兩人貌合神離，侯府更是金玉其外的空殼子，
她勞心勞力一輩子，看看自己換來了什麼下場？
這一世意外指婚，她成了壽王的正妃，兩人情投意合，
王府又在娘家旁邊，府裡也沒有鶯鶯燕燕，她當家做主自是舒心；
誰想到兩人過得恩愛，那薄倖的前夫延平侯仍想打她的主意！
如今看來，她恐怕是避不過前世種種，與其放任他來騷擾，
不如正面迎上、主動出擊，乾脆將延平侯府拿捏在手裡……

文創風 720 5 完

當年趙卓的生母張禧嬪謀害太子，樁樁件件都透著古怪，
但人事已非，要翻案也毫無頭緒，只是她深知這是丈夫心中的刺，
若不能拔除，他總有遺憾，便也試著抽絲剝繭；
可是意外露出的一絲端倪，卻將秘密指向紀貴妃與國公府——
這輩子好不容易得來的良緣，悄悄滋生的愛意、相知相惜的默契，
難道仍如鏡中花、水中月，最後仍落得一場空？
兩世為人，她終究跳不出宿命，一腔熱情再度錯付麼……

為流浪貓狗加油 和貓寶貝 狗寶貝

廝守終生(一定要終生喔！)的幸福機會

對人來說，貓寶貝狗寶貝只是生活的一部分，但妳(你)對牠們來說，卻是生活的全部，領養前請一定要考慮清楚——

▲ 汪汪界的暖男　星疤

性　　別：男生
品　　種：米克斯
年　　紀：約4歲
個　　性：親人、愛運動
健康狀況：身體健康，唯左後腿略跛，
　　　　　但不影響玩耍、奔跑，並有按時接種疫苗
目前住所：台中市霧峰區

『星疤』的故事：

星疤是在2017年的父親節當天被救援的，中途將牠送醫後發現，星疤不但有嚴重的營養不良、脱水的情況，還有肝腎指數異常、心絲蟲的問題待處理，後腳更曾因車禍而骨折過。

經過初步妥善治療後，中途便將星疤帶回安置；也因看見牠的臀部上有一塊疤痕，便靈機一動，取名為星疤。有很長一段時間，星疤持續到醫院醫治疾病，過著不斷吃藥、回診，再吃藥、再回診的日子；而中途也想盡辦法幫星疤調養身子，希望牠能趕緊恢復元氣。經過大半年的診療後，雖然因為腸胃消化偏快，而一直維持較瘦小的體型，但星疤已恢復得十分健康了。

另外，相處一段時間後，星疤的個性也從原先的緊張兮兮、容易發怒，變得超級親人，成了一隻人見人愛的可愛毛寶貝！中途提到，星疤其實很能感知旁人的情緒，時常會貼心且靜靜地陪伴著，對於自己熟悉的人更是會緊緊的跟隨，就像是在幫人打氣一樣，十分的體貼。

中途由衷希望有人能夠給這麼窩心的孩子一個機會，讓牠有個溫馨的家可回。請來信leader1998@gmail.com（陳小姐），或傳Line：leader1998，或是私訊臉書專頁：狗狗山-Gougoushan。

認養資格及注意事項：

1. 認養者須年滿23歲，有穩定經濟能力，並獲得全家人的同意。
2. 須同意簽認養寵物切結書，並讓中途瞭解星疤以後的生活環境。
3. 同意送養人日後之追蹤探訪，對待星疤不離不棄。
4. 同意讓星疤絕育，且不可長期關、綁著星疤，亦不可隨意放養。
5. 為讓中途對您有更深入的瞭解，中途會先有份線上問卷請您填寫。

來信請說明：

a. 個人基本資料：姓名、性別、年齡、家庭狀況、職業與經濟來源等。
b. 想認養星疤的理由。
c. 過去養寵物的經驗，及簡介一下您的飼養環境。
d. 若未來有結婚、懷孕、出國或搬家等計劃，將如何安置星疤？

文創風
732

嫡女大業 3

國家圖書館出版品預行編目資料

嫡女大業 / 千江水著. --
初版. -- 臺北市 : 狗屋, 2019.03-
冊 ; 公分. --（文創風）
ISBN 978-986-328-981-4（第3冊：平裝）. --

857.7　　108000573

著作者　千江水
編輯　王冠之
校對　黃薇霓　周貝桂
發行所　狗屋出版社有限公司
地址　台北市104中山區龍江路71巷15號1樓
電話　02-2776-5889～0
發行字號　局版台業字845號
法律顧問　蕭雄淋律師
總經銷　知遠文化事業有限公司
電話　02-2664-8800
初版　2019年4月
國際書碼　ISBN-13　978-986-328-981-4

本著作物由北京晉江原創網絡科技有限公司授權出版

定價250元
狗屋劃撥帳號：19001626
網址：love.doghouse.com.tw　E-mail：love@doghouse.com.tw